Daniel Elsner

GRAUSAMES VERGESSEN

THRILLER

Bibliografische Information der Deutschen
Nationalbibliothek: Die Deutsche Nationalbibliothek
verzeichnet diese Publikation in der Deutschen National-
bibliografie, detaillierte bibliografische Daten sind im
Internet über http://dnb.dnb.de abrufbar.

Neuausgabe 2019
© 2019 Daniel Elsner
Herstellung und Verlag:
BoD – Books on Demand, Norderstedt

ISBN: 978-3-7504-3458-5

GRAUSAMES VERGESSEN

PROLOG

Fledermäuse erzeugten am Himmel eine unheimliche Geräuschkulisse und jeder normale Mensch hätte sich geängstigt, doch er fürchtete sich nicht. Im tiefen Wald fühlte er sich wohl. Viele Leute waren erfreut darüber, als er Jahre lang verschwunden war. Aber im Laufe der Zeit kehrte er zurück. Man hatte ihn während der Nacht geknipst, doch das interessierte ihn nicht. Er schritt unaufhaltsam durch den Wald. Nach einigen Meter hörte er etwas an sein Ohr dringen. Daraufhin versteckte er sich tiefer im Gebüsch.

Eine Person, die sich alleine im Wald befand, hatte eine Hand am Ohr und schien zu telefonieren. Das Gespräch dauerte zwei Minuten. Leider konnte er aus seinem Versteck kein Wort verstehen. Seine Augen nahmen nur Bewegungen im Bauchbereich wahr. Die Person wirkte nervös, denn die Hände wirbelten unaufhörlich herum, ohne zum Stillstand zu kommen.

Ein paar Minuten später trafen zwei weitere Menschen in der Luderbachaue von Dreieich ein und entdeckten den Wartenden. Doch was niemand von ihnen ahnte, war die Tatsache, dass sie beobachtet wurden.

»Hey Franco, hi James, da seid ihr beiden ja endlich!«, begrüßte der vierzehnjährige Yuri seine jüngeren Brüder.

»Du meintest gerade am Handy, dass wir schnell zu unserem Lieblingsplatz kommen sollen, weil du uns etwas zeigen möchtest. Also, hier sind wir. Was war denn nun so wichtig, dass es nicht warten konnte.«

»Ja, genau. Ich wollte euch schnell hier haben. Und echt super, dass ihr so schnell kommen konntet.« Während er die Worte sprach, öffnete Yuri den Reißverschluss seiner leichten, blauen Sommerjacke und zog etwas Silbernes heraus.

»Was willst du denn damit?«, entfuhr es James.

»Ach, ich dachte, wir könnten damit herumspielen. Oder seid ihr ängstlich?«

»Nein, ich habe keine Angst, aber wenn Papa das erfährt, dass du seine Pistole geklaut hast, bekommen wir einen Haufen Ärger«, stieß Franco hervor.

»Ach, jetzt jammere nicht herum, wenn keiner von uns etwas ausplaudert, bekommt unser Herr gar nichts mit. Und bis er von seiner Fortbildung zurück ist, liegt die Waffe schon lange in seiner Schublade im Schlafzimmer.«

»Ja, das mag wohl sein«, stimmte James, der drei Jahre jünger als Yuri war, zu.

Die drei Brüder begutachteten die Waffe sehr genau, dieses kompakte Teil, mit so einer ungeheuren Faszination. Vorstellungen von Macht und Stärke durchzogen ihre Gedanken.

»Ist die Waffe geladen?«, fragte James in die Runde.

»Das ist eine gute Frage, das lässt sich wohl nur austesten, da ich nicht weiß, wie man so ein Ding lädt. So eine Pistole ist doch meistens gesichert, oder?«

»Denke schon.«

»Zeig mal her, so viele Möglichkeiten gibt es auch wieder nicht. Und irgendwie wird es schon klappen, dass das Gerät funktioniert«, blaffte Yuri.

Die Pistole wanderte abwechselnd durch die Hände der drei Jugendlichen. Jeder zog mal hier und mal da. Doch niemand schien die Lösung zu finden. Von der versteckten Gefahr, die auf sie lauerte, ahnte niemand etwas. Die Gespräche übertönten das raschelnde Gebüsch.

»Ich muss pinkeln!«, war von James zu hören. Reflexartig drehte sich das Augenpaar aus dem Gebüsch zu dem laufenden Jungen und versuchte zu erkennen, was da vor sich ging. »Dann geh doch eben. Ich tüftle hier noch etwas herum. Bestimmt finde ich gleich die Lösung«, behauptete Yuri siegessicher. James verzog sich hinter ein Gebüsch. Er wurde aus kurzer Entfernung beobachtet, doch davon merkte er nichts.

Kurze Zeit später huschte ein Schatten durch den Wald, dann ein Knall – so laut, dass Franco und Yuri zusammenzuckten. »Ja endlich, ich hab's«, triumphierte Yuri, ohne den Schatten bemerkt zu haben.

»Das ist aber ganz schön laut gewesen. Ist das immer so laut? Ich hab jetzt so ein Piepen im Ohr«, beschwerte Franco sich. »Das ist ein Zeichen von Kraft und Macht. Dieses Donnern und Knallen, wie bei einem Gewitter, wo viele Menschen auch zusammenzucken und sich am liebsten verstecken wollen. Wenn James wieder da ist, mache ich es noch mal!«

»Hey Bruder, deine Blase muss prall gefüllt sein oder hast du dich so erschrocken, dass du dir in die Hose gemacht hast? Komm endlich wieder zu uns. Wir warten!«

Allerdings war von James nichts zu hören und der Schatten hatte sich blitzartig wieder versteckt, denn er hasste es gejagt zu werden.

»Ach, der lässt uns bestimmt nur zappeln, gleich wenn wir nach ihm suchen, erschreckt er uns von hinten, genauso wie er es zu Hause immer macht, und lacht sich dann schlapp.«

»Lass uns trotzdem mal nachschauen. Ich hab ihn hinter den Busch da gehen sehen», meinte Franco zu Yuri.

»Ja meinetwegen, ich will ja endlich weiter herumschießen, das war schon ein geiles Gefühl.«

Die beiden machten sich auf den Weg zu dem Gebüsch, wo sie James vermuteten, als sie an dem Busch vorbeischauten, stach sie ihnen direkt ins Auge: Die große Pfütze, die James in den Boden gepinkelt hatte. Doch da war noch mehr. Viel mehr. Zu der Pfütze auf dem Boden bewegte sich ein roter Schwall zäher Flüssigkeit.

»Was ist das denn?«, spie Franco hervor.

Yuri sog das Bild in sich auf und jubelte: »Faszination pur! Dieses Muster, wie von Meisterhand geschaffen. So können es nur große Maler.«

»Ist das Blut? Und wenn ja, wo kommt es her?«, fragte Franco besorgt und schaute entgeistert zu seinem Bruder.

Yuri klopfte ihm nur auf die Schulter. »Franco, öffne deine Augen, du kannst dir die Frage selbst beantworten oder bist du auf den Kopf gefallen?«

»Nein, das bin ich nicht,« antwortete er, »aber ... aber das ist unser kleiner Bruder James, der dort liegt. Kommt das viele Blut von ihm?«

»Du hast es erfasst. Bist also wirklich nicht auf den Kopf gefallen. Der Schuss vorhin muss ihn wohl versehentlich getroffen haben. Aber schau es dir genau an. Was für ein schönes Bild auf dem Boden entstanden ist, das sieht so wunderbar aus. Diese intensive rote Farbe sieht fantastisch aus. Schade, dass ich kein Papier hier habe und es nicht nachzeichnen kann. Es sieht wunderbar aus und ich kann es nicht duplizieren, was für eine Tragödie.«

»James! James! James! Nun sag doch etwas. Lebst du noch? Der Spaß ist echt überzeugend, aber nun rede wieder mit uns!«

Von James war immer noch kein Laut zu hören.

Yuri hingegen schien die ganze Sache nichts auszumachen und er redete unbeirrt weiter: »Franco, unseren Bruder hat es wohl erwischt. Schau dir nur die Quelle des Rinnsales an, ein Loch in seiner Brust. Es muss durch die winzige Patrone entstanden sein. Unfassbar! Ich sag ja, es ist ein Zeichen von purer Kraft und Macht.«

»Er hat vor einer Woche erst seinen elften Geburtstag gefeiert. Und was sagen wir Papa? Papa, wir haben deine Waffe geklaut und damit den Kleinsten von uns beim Herumspielen einfach eine Kugel ins Herz gejagt«, plapperte Franco so panisch, dass sich die Worte beinahe überschlugen.

»Quatsch, davon erzählen wir Papa natürlich nichts. Wir erzählen ihm nur, dass James es zu Hause nicht mehr ausgehalten hat und auf große Entdeckungstour gegangen ist. Und er erst wiederkommen will, wenn er die ganze Welt gesehen hat.«

»Das soll uns Papa glauben?«, fragte Franco entsetzt. »Ja, sicher! James hatte sich schon immer sehr für Biologie und Geografie interessiert. Selbst alles erleben, kommt einem dann in den Sinn. Und kannst du dich noch an seine Worte erinnern, als er den Globus ausgepackt hat?«

»Ja, das kann ich. Er strich über den Globus, dann sagte er, dass er die ganze Welt, mit all seinen Fazetten, bereisen möchte.«

»Da hast du es. Er hatte eh vor zu reisen. Und warum nicht als Elfjähriger mit den Wäldern in Hessen beginnen?«

»Ja, keine Ahnung. Doch was machen wir jetzt mit dem Körper unseres Bruders?«, wollte Franco mit Tränen in den Augen wissen.

»Wir bedecken ihn mit Blättern und Hölzern. Mehr können wir nicht für ihn tun« sagte Yuri mit fester Stimme. Sie fingen an den kleinen Körper mir Ästen, Zweigen und Blättern zu bedecken. Nach fünfzehn Minuten war von dem leblosen James nicht mehr viel zu sehen. Aufgewühlt machten sie sich auf dem Heimweg. Sie wechselten kaum ein Wort. Aber Yuri hielt die Pistole, die er wieder in seiner Jacke versteckt hatte, fest im Griff. Er fühlte sich machtvoll und schwärmte innerlich von dem Blutbild.

Es dauerte eine gefühlte Ewigkeit, bis Stille an seine Ohren drang, doch dann traute er sich aus seinem Versteck. Er machte sich erneut auf den Weg. Nach einigen Metern stieß er gegen einen kleinen Hügel aus Ästen, Zweigen und Blättern. Er schnupperte ausgiebig und Blutgeruch stieg ihm in seine Nase. Sein Kopf räumte die Hindernisse zur Seite und sein Mund begann sich zu öffnen. Seine Zähne bissen zu. Tief ins Fleisch. Immer und immer wieder. Es war ein Geschenk, so eine leichte und kräftige Mahlzeit zu ergattern. Nach zwanzig Minuten ließ er mit blutverschmierten Zähnen von seinem Mahl ab und streifte weiter. Eine Schleifspur hatte er ungewollt hinterlassen, da er kräftig am Fleisch gezogen hatte. Immer mit der Angst von Jägern erschossen zu werden, denn Wölfe waren zu einer Rarität in den hessischen Wäldern geworden. Und sie sorgten für große Panik, vor allem bei Schäfern, die Angst um ihre Tiere hatten. Er lief gesättigt weiter. Nach dem Essen bekam er Durst. Seine vier Pfoten trugen ihn bis zu einer Wasserstelle: dem Luderbach. Er trank das Wasser gierig und dann verschwand er wieder in den dunklen Wald.

Yuri und Franco hatten nur noch wenige Meter vor sich. Franco lief gebeugt und tief erschüttert. Yuri strahlte breit über das Gesicht, als hätte er die schönste Sache der Welt gesehen.
Das Haus kam in Sichtweite. Nicht nur der Peugeot von Margret stand auf der Einfahrt, sondern ein weiteres Auto parkte dort ebenfalls. Ein Jeep. Besser gesagt: der Jeep ihres Vaters.
»Ist Dad schon wieder zu Hause?«, wunderte sich Franco.
»Das ist aber echt Mist! Ich habe seine Waffe noch in meiner Jacke. Du lenkst Papa gleich ab und ich lege die Pistole einfach zurück in die Schublade.«
»Meinetwegen.«
Sie betraten das Haus. Es war ein mittelgroßes ländlich gelegenes Einfamilienhaus, was gerade eben für fünf Personen reichte. Es war dunkel im Haus. Yuri traute sich nicht, das Licht anzuknipsen, und schlich leise zur Treppe, um ins Obergeschoss zu gelangen. Nur diesen einen Gedanken im Kopf, nicht erwischt zu werden. Er umklammerte die Pisto-

le, als würde sie sich dadurch unsichtbar machen lassen. Sein Ziel war das Schlafzimmer.

Franco ging in Richtung Küche, öffnete den Kühlschrank und nahm eine Packung O-Saft heraus. Er wollte sich gerade etwas eingießen, da passierte es: Ein ohrenbetäubender Knall schallte durch das Haus. Es war derselbe laute Krach wie im Wald. Der größte Teil des Saftes schwappte auf den Küchenboden. Er blieb wie angewurzelt stehen. *Was war jetzt schon wieder passiert?*, dachte er.

Yuri betrat das Schlafzimmer. Es herrschte Dunkelheit. Waren dort Geräusche zu hören oder spielten seine Ohren ihm einen Streich? Er ging weiter in den Raum hinein. Er glaubte, einen riesigen Schatten zu sehen. Dieser schien sich rhythmisch auf und ab zu bewegen.
Plötzlich wurde es hell.
Jemand musste den Schalter betätigt haben, daraufhin hatte Yuri sich so sehr erschrocken, dass er die Waffe instinktiv aus der Jacke riss, hoch hob und den Zeigefinger krümmte. Peng!
Der Schuss aus der ungesicherten Waffe löste sich innerhalb von Millisekunden und suchte sich sein Ziel ohne Umwege. Die Zeit schien still zu stehen, doch dann durchschnitt dumpfes Geschrei die Stille im Raum, als wäre jemand mit einer großen Wucht getroffen worden.
Jetzt hatte sich Yuri an das Licht gewöhnt und sah den nackten, blutüberströmten Körper, der auf dem liegenden Körper seines Vaters langsam dahin sank.

»Neeein! Was um Himmels willen hast du getan?«, brüllte Walter laut, die Situation noch nicht komplett realisierend. Er sah zwar seinen Jungen, doch irgendwie passte die Waffe in seiner Hand überhaupt nicht zu ihm.

»Ich habe doch nichts gemacht. Ich habe mich nur erschrocken«, resignierte Yuri mit der Waffe in der Hand, dabei machte er ein Unschuldsgesicht, als wäre es nicht sein Fehler. Doch im Inneren fand er das neue *Gemälde,* welches sich ihm bot, faszinierend.

Franco vermutete, dass der Knall von oben kam. Er rannte die Treppe hinauf. Nahm mit seinen kleinen Beinen drei Stufen auf einmal. Oben angekommen erblickte er nur einen erleuchteten Raum, zu dem er sofort hinrannte. Er sah Yuri, seinen Bruder, stocksteif mit der Waffe in der Hand im Schlafzimmer stehen und entdeckte die beiden Körper im Bett. Yuri drehte sich um. »Ich wollte das nicht. Die Pistole war nicht gesichert. Als das Licht anging, zuckte mein Finger. Es löste sich ein Schuss.«

»Jetzt steht nicht so dumm rum, eure Mutter verblutet sonst. Ruft einen Krankenwagen! Den Rest klären wir später«, rief Walter aufgeregt seinen Söhnen zu.

Franco stürmte zum Telefon und wählte: 112. Er gab die Adresse und eine kleine Beschreibung durch. Walter, der noch Blut von seiner Frau im Gesicht und auf seinem Körper hatte, stieg nackt aus dem Bett und kümmerte sich um sie. Yuri legte die Waffe auf die Kommode. Er fand wieder Fassung und holte geistesgegenwärtig den Erste-Hilfe-Kasten.

Als Yuri zurück in das Schlafzimmer kam, war sein Vater mit einer Hose und einem T-Shirt bekleidet. Margret lag auf dem Rücken. Walter begutachtete die Wunde und mit den Utensilien aus dem Erste-Hilfe-Kasten verband er sie, wie er es gelernt hatte. Dreizehn Minuten später trafen der Krankenwagen und ein Polizeiauto an der genannten Adresse ein. Die Beamten der Polizei kannten sie, da es sich um Walter Brancos Haus handelte. Er war ein junger, aufstrebender Polizist aus den eigenen Reihen. Margret wurde, so schnell es ging, in das Hospital gefahren. Walter erzählte den Beamten, es sei ein Unfall gewesen. Ohne weitere Fragen zu stellen, begnügten sie sich in der jetzigen Lage mit der Lüge.

Walter, Franco und Yuri fuhren mit dem Jeep ins Krankenhaus. Dort angekommen, erreichte sie direkt die schlimme Nachricht. Margret ist an der Schwere der Verletzung gestorben. Der Schuss hatte lebenswichtige Organe getroffen und jeder Versuch der Rettung war verpufft.

»Erst James und jetzt noch unsere Mutter!«, platzte es verheult aus Franco heraus.

Walter drehte sich zu ihm um und fragte entsetzt: »Was erzählst du da?«

»Ja, wir hatten die Pistole schon im Wald mit und wollten damit etwas herumspielen. Da löste sich auch ein Schuss – dieser traf James –, als Yuri herumexperimentierte. Wir wollten dir erst das Märchen erzählen, dass James auf Abenteuertour ist«, flüsterte Franco seinem Vater zu.

»Stimmt das?«, fragte Walter, rot vor Wut, Yuri.

»Ja«, antwortete er seinem Vater. Und an Franco gerichtet: »Du alte Petze. Das werde ich dir nie verzeihen.«

»Das darf doch alles nicht wahr sein. Mein eigener Sohn tötet seinen Bruder und seine Mutter. Und das an einem Tag. Was hast du dir dabei gedacht?«

Yuri antwortete nicht und verzog kaum eine Miene. Franco hingegen war von Tränen übersät.

»Ist dir eigentlich klar, was du angestellt hast, die beiden werden nie wieder zurückkommen! Hast du verstanden? Nie wieder!«, schrie Walter seinen Sohn an und erhob die Hand vor Zorn. Er holte mit seiner Rechten zum Schlag aus, doch bevor er Yuri im Gesicht treffen konnte, stoppte er im letzten Moment die Bewegung. »Das wird Konsequenzen für dich haben! Ich will dich nie wieder in meinem Leben sehen!«, raunzte er ihn an. Danach verließen ihn die Kräfte und er brach zusammen. Es waren die letzten Worte von Walter an seinen ältesten Sohn. Denn dies war der Tag, an dem eine glückliche, fünfköpfige Familie zwei Mitglieder für immer verloren hatte. Doch auch die restlichen drei blieben nicht zusammen. Die Konsequenz für Yuri war, dass er in ein Heim für jugendliche Gewalttäter kam.

Für Franco und Walter waren von nun an Besuche bei einem Psychiater Routine.

KAPITEL 1

Nils Nolan hatte seine Prüfung zum Polizisten erfolgreich bestanden. Seine Bewerbungen brachten schnellen Erfolg, denn er fand zügig eine Stelle in Frankfurt am Main. So lag es nun drei Wochen zurück, als er das erste Mal zum Dienst erschienen war. Man machte ihn mit einigen Leuten bekannt. Zudem zeigte man ihm das Revier und die Gegebenheiten vor Ort. Er fühlte sich direkt wohl. Er lernte innerhalb kürzester Zeit viel dazu und wurde schnell auf Außendienste mitgenommen. Dort stellte sich heraus, dass er einen sehr guten Instinkt und wachsame Augen hatte. Im Revier vermutete man bereits, dass er perfekt für schwierige Observationen geeignet sei. Nur was er zu diesem Zeitpunkt nicht wissen konnte: Es sollte sich bald eine Möglichkeit ergeben, seine Fähigkeiten unter Beweis zu stellen. Es war ein ruhiger Montag, denn es herrschte noch Ordnung anstatt Chaos im Revier. Er wurde freundlich von den meisten Kollegen gegrüßt und er grüßte zurück. Heute sollte er mit Marc Eisenberg Routine sammeln. Da betrat der sportliche Ermittler, der so gut wie immer mit dem Fahrrad zur Arbeit fuhr, das Revier. Nils Nolan sah ihn hereinkommen, ging auf ihn zu und sagte: »Hallo, Marc.«

Der Kommissar trat heran und sagte: »Hallo, Nils. Es freut mich, dir heute einige Sachen beibringen zu dürfen. Wie ich sehe, bist du hoch motiviert. Das ist gut.«

»Ja, das bin ich. Ich bin sehr gespannt, was du mir heute zeigen wirst.« Ohne weitere Worte zu verlieren, entfernten sich die beiden etwas. Als sie etwas Ruhe für sich hatten, fing Marc an Nils Nolan einige tolle Kniffe und das Verteidigen in einer brenzligen Situation zu zeigen. Nils Nolan beherrschte die Kunst der Verteidigung schon sehr gut, solange er darauf vorbereitet war. Sie übten es eine ganze Weile. Immer wenn Marc seinen Angriff ankündigte, konnte er ihn abwehren, aber jedes Mal, wenn er unangekündigt angriff, wurde er überrumpelt. »Daran musst du noch arbeiten Nils. Auf einen Angriff musst du jederzeit vorbereitet sein. Da zählt jede Sekunde«, belehrte Marc ihn. Da es ein sehr lehrreicher Tag für Nils Nolan war, verflog die Zeit rasend schnell und der Feierabend rückte näher. Marc nahm ihn zum Schluss noch kurz zur Seite und predigte ihm, am morgigen Tag sein Temperament zu zügeln. Denn genau das Datum war jedes Jahr durch eine traurige Stimmung geprägt, da es für einen Kollegen sehr schrecklich war.

Dieser Beamte saß an seinem Schreibtisch und stapelte niedergeschlagen Unterlagen von einem Ort zum anderen. Er schaute seinem Kollegen zu, wie er mit dem Neuen einiges einübte. Er konnte zwar nicht alles erkennen, aber das, was er sah, gefiel ihm. Er selbst wäre heute nicht dazu in der Lage gewesen, denn er war gedanklich in alte Erinnerungen vertieft. So formte sich ein Bild in seinem Kopf, wie er mit seinem Vater zurück in den Wald fuhr, um James' Leiche zu finden. Die wenigen Worte, die sie damals gewechselt hatten, hatten sich in sein Gehirn gebrannt. Sein Vater hatte daraufhin gegen eine lange Suspendierung angekämpft. So empfand er heutzutage, dass dieser damals von Glück sprechen konnte, nur für drei Monate vom Dienst freigesprochen worden zu sein. Das war im selben Moment der Beginn einer langjährigen Therapie.

KAPITEL 2

Ungeduldig wartete Hakim Ghali auf einen Boten. Er hatte sich einen Namen in Frankfurt am Main gemacht. Seine marokkanische Abstammung stieß dem einen oder anderen – zum Glück! – sauer auf. Denn sein Name bedeutete übersetzt: der Herrscher. Und er hatte lange Zeit alleine geherrscht und sich von niemanden irgendetwas sagen lassen, doch eines Tages änderte es sich aus heiterem Himmel. Er konnte es bis heute nicht glauben, dass er, Hakim Ghali, nicht mehr der Herrscher, sondern ein Lakai eines anderen geworden ist. Na gut, man musste schon zugeben, dass er ausreichend entlohnt wurde. Aber damals hatte er noch gedacht, dass sich solche Leute niemals nach Frankfurt verirren würden, doch er wurde eines Besseren belehrt. Es waren nicht viele, aber sie hatten sich so geschickt angestellt, dass alle Marokkaner, die unter der Führung von ihm waren, ihnen gehorchten. Woher sie von den gut laufenden Geschäften wussten, blieb ein Rätsel. Und was noch schlimmer wog, war die Tatsache, dass Hakim Ghali ein riesiges Messer an seiner Kehle spüren musste. Die Gravur, auf die er einen Blick werfen konnte, als es an seinem Hals war, faszinierte ihn: *La familia es todo - Familie ist alles.* Er erkannte die Sprache. Und ihm war sofort klar, was der Mann von ihm wollte. Er erinnerte sich noch gut an seine Worte: »Ich werde dir einen Boten vorbeischicken, den stattest du gut aus, damit er auf der Straße ein bisschen Geld machen kann. Und wenn ich höre, dass es irgendwann irgendwelche Probleme gibt, dann komme ich wieder und vollende mein Werk. Hast du mich verstanden?«

Er hatte kräftig geschluckt und geantwortet: »Ja. Ich habe verstanden.«

Dieser Bote kam, wie jedes Mal, bekleidet mit seiner weißen Hose und seinem riesigen Sombrero herein. Es dauerte keine drei Minuten, da war er schon wieder verschwunden. Hakim Ghali war erleichtert, doch gefiel ihm die Gesamtsituation überhaupt nicht.

Der Mann mit der weißen Hose verließ ihn mit den Sachen, die er von ihm erhalten hatte. *Wie schnell man doch zu jemanden werden kann,* dachte er, während er die Dinge verstaute. Es war schon komisch gewesen in dieser großen Stadt keine Landsmänner zu finden, stattdessen liefen hier Leute aus gefühlt über hundert verschiedenen Nationalitäten herum, aber Mexikaner? Nein! Es gab keine. Bis er im Internet einen Aufruf gelesen hatte, in dem stand: Ich suche Landsmänner aus Mexiko ...

Daraufhin meldete er sich. Wenige Tage später wurden Ort und Zeit für ein Treffen vorgeschlagen. Er ging hin. Es waren mehr Leute da, als er je erhofft hätte, denn es waren genau: fünf. Sie saßen gemeinsam an einem Tisch, dann erhob jemand das Wort, stellte sich vor und brachte sein Anliegen zum Besten. Der Erste hielt die Person für verrückt und sagte: »Nein, auf keinen Fall. Ich bin nicht lebensmüde.«

Der Zweite reagierte ähnlich. »Ich habe Frau und Kind. Bei

dem Job, den ich jetzt ausübe, brauche ich keine Angst zu haben.« Die beiden standen auf und verließen das Treffen.

Dann erhielt der Sprecher die erste Antwort, die ihm gefiel. Denn jemand meinte, dass er dabei sei, da er eh nichts zu verlieren hätte. Und zu guter Letzt schrie der Mann mit der weißen Hose und dem riesigen Sombrero: »Yippie Yeah! Ich freue mich schon sehr auf eine erfolgreiche Zusammenarbeit.« Er berichtete in der kleinen Dreier-Runde von den Geschäften der Marokkaner. »Es ist sehr gefährlich, mit denen Geschäfte zu machen«, wand er ein, doch ein Blick fixierte ihn, während er die Worte aussprach. Dann sagte der Typ: »Ich werde keine Geschäfte mit denen machen! Ich werde sie übernehmen!«

Die beiden Augenpaare, die ihn anschauten, wurden weit aufgerissen. Dann sprach der Dritte im Bunde: »Übernehmen? Wie denn das?«

»Tja, das wird mein Geheimnis sein. Aber vertraut mir! Ich kümmere mich darum!«

Und er hatte Wort gehalten. Die drei Mexikaner beherrschten die Marokkaner. So konnte er ungestört hier durch die Straßen schlendern, ohne Angst vor irgendwem zu haben.

KAPITEL 3

Kommissar Franco Branco, 42 Jahre alt, 179 cm groß mit einem Körpergewicht von 80 kg und leicht ergrauten schwarzen Haaren, betrat am heutigen Dienstag, dem 14. Juli, das Polizeirevier. Gestern hatte er mit dem Ordnen von Akten über die Runden gebracht. Seine Miene war heute alles andere als freundlich, denn es war, wie in den vergangenen dreißig Jahren, der schlimmste Tag im ganzen Jahr. Am liebsten wäre er im Bett geblieben, doch als Kind hatte er sich felsenfest vorgenommen, dass so etwas wie ihm damals passiert war, keinem anderen Menschen widerfahren sollte. Deswegen raffte er sich an dem Tag, an dem sich alles verändert hatte, auf. Seinen Ehrgeiz hatte er wohl von seinem Vater geerbt, der all die Jahre sein Mentor gewesen war, doch inzwischen seine Rente genoss. So verlief seine eigene Karriere sehr gut. Er wunderte sich auch nicht, dass ihn heute kaum einer ansprach. Die Älteren im Revier hatten damals, als Neulinge, alles mitbekommen und die Jüngeren erhoben nicht das Wort gegen einen, der weit über ihnen stand. Franco holte sich einen Kaffee. Schwarz. Schwarz wie die eiskalte Seele seines älteren Bruders. Der nicht einen kleinen Funken Reue gezeigt hatte, als sein Schuss James getötet hat. Er erinnerte sich gut daran, als er und sein Vater später den Leichnam aus dem Wald holen wollten, um ihn gemeinsam mit Margret zu begraben. Er hatte seinen Vater an die Stelle geführt, wo sie ihn liegen gelassen hatten. Nur anstatt seinen Körper vorzufinden, fanden sie eine Blutlache am Boden. Es entfachte eine hitzige Diskussion und Walter entdeckte blutige Schleifspuren. Diesen waren sie, ohne ein weiteres Wort zu verlieren, gefolgt. Sie entdeckten Hautfetzen und Knochen, die am Boden herumlagen. Es hatte so ausgesehen, als hätten Tiere, vermutlich Wölfe, das Blut gerochen und es sich dann als leichte Mahlzeit nicht entgehen lassen den Leichnam anzuknabbern. Franco konnte den Anblick nicht ertragen und entleerte seinen Magen vor einem Baum. Walter kämpfte schwer mit sich selbst, aber er konnte sich beherrschen. Der stark angefressene Körper von James hatte mitten im Wald gelegen. Das Positive daran war, dass der Kopf, abgesehen von dem Dreck und ein paar Rissen im Gesicht, vollständig war. Die Bilder des grausamen Anblicks brannten sich in ihre Köpfe ein.

Die Beerdigung, die einige Tage später abgehalten wurde, war dann eine große Trauerfeier. Selbst zu diesem Anlass wollte Walter seinen Sohn Yuri nicht sehen, und hatte sich geweigert ihn aus der Anstalt für jugendliche Gewalttäter herauszuholen. Denn er befürchtete, wenn er seinem Sohn in die Augen schauen würde und das Gleiche wie damals empfand, könnte er die Kontrolle über sich verlieren. Es war diese Gleichgültigkeit und Entschlossenheit, die Walter erst später realisiert hatte. Mit einem flauen Bauchgefühl hörte er den Worten des Pastors zu. Er kämpfte gegen die Trauer an und schaffte es, vor seinem Sohn Stärke zu zeigen. Franco hingegen überkamen die Tränen wie ein reißender Bach. Die Anteilnahme war groß, aber von dem Trost der ganzen

Leute hatte sich Walter kaum besser gefühlt. Seine Aufklärungsquote ging seitdem rapide bergab. Umso mehr hatte es ihn erfreut, als Franco die Polizeiausbildung geschafft hatte und sein Erbe bei der Polizei, für Gerechtigkeit einzustehen, weiterführte.

Still und abwesend saß Franco an seinem Schreibtisch und hielt eine Hand an der Kaffeetasse. Er wollte sie gerade anheben, um einen Schluck zu nehmen, als er eine Stimme hörte: »Franco, ein Telefonat mit häuslicher Gewalt ging gerade bei uns ein, das ist zwar nicht unser Gebiet, aber ich weiß, wie nahe dir solche Sachen gehen.«

Schwerfällig drehte er seinen Kopf, in die Richtung, aus der die Stimme kam.

»Franco hörst du mich? Hallooo? Schläfst du?«, fragte sein Kollege Marc Eisenberg. Er war zwar drei Jahre jünger, aber genau wie Franco Kommissar. Sie verstanden sich normalerweise prächtig und trafen sich auch privat gerne. Marc war einen halben Kopf größer als Franco und durchtrainierter. Drei Mal in der Woche versuchte er zum Fitnessstudio zu gehen und auch das Joggen gehörte zu seinen Freizeitbeschäftigungen. Sie harmonierten in ihren bisherigen Fällen sehr gut zusammen.

»Ja ja, ich habe dich gehört.«

»Ja und? Was meinst du?«

Franco überlegte kurz, dann antwortete er: »Da wir aktuell keinen wichtigen Fall bearbeiten müssen, können wir mal hinfahren.« Als er den Satz ausgesprochen hatte, nahm er noch einen kräftigen Schluck des schwarzen Kaffees. Sie verließen das Revier, liefen zu ihrem Dienstwagen und stiegen ein. Die Fahrt bis zur genannten Adresse dauerte nur wenige Minuten. Als das Haus in Reichweite kam, parkten sie das Auto am Straßenrand. Marc verließ es gewohnt schnell, doch Franco atmete noch einmal kräftig durch, bevor er die Tür öffnete und ausstieg. Erinnerungen plagten sein Inneres. Marc, der schon vorausgegangen war, klingelte an der Tür der Siemensstraße Nummer 10. Es dauerte eine gefühlte Ewigkeit, bis jemand kam und sich barsch von drinnen meldete. »Wer ist da?«

»Polizei, machen Sie bitte die Tür auf!«, forderte Marc.

»Warum sollte ich?«

»Weil wir eine Beschwerde von einem Ihrer Nachbarn erhalten haben, es würden Schreie aus ihrem Haus kommen.«

»Was für ein Schwachsinn! Und wenn Sie wirklich von der Polizei sind, weisen Sie sich erst mal aus. Es kann jeder sagen, dass man von der Polizei ist.«

Marc und Franco holten ihre Ausweise heraus und hielten sie sichtbar vor den Spion. Der Mann schaute darauf und öffnete widerwillig die Tür.

Es roch nach Angst.

»Ist noch jemand außer Ihnen hier?«, fragte Franco.

»Nein. Haben Sie überhaupt einen Durchsuchungsbefehl?«

»Haben Sie zu verbergen? Wir wollen uns nur kurz umsehen und vergewissern, dass hier keine häusliche Gewalt vorliegt.«

»Ja dann. Die Nachbarn wollen sich nur wichtig machen.«

Franco betrat das Badezimmer. Es war mit einer Dusche, einer Toilette, einem Waschbecken, einem kleinen Schrank und einem mickrigen Fenster. Auf einem Ablagebrett lagen Haarbürsten, Zahnpasta, zwei Zahnbürsten in einem Becher und ein Lippenstift. Es deutete vieles auf eine weibliche Person in der Wohnung hin. Er setzte seine Suche fort und öffnete die nächste Tür. Es war die zur Küche. Er hörte sie schluchzen, bevor er sie sah. Eine zierliche weibliche Person. Wenn man sich die blutige Nase und die aufgeplatzte Lippe wegdachte, hätte sie bestimmt ein sehr schönes Gesicht gehabt.

»Hier ist jemand!«, rief Franco.

Marc gesellte sich zu ihm in die Küche und im selben Moment äußerte er sich: »Oh mein Gott, Sie sehen aber schlimm aus.«

»Was ist Ihnen zugestoßen? War er das?«, fragte Franco und drehte sich zu dem Mann, der sich am Türrahmen anlehnte, um.

Der Typ blickte die Frau scharf an.

»Nein, nein, er war es nicht. Ich bin sehr unglücklich gegen eine Schranktür gelaufen, dabei habe ich laut aufgeschrien.«

»Sind Sie sich da sicher? Sie müssen so laut geschrien haben, dass einer ihrer Nachbarn vor Sorge bei der Polizei angerufen hat.«

»Ja, ich bin mir sicher«, sagte die Frau den intensiven Blicken der Kommissare ausweichend.

»Ich sagte ja, dass sich die Nachbarn nur wichtig machen wollen. Hier ist alles in bester Ordnung.«

»Okay, dann können wir hier nicht mehr viel machen. Aber wir werden Sie im Auge behalten. Und wenn uns noch einmal etwas zu Ohren kommen sollte, sind wir in Windeseile wieder da«, richtete Franco sich an den Mann. Dem schien es egal zu sein, denn er reagierte darauf gar nicht und stierte weiterhin die Frau an. »Vielleicht sollten Sie sich für heute Nacht eine Bleibe mit weniger gefährlichen Schränken suchen«, empfahl Marc der Frau.

Mit diesen Worten verließen sie das Haus mit der Nummer 10 in der Siemensstraße und gingen zurück zu ihrem Auto.

»Glaubst du die Geschichte?«, fragte Marc seinen Partner.

»Nie im Leben stimmt die Geschichte. Hast du die Angst in ihren Augen gesehen? Das konnte man nicht übersehen. Der Mann muss die Frau mächtig eingeschüchtert haben. Schade nur, dass wir in der jetzigen Situation nicht mehr machen können.«

»Dann behalten wir den Kerl sicherheitshalber im Auge«, schlug Marc vor.

Der restliche Tag verlief bis zum Abend sehr ruhig. Es war eine Seltenheit in einer großen Stadt, dass es so friedvoll zuging. Es schien, als machten die Verbrecher eine Pause.

Gegen 18:00 Uhr neigte sich der Arbeitstag dem Ende zu.

Endlich hatte Franco am schwarzen 14. Juli Feierabend. Er war froh, dass er heute keinen Mord aufklären musste. So ging er zu seinem weißen Ingolstädter, stieg ein, drehte das Fenster herunter, schaltete die Musik an und genoss die tiefen Bässe. Der Fahrtwind brachte eine angenehme Brise in das Auto. Nach einer kurzen Fahrt bog er in die Platenstraße ein. Das zweite Haus war seines. Es war ein bescheidenes Anwesen, mit einem immer abgeschlossenen, größeren Schuppen in dem kleinen Garten. Drinnen wurde auf Luxus verzichtet. Einzig das Wohnzimmer mit dem großen Flachbildschirm-Fernseher und dem Dolby Surround System hinterließen einen kleinen Eindruck von Wohlstand. Die vier Jahre alte

Couch knarrte jedes Mal beim Draufsetzen. Er schaltete den Motor aus und ging in Richtung Haustür. Noch bevor er den Schlüssel hineinstecken konnte, schwang die Tür auf.

»Da bist du ja!«, begrüßte seine Frau, Lina, ihn.

»Ja, da bin ich.«

»Ich habe auf dich gewartet.«

»Hast du beim Warten schon vor dem Abendessen Alkohol getrunken?«, fragte Franco und rümpfte seine Nase.

»Nur ein kleines Schlückchen. Ich musste testen, ob der Wein zum Essen passt«, rechtfertigte Lina sich und gab Franco einen Kuss. Er erwiderte ihn mit wenig Gefühl, danach betrat er das Haus. Im Flur hängte er seinen Mantel an die Garderobe und ging zum Küchentisch. Lina servierte in der Zeit das Abendessen. Es gab Ente mit Mango-Sauce auf einem Bett von Reis und angebratenem Gemüse. Franco setze sich auf einen bequemen Küchenstuhl, griff nach der Gabel und genehmigte sich einen kräftigen Bissen des vor ihm stehenden Essens.

»Wie war dein Tag?«, erkundigte sie sich bei ihrem Ehemann und goss die Weingläser, mit der halb geleerten Karaffe, voll.

»Ach, ganz ruhig. Ist nicht wirklich viel passiert. Nur ein kleiner Zwischenfall mit angeblicher häuslicher Gewalt. Es ließ sich aber nichts beweisen. Die Frau hatte anscheinend zu viel Angst.«

»Wie schrecklich«, gab Lina ihren Kommentar dazu ab und leerte mit einem Zug das Weinglas. Sie goss sich nach. Das Essen schmeckte beiden. Wenig später waren beide Teller leer und zwei Flaschen Wein ebenso. Lina räumte das Geschirr ab und verfrachtete es in die Geschirrspülmaschine.

Franco hingegen war schon auf dem Weg nach oben. Er bekam nicht mit, wie Lina zu einer Schublade ging, hineingriff und etwas schluckte. Es war inzwischen Routine geworden, dass sie ihre tägliche Medizin einnahm, damit sie überhaupt die Nacht überstand. Franco und Lina trafen sich im Obergeschoss auf dem Weg ins Schlafzimmer. Sie legten sich ins Bett und Lina knipste das helle freundliche Licht aus. Dunkelheit entstand. Das Dunkel, das Franco jedes Mal in seinen Träumen heimsuchte. Er wünschte sich, dieses Jahr endlich einmal durchschlafen zu können.

Lina hoffte, dass sie es auch konnte, doch der Wein und die Medizin sollten dafür sorgen. Das Letzte was Franco vor seinen Augen sah: War das blutige Gesicht der Frau.

KAPITEL 4

Hakim Ghali kam mit seiner jetzigen Rolle nicht klar und heckte einen Plan aus. Es sollte entweder alles oder nichts heißen, denn das Vorhaben war waghalsig. Er musste es alleine durchziehen, da er Angst davor hatte, verraten zu werden. Die Dunkelheit sollte ihm Schutz bieten. In Marokko hatte er schon viele Leute umgebracht, aber hier in Deutschland bevorzugte er eine Lebensweise, ohne ständig töten zu müssen. *Es hilft alles nichts. Ich werde es machen müssen.* Die Ära als Lakai sollte bald ein Ende haben. Er lief am Main entlang, beobachtete die Leute, die hier ihre Zeit verbrachten. *Peng, Peng,* dachte er, als er seine behandschuhte Hand wie eine Pistole über zwei Köpfe gleiten ließ. Doch es wären Unschuldige gewesen, die ihn nicht interessierten. Es sollten schon die richtigen Leute sterben müssen. Er verließ die Promenade und lief in Richtung Innenstadt. Wenige Minuten später kam er am Main Tower vorbei. Er überlegte kurz, dann betrat er das viertgrößte Gebäude in Frankfurt und stellte sich an einem Ticketschalter an. Eine viertel Stunde später war er dran und bezahlte 7,50 Euro für die Aussichtsplattform. Ein Aufzug beförderte ihn, mit einer Geschwindigkeit von vier bis sieben Metern pro Sekunde, nach oben. Damit gehört er zu den schnellsten Aufzügen in Deutschland. So dauerte die Fahrt nicht lange, bis er im 56. Stock ankam und nach draußen treten konnte. Er lief herum und schaute auf die Frankfurter Skyline. *Das wird alles bald wieder meins sein. Niemand wird mich aufhalten können.* Er genoss den Anblick, da fiel ihm etwas Winziges auf. Es sah aus wie ein Sombrero. Er schärfte seinen Blick. Tatsächlich erkannte er den Boten, der noch vor Kurzem zu ihm gekommen war, um Drogen abzuholen. Einige Männer näherten sich dem Sombrero und verschwanden nach einem kurzen Gespräch wieder. Ihm war sofort klar, was sich dort unten abspielte. Geld gegen Ware wurden unauffällig getauscht. Es fiel ihm schwer, den Blick von *seiner* Stadt abzuwenden, aber er musste los, denn er hatte noch einiges vor. So fuhr er gegen 18:00 Uhr wieder runter und verließ den Main Tower mit dem Gedanken: *Ich, Hakim, bin ein Herrscher und kein Lakai!*

KAPITEL 5

Stockfinstere Nacht brach herein und man konnte kaum die Hand vor Augen sehen. Nur ein Lichtschein eines Autos, welches sich der Siemensstraße 10 näherte, durchbrach die Dunkelheit. Das Auto kam zum Stehen und ein in schwarz gekleideter Mann stieg aus. Sein Gesicht war mit einer Sturmmaske bedeckt. Er näherte sich einem Haus, aus dem ein schwacher Lichtschein drang. Von drinnen war mehrmaliges Stöhnen zu hören. Es klang so, als käme es aus einem Fernseher. Der Maskierte klingelte und wartete.

»Ja, endlich meine bestellte Nutte«, freute sich Bruce Ildenov und stand, bekleidet mit nur einem Kimono, der in mittlerer Höhe stark ausgebeult war, von der Couch auf. Seine Freundin hatte auf die Kommissare gehört und sich tatsächlich eine andere Bleibe gesucht, deshalb musste für heute Nacht eine Nutte her. Von Erregung übermannt öffnete Bruce schlagartig die Tür und dann passierte es.

Ein Schlag.

Ein Knacken.

Ein Aufprall.

Bruce lag rücklings auf dem Boden.

»Wer sind Sie? Was wollen Sie?«, brachte er schmerzverzerrt hervor und hob seine Hände viel zu spät schützend vor sein Gesicht. Eine zähe Flüssigkeit lief ihm über die Finger.

»Ich bin dein schlimmster Albtraum«, brachte der Mann

bedächtig hervor, als müsste er bei jedem Wort genau überlegen, wie man es ausspricht. Er ging langsam auf den am
Boden liegenden Bruce zu.

»Ich habe nichts gemacht und erwarte doch nur eine Nutte«,
bettelte Bruce, wobei sich sein Kimono unbemerkt lockerte
und seinen Unterleib entblößte. Das Blut lief unaufhaltsam
aus seiner Nase. Das amüsierte den Angreifer nur. Er verzog
eigenartig das Gesicht, eine Mischung aus hämischem Lächeln
und starrem Blick. »Was fängt denn eine Nutte mit einem
Eunuchen an?«, flüsterte er sehr spärlich.

Bruce musste sich konzentrieren, um die Worte richtig zu
verstehen. »Was? Ich bin ein gut ausgestatteter Mann. Schau
doch nur selbst«, schrie er, den über ihn stehenden Mann an.

»Du warst ein Mann«, entgegnete der Mann, der sich dabei
stark konzentrieren musste. Blitzschnell zog er ein Teil mit
einer langen spitzen Klinge hervor. Eine ruckartige geziel-
te Bewegung und Blut spritzte in Strömen. Er hatte beherzt
zugepackt, gezogen und das Genital abgeschnitten. Der angebliche große Wurm lag getrennt vom Körper in einer Blutlache.

»Sie Wahnsinniger!«, brüllte Bruce voller Schmerzen. Das
Blut bahnte sich seinen Weg aus Bruces neuer Körperöffnung und er war kurz davor die Besinnung zu verlieren. Der
schwarze Mann nahm seine Maske ab und grinste breit. Er
hob das Messer und stach drei weitere Male zu. Er verließ
gemächlich das Haus. Die Dunkelheit verschluckte ihn.

Der letzte Gedanke von Bruce: Dich habe ich schon mal
irgendwo gesehen.

Ein paar Minuten später stand eine sehr leicht bekleidete

Frau auf High Heels vor dem Haus in der Siemensstraße mit der Nummer 10. Sie hatte sich verspätet. Eine Zigarette mit Gras, die sie erst aufrauchen wollte, war schuld an ihrer Verspätung. *Hoffentlich nimmt der Freier es mir nicht übel und bezahlt den abgemachten Tarif,* dachte sie nur.

Sie näherte sich der Tür. Sie stand offen.

»Er wird mich ungeduldig erwarten«, sagte sie zu sich selbst. Das einzige Licht im Haus kam anscheinend von einem Fernseher. Es wechselte ständig zwischen hell und dunkel. Sie lauschte hinein und vernahm Stöhngeräusche.

Dieser Mistkerl, nicht ein paar Minuten zu spät kommen darf man, schon spielt man nur die zweite Geige. Dem werde ich gehörig den Marsch blasen. Dass diese Geräusche unnatürlich klangen und aus einem Fernseher kamen, ahnte sie nicht.

Sie betrat das Haus, machte ein paar Schritte und trat in etwas Klebriges. *Er hätte ruhig putzen können. Das ist ja eklig.* Der nächste Schritt. Ihr Fuß stieß gegen etwas am Boden.

»Und Schuhe liegen auch noch überall herum. Ich suche lieber einen Lichtschalter, bevor ich mir den Hals breche«, fluchte sie, während sie mit einer Hand an der Wand nach einem Lichtschalter suchte. *Klick.* Der Raum erstrahlte in einem hellen Licht. Jetzt sah sie es. Es waren keine Schuhe, sondern ein entmannter, in Blut liegender, Körper. Sie rannte aus dem Haus und übergab sich. Das Erbrochene flog auf den Rasen. Danach versuchte sie einen klaren Gedanken zu finden. *Was tun? Polizei anrufen oder doch lieber nicht? Was denkt nur mein Boss? Er weiß ja, dass ich dort einen Termin hatte.*

Ihre Finger zitterten stark, aber nach einer kleinen Verschnaufpause zückte sie ein Handy aus ihrer Handtasche und wählte eine Nummer.

Das Telefon von Franco vibrierte auf dem Nachttisch. Er ging ran. »Kommissar Franco Branco«, meldete er sich träge.
»Ich weiß, wer du bist«, raunzte Marc ihn an.
»Was gibt's um diese Uhrzeit?« Der Wecker zeigte 3:10 in roten Ziffern und Lina störte dieses Handyklingeln überhaupt nicht, denn sie schlief weiterhin tief und fest.
»Ein Mord.«
Bei dem Wort »Mord« war die Müdigkeit wie weggeblasen.
»Um wen handelt es sich?«
»Um einen gewissen Bruce Ildenov. Das ist der, bei dem wir gestern den Einsatz wegen häuslicher Gewalt hatten.«
»Diesen Mann hat es also erwischt? Bist du schon vor Ort?«
»Ja! Kannst du schnell zur Siemensstraße 10 kommen? Die Spurensicherung ist auch schon hier.«
»Ich bin so gut wie unterwegs.« Franco schlüpfte aus dem Bett und zog sich an. Lina bemerkte davon nichts.

Zehn Minuten später kam er dort an und wurde direkt von Marc begrüßt. »Hast du überhaupt geschlafen? Deine Augen sind ja so klein wie Schlitze und noch rötlich unterlaufen.«
»Zumindest nicht gut. Ich war verschwitzt, als du mich geweckt hast. Ich könnte noch Schlaf gebrauchen, aber unser Job nimmt darauf leider keine Rücksicht. Also, was haben wir?«
»Wie es aus seinem Ausweis, den wir in der Wohnung gefunden haben, hervorgeht, hörte der Tote auf den Namen Bruce

Ildenov, war 36 Jahre alt und 183 cm groß. Wir konnten auch noch eine Lohnabrechnung finden, in der er von einem gewissen Yuri Ocnarb – Besitzer einer Bar – bezahlt wurde. Dieser Bruce Ildenov fiel ein paar Male wegen Kneipenschlägereien auf und es wird vermutet, dass er auch Kontakte im Drogenmilieu besaß, wenn er nicht sogar selbst gedealt hat. Sein Genital wurde mit einem spitzen Gegenstand abgetrennt. Drei weitere Stiche, davon zwei ins Herz und ein Stich in die Lunge, gaben ihm den Rest, wenn sein Herz nicht schon nach dem Schock stehen geblieben war. Das Opfer ist noch nicht allzu lange tot. Der Tod muss irgendwann zwischen 0:30 Uhr und 2:00 Uhr eingetreten sein.«

»Okay. Das ist eine ganze Menge. Wer ist sie?«, fragte Franco und drehte sich zu der Frau um.

»Chantal Liebkoscher«, antwortete Marc.

»Hat sie etwas gesehen? Und was hat sie hier gemacht?«

»Na ja, sie sagte, sie wollte sich den Lebensunterhalt etwas aufbessern und ging wohl ihrer Arbeit nach. Gesehen hat sie leider niemanden. Sie war für 1:45 Uhr bestellt, verspätete sich jedoch um einige Minuten. Sie ist total neben der Spur und kann kaum über die Ereignisse reden.«

»Schade, das hätte uns sehr weitergeholfen. Dann müssen wir nachher dem Barbesitzer ein paar Fragen zu seinem Mitarbeiter stellen. Dadurch erfahren wir vielleicht mehr über diesen Bruce Ildenov. Marc, könntest du das später schon mal alleine übernehmen? Ich habe heute noch den Termin bei der Psychiaterin und kann nicht sagen, wie es mir danach gehen wird.«

»Kein Problem, Partner.«

Franco und Marc schauten sich den Tatort noch einige Minuten genauer an, aber sie konnten keine erkennbaren Hinweise finden.

»Ich gehe erst mal wieder zurück ins Bett, sonst finde ich keinen klaren Gedanken. Hier lässt sich nicht mehr viel ausrichten. Wir müssen einfach mal abwarten, ob die Spurensicherung noch mehr brauchbare Spuren findet.«

»Genau. Ruhe dich etwas aus. Bis später, Kollege.«

Daraufhin fuhr Franco wieder nach Hause und legte sich neben Lina, die sich im Tiefschlaf befand.

KAPITEL 6

Vogelgezwitscher ließ Franco einige Stunden später wach werden. Er hatte tatsächlich durchgeschlafen. Mit geöffneten Augen drehte er sich zu Lina um und ein leichtes Schnarchen drang zu ihm herüber. *Ein Schlaf wie ein Baby oder eher wie eine Betrunkene*, ging es Franco durch den Kopf, während er dem Brummen seiner Frau lauschte. Dann stand er auf, zog Jeans und Hemd an. Sekunden später ging er die Treppe hinunter und betrat die Küche. Dort holte er eine Schüssel aus einem Schrank, füllte Müsli hinein und goss Milch darüber. Es war sein Frühstück, das er rasch aß.

Die Zeit schritt voran und es war inzwischen 9:00 Uhr. Seine Gedanken befassten sich weiter auf Hochtouren mit dem Mord. Wer war zu solch einer bestialischen Tat bereit? Ohne Erbarmen. Skrupellos. Ein Denkzettel für irgendwen? Ein rachsüchtiger anderer Mann? Er fand keine Lösung und musste sich beeilen, denn um 10:00 Uhr war der Termin mit der Psychiaterin.

Franco nahm seinen geliebten Mantel vom Haken und verließ das Haus. Er stieg in seinen Wagen und fuhr los. Er kam einigermaßen gut durch die Stadt. So klopfte er genau eine Minute vor zehn an die Tür seiner Psychiaterin. Er hatte es rechtzeitig geschafft und sein Gewissen war beruhigt.

»Herein bitte«, hallte es von drinnen. Er betrat daraufhin das Zimmer. Die Couch auf der rechten Seite kannte er schon fast besser als seine eigene zu Hause. Seit nun dreißig Jahren suchte er die Dienste von Psychiatern auf. Zuerst waren es noch Jugendpsychiater, die das seelische Problem von Franco Branco auszumachen und zu therapieren versuchten. Ab dem 18. Lebensjahr hieß es dann Abschied nehmen von den Jugendpsychiatern. Von da an ging Franco regelmäßig zu Therapiestunden bei Psychiatern für Erwachsene. Frau Dr. Michaelsen war inzwischen die vierte Person, die versuchte, die traumatischen Erlebnisse aus Francos Vergangenheit aufzuarbeiten. Sie war Ende dreißig mit einer normalen Figur und schulterlangen schwarzen Haaren. Die Brille auf ihrer Nase passte gut zu ihrem wohlgeformten Gesicht. Für Franco war es die bisher ansehnlichste Art therapiert zu werden, denn ihr Anblick gefiel ihm. Und auch wenn die Therapiestunden quälend waren, so ging er jedes Mal gerne zu ihr.

»Guten Morgen Herr Branco«, sagte eine verführerische, angenehme Stimme.

»Hallo, Dr. Michaelsen. Der Morgen ist leider alles andere als gut«, gab Franco zurück.

»Hatten sie wieder Albträume?«

»Ja! Und einen grausamen Mord in der Nacht.«

»Schrecklich. Dann haben wir einiges zu tun heute. Wie schaut es denn mit den Bildern ihrer Kindheit aus? Gehen sie ihnen immer noch regelmäßig durch den Kopf?«

»Ja, sehr oft sogar. Ich sehe immer wieder James, wie sein winziger Körper mit Ästen, Zweigen und Blättern zugedeckt im Wald zurückgelassen wurde. Auch das Bild meiner Mutter, wie sie mit ihrem blutüberströmten Körper in das Krankenhaus gefahren wurde und uns die Ärzte den Tod mitteilten, geht mir nicht aus dem Kopf. Ich bekomme die schrecklichen Ereignisse einfach nicht verarbeitet, obwohl ich schon fast mein ganzes Leben therapiert werde. Ich würde so gern einfach alles vergessen können. Zudem gesellte sich letzte Nacht ein Bild von einer Frau mit blutverschmiertem Gesicht dazu, die mich um Hilfe bat.«

»Wie furchtbar! Möchten Sie darüber sprechen?«

Franco berichtete von der jungen Frau, wie sie voller Angst, mit aufgeplatzten Lippen und einer blutigen Nase, den Blick eingeschüchtert wegdrehte.

Dr. Michaelsen formte ein Bild in ihrem Kopf und schüttelte ihn kurz darauf erneut, um die schreckliche Szene wieder loszuwerden. »Schlimm, dass es solche Menschen auf Erden gibt. Aber dafür sind Sie ja bei der Polizei. Und sie werden den Täter oder die Täterin finden, da bin ich mir sicher.«

»Vielen Dank, Dr. Michaelsen. Wir geben unser Bestes, damit wir solche Leute finden und festnehmen können.«

»Sehr gut. Ich wünsche ihnen viel Erfolg.«

Sie redeten noch einige Minuten über die Probleme von Franco. Er versuchte, sich zu öffnen, aber es entstand eine Blockade, wenn es ernst wurde. Dr. Michaelsen schaute auf ihre Uhr und dann sagte sie: »Die Stunde neigt sich dem Ende. Wir müssen für heute aufhören und machen bei dem nächsten Termin weiter. Ich wünsche Ihnen viel Erfolg bei der Suche.«

»Okay, danke. Ich wünsche Ihnen auch einen schönen Tag.«

Mit diesen Worten verabschiedete sich Franco, stand auf und verließ leicht gebeugt den Raum.

Etwa zur selben Zeit erreichte Marc die Bar *Wunschlos glück-*

lich. Ein sehr grobschlächtiger Mann ohne Haare, aber dafür mit umso mehr Muskeln und einer kleinen Sternennarbe im Gesicht, fummelte am Schloss des alten Backsteinhauses herum. Marc ergriff die Initiative, als der Schlüssel herumgedreht wurde. Er sprach den Mann ohne Umschweife von hinten an: »Hallo, sind Sie Yuri Ocnarb?« Während er die Frage aussprach, überquerte er die Straße und stand nur wenige Zentimeter hinter dem Mann.

»Wer will das wissen?«, rumorte eine tiefe Stimme.

»Kommissar Marc Eisenberg von der Polizei.«

»Polizei? Was wollen Sie?«

»Reden. Für Sie arbeitet doch ein gewisser Bruce Ildenov, stimmt's?«

»Ja. Was ist mit ihm?«, erkundigte sich der Mann, der immer noch den Schlüssel im Schloss festhielt.

»Er ist heute Morgen erstochen aufgefunden worden.«

»Wie? Wo denn? Was ist passiert?«, fragte der Mann schockiert. Seine Hände fingen leicht an zu zittern.

»In seiner Wohnung. Man hat ihm das Genital abgeschnitten und danach noch mehrmals auf ihn eingestochen.«

»Scheiße, das ist ja schrecklich. Hat man eine Spur zu dem brutalen Killer?«

»Nein. Deswegen bin ich hier. Hatte ihr Mitarbeiter irgendwelche Feinde, von denen Sie Kenntnis haben?«

»Mir ist nichts bekannt. Er war mein bester Mitarbeiter.«

»Das tut mir leid.« Es entstand eine kurze Pause, dann machte Marc weiter: »Eine Frage habe ich da noch. Wo waren Sie heute zwischen 0:30 Uhr und 2:00 Uhr?«

»Da war ich in der Bar und stand hinter der Theke, das können viele Gäste bezeugen. Verdächtigen Sie mich etwa?«

»Das ist nur eine Routine-Frage. Und dann sind Sie jetzt schon wieder wach?«

»Ja, es ist meine Kneipe und ich muss Bestände aufnehmen. Wollen Sie sonst noch was wissen?«

»Nein, danke. Das war es fürs Erste«, sagte er direkt in Yuris Richtung. Sie schauten sich zwanzig Sekunden eisern an, bevor Marc sich umdrehte und zu seinem Wagen ging.

Yuri blickte ihm weiter hinterher. Als der Polizist außer Reichweite war, ging er in seine Kneipe.

»So eine verdammte Scheiße. Warum gerade Bruce?«, fluchte er laut.

KAPITEL 7

Yuri beruhigte sich nicht so schnell. Sein Gemüt war erhitzt. Innerlich brodelte er gewaltig und auch der Name seiner Kneipe *Wunschlos glücklich* beruhigte ihn nicht. Noch unpassender konnte er in diesem Moment nicht sein.

Die Kneipe, in der er sich gerade befand, hatte eine Chill-Lounge mit bequemen Sofas, ein paar Stehtische aus Holz mit jeweils vier Hockern und eine große Tanzfläche. Ein Plakat machte Werbung für eine Band, die am Wochenende auftreten sollte.

Yuri ging schnurstracks zur Theke. Es war zwar noch früh am Morgen, doch es war ihm nach einem starken Wodka zumute. Dieser stand weit links in der ersten Reihe seines Alkoholregals. Er schüttete den Wodka großzügig in ein Glas, hob es hoch und leerte es in einem Zug. *Wer hat Bruce nur ermordet? Gut, seine Vorliebe für Nutten war kein Geheimnis, sollte das jemand ausgenutzt haben? Eventuell sogar unsere Feinde, die Brut, weil sie von dem Drogendeal, der bald bevorsteht, Wind bekommen haben? Es ist bestimmt eine Warnung oder ein Denkzettel für unseren Terrible Hardgainer Clan. Ja, das wird es sein. Die Brut. Die blöden Wichser.*

Er zückte sein Handy und machte ein paar Telefonate. Kurze Zeit später waren vier weitere Männer in der Kneipe. Alle muskulös, zwar nicht so ausgeprägt wie er, doch angsteinflößend genug. Alle fünf nahmen auf den Sofas Platz. Die

Federn gaben lautstarke Geräusche von sich, denn sie mussten eine schwere Last erdulden.

»Leute, wir haben ein Problem. Bruce ist letzte Nacht ermordet worden. Ihr wisst ja, er war meine rechte Hand. Ich tippe mal darauf, dass es unsere Erzfeinde, die Brut, waren.«

»Macht das überhaupt Sinn? Ich dachte, die Stadt ist zweigeteilt und jeder hat sein Gebiet«, wand einer der Männer ein, der auf den Namen Sven Sokolowski hörte.

»Das habe ich auch gedacht, nachdem was damals passiert war. Bisher gab es keine Probleme. Welchen Namen hatte Bruce damals für den Anführer dieser anderen Gruppierung erwähnt? Irgendwas mit D oder E am Anfang und es klang irgendwie spanisch oder doch eher mexikanisch. Nur den Namen von dem kleineren Typen, der dabei war, hatte er behalten können. Speedy! Ja genau, Speedy«, sagte Yuri zu den gespannt zuhörenden Männern.

»Was sollen wir tun, Boss?«

»Am besten macht ihr diesen Speedy ausfindig! Er scheint irgendwie die rechte Hand von diesem D oder E, auf jedem Fall von dem Anführer zu sein.«

»Was passiert, wenn wir ihn haben?«

»Bringt ihn in die Galerie«, sagte er ganz locker mit einem schelmischen Lächeln.

»Wirklich in die Galerie?«, fragte einer aus der Runde.

»Ja, da will ich ihn hinhaben.«

»Okay, Boss.«

»Los jetzt! Ich will Erfolge sehen«, befahl er seinen Gästen. Sven Sokolowski machte den Anfang und stand auf. Alle anderen folgten ihm.

»Oh Mann, der Boss war ja richtig aufgebracht. Seine Laune war ja unerträglich. Wir sollten Augen und Ohren offen halten. Hoffentlich finden wir diesen Speedy schnell. Der Boss lässt sonst seine Laune an uns aus. Ihr wisst ja, wozu er in der Lage ist«, sagte Sven Sokolowski zu den anderen, während sie die Bar verließen.

Sie schmiedeten einen groben Plan, stiegen jeweils in ihre schwarzen Transporter und jeder fuhr in eine andere Himmelsrichtung. Der eine durchkämmte den Norden. Ohne Erfolg. Der zweite suchte im Osten der Stadt. Ebenfalls erfolglos. Der dritte fuhr die Straßen des Südens ab. Er verlangsamte sein Tempo. Sein Ziel war ausgemacht. Dieser Gang war auffallend. Er stoppte den Wagen. Sprang heraus, zückte seine Waffe und stand vor einem erschrockenen Mann. Falscher Alarm. Es war nicht Speedy. Er hatte sich vertan. So ein Mist! Er steckte die Waffe zurück in den Hosenbund, stieg in sein Auto und gab Gas. Seine Suche setzte er fort.

Sven Sokolowski, der sich den Westen der Stadt vornahm, durchkämmte mit seinem Transporter Straße für Straße. Der Plan war sehr plump, aber sein Boss hatte es gern, wenn man direkt loslegt. *Als würde Speedy hier herumlaufen, welch eine irre Vorstellung.*

Speedy hatte einige Drogen überbehalten und sich entschlossen sie selbst an die Leute zu bringen. Die Geschäfte liefen gut und immer mehr Geld wanderte in seine Taschen. Angst hatte er keine, denn das Gebiet gehörte Esteban Rodriguez und der beherrschte zusätzlich die Marokkaner. In der vorletzten Straße, die Sven Sokolowski sich vornehmen wollte, sah er einen Sombrero im Seitenspiegel. Speedy hatte den Namen nicht von ungefähr, sondern durch eine bekannte Maus aus Mexiko. Das muss er sein, sonst läuft niemand in einer weißen Hose und einem Sombrero auf dem Kopf herum. Sven drehte um. Fuhr langsam. Noch langsamer. Stoppte. Sprang heraus. Verpasste dem Kerl einen kräftigen Schlag in den Nacken, dieser sackte zusammen. Die Schiebetür des Wagens schwang zur Seite und das Opfer wurde hineingeschmissen. Sven ging zum Handschuhfach des Transporters und holte einen Jutesack und Kabelbinder heraus. Mit den Sachen in den Händen lief er zur Ladefläche zurück und fesselte den Mann. Er zog ihm zusätzlich noch den Jutesack über den Kopf. Zufrieden kehrte er zum Fahrersitz zurück und startete den Motor. Er machte sich auf den Weg zur Galerie.

KAPITEL 8

Esteban Rodriguez lebte seit zehn Jahren in der Stadt. Er kam über Umwege aus Mexiko nach Deutschland. Mit seinen 43 Jahren hatte er schon vieles erlebt. Er stand gerade vor einem Spiegel im Badezimmer seines Hauses in der Marktstraße 22. Die Pflege und Perfektion seines Fu Manchu, also seines Bartes, der als Oberlippenbart anfängt und dann seitlich zum Kinn heruntergeht, war ihm sehr wichtig. Der Rasierer entfernte präzise die störende Behaarung am Kinn und an den Koteletten. Die Haare trug er am liebsten als Pferdeschwanz. Seine schwarzen, buschigen Augenbrauen sah er in seinem Spiegelbild. Er erinnerte sich an die Tage in Mexiko zurück.

Was damals meine Entscheidung, so schnell wie möglich dort wegzukommen, beschleunigte, war ein trauriger, familiärer Zwischenfall. Mein Bruder hatte große Probleme mit dem Kartell. Er kannte sich sehr gut in Chemie aus und so war er für die Fertigstellung und Verfeinerung der Drogen zuständig. Er wollte damals aufhören, weil seine Frau ein Kind zur Welt brachte. Sie nannten es Marta. Sie wuchs schnell und hatte ein friedliches Leben, bis das Kartell immer mehr Drogen produziert haben wollte. Mein Bruder wehrte sich dagegen und wollte mit dem ganzen Drogengeschäft abschließen, doch dem Kartell war es egal, was ein so kleiner Fisch wollte. Sie interessierten sich nur fürs Geld. Mein Bruder wollte viel mehr Zeit mit seiner Frau und Marta verbringen, so tauchte er immer seltener bei der Produktionsstätte für die Drogen auf. Dem Kartellboss ging es gegen den Strich, dass jemand aus der Reihe tanzte und sein Profit darunter litt. Er ermahnte ihn genau zwei Mal. Das erste Mal bestand aus einer mündlichen Unterredung, die zweite Geschichte sollte mehr Einschüchterung erzielen. Bewaffnete Männer drangen in das Haus meines Bruders ein und bedrohten ihn mit Waffen. Ein paar Schüsse fielen durch den Raum und Schränke zerbarsten. Mein Bruder bat mich einige Tage später, einmal eine Zeit lang auf Marta aufzupassen, weil er mit seiner Frau einen ganzen Tag alleine genießen wollte. Er brachte Marta zu mir und fuhr mit seiner Frau weiter. So beschäftigte ich mich mit ihr und spielte Kinderspiele. Sie war leicht zu begeistern mit ihren zehn Jahren. Ein bisschen Fangen, Verstecken und sinnloses Herumalbern vertrieben wunderbar die Zeit. Es wurde dunkel, doch mein Bruder und seine Frau tauchten nicht auf, das gefiel mir gar nicht. Ich machte mir ernsthafte Sorgen. Ich packte vorsichtshalber die wichtigsten Sachen und vor allem eine Stange Geld, welches mein Bruder mir netterweise zum Aufbewahren gegeben hatte, in eine große Reisetasche. Sie tauchten auch vier Stunden nach der vereinbarten Zeit nicht auf. Ich hatte ein flaues Gefühl im Bauch, da er gesagt hatte, dass er an diesem Tag mit seiner Frau etwas machen wollte und deshalb nicht zur Arbeit gehen wird. Ich packte Marta bei der Hand, setzte sie ins Auto, schmiss die Reisetasche auf den Rücksitz und fuhr mit ihr davon. Keine Minute zu früh. Wir waren nicht sehr weit weg, aber anscheinend weit genug, um unbemerkt zu bleiben. Da sahen wir, wie das Haus, in dem ich mit Marta vorhin noch *spielte, in einen riesigen Feuerball verwandelt wurde. Es wurde von schwerem Geschoss getroffen, es qualmte und die Flammen schlugen in alle Himmelsrichtungen. Leute näherten sich dem Haus und standen mit Maschinenpistolen in Lauerstellung. Ich fuhr schneller. Ich wollte Marta nur in Sicherheit bringen. Einen Tag nach der Flucht hatte ich von einem eiskalten Mord an einem Paar erfahren. Man hatte beiden Kugeln in die Hinterköpfe geschossen. Ich wusste sofort, dass es sich um meinen Bruder und seine Frau handelte.*

Die letzten Erinnerungen an sein Dasein sind Marta und ein beschriftetes Messer. Er drehte sich mit klaren Augen vom Spiegel weg.

Er hatte die heutigen Aufgaben *seiner* Gemeinschaft, *der Brut* – wie er sie selbst nannte –, gerecht verteilt. Speedy, den er das erste Mal bei einem Treffen über das Internet kennengelernt hatte, regelte die Kleinigkeiten immer sehr gut und es kam schon viel Geld in die eigene Tasche durch Drogengeschäfte. Aber ein nicht unbedeutender Anteil ging auch an die Marokkaner, die die Drecksarbeit machten. Vor allem Hakim Ghali bekam einen Bärenanteil. Auf ihn hörten sie und solange er, Esteban Rodriguez, ihn beherrschte, ging alles seinen Weg.

Die Vergangenheit hatte ihn eingeholt und so hatte er sich dazu entschlossen, selbst mit Drogen Geld zuverdienen. Als sie in Deutschland ankamen, hatten sie sehr wenig und lebten unter ärmlichen Zuständen. Er hatte gesehen, wie schnell sich Leben mit mehr Geld verbesserte. So war es sein Anspruch, seiner Nichte eine schöne Kindheit zu bieten. Sie hatte zwar immer wieder nachgefragt, was mit ihren Eltern passiert war, doch brachte er es nicht über sein Herz, ihr die Wahrheit zu sagen. So beschenkte er sie weiter, bis die Nachfragen abebbten. Inzwischen ist Marta eine junge Erwachsene, somit hatte er Erfolg gehabt.

Dann schweifte er erneut in Gedanken ab. *Ich habe hier nichts zu befürchten und bevor es zu irgendetwas Schlimmen kommt, soll lieber ein friedliches Ende gefunden werden, also werde ich bald Hakim Ghali seine Herrschaft wieder zurückgeben und mich zurückziehen.*

Heute, am Mittwoch, den 15. Juli, freute er sich nur auf das morgige Barbacoa mit seinen Liebsten. Er wollte alles gut vorbereiten. Das Fleisch, Gemüse, Salsa-Saucen und Tortillas hatte er schon besorgen lassen. Er freute sich vor allem auf seine Nichte Marta. Er liebte sie über alles. Und auch das kleine Baby, welches auf den Namen Luis getauft wurde, schloss er in sein Herz. Als er das Badezimmer verließ, erinnerte er sich an das Kennenlernen der beiden zurück.

Marta geriet auf einer Party an Speedy. Die beiden gingen ein paar Mal zusammen aus. Als es hieß, Marta sei schwanger von ihm, war für mich klar, die beiden werden zusammenbleiben. Sonst hätte es kein gutes Ende mit Speedy genommen, obwohl er meine rechte Hand in dem ganzen System ist, geht die eigene Familie über alles und er hätte es bitter bereut. Das Einzige, was mir nicht passt, was ich aber toleriere, ist die Sache, dass Speedy etwas von unserer zu verkaufenden Cannabis-Ware ab zwackt, um zusammen mit Marta high zu werden.

Er lief zielstrebig zum Garten. Dort angekommen suchte er nach einer Schaufel. Er fand sie zügig und grub ein kleines

Loch, welches er später noch mit Bananenblättern ausfüllte. Schon war alles für ein gutes Barbacoa vorbereitet, ohne dass sein Körper überhaupt ins Schwitzen kam. Er besaß nicht sonderlich viel Kraft, aber Schnelligkeit war bisher immer sein Trumpf gewesen. Genau mit dieser Geschwindigkeit hatte er es vollbracht – Hakim Ghali ein Messer an die Kehle zu setzen und seine Forderungen zu stellen. Seitdem lief es überwältigend mit den Geschäften.

Speedy hörte, wie sich herausstellte, auf den bürgerlichen Namen Salvador Pepe Enedin Emilio Diaz und da er nicht Speed mit Spitznamen heißen wollte, hatte er noch ein Y an die Anfangsbuchstaben gehangen. So entstand Speedy und unter diesem kannten die Leute ihn.

Esteban akzeptierte ihn als festes Familienmitglied.

KAPITEL 9

Ohne weitere innere Schmerzen war er davongekommen. Franco verließ das Zimmer der Psychiaterin mit leicht verbesserter Laune. Er freute sich, dem Raum nach einer gefühlten Ewigkeit, voller Fragen und Erzählungen über seine Vergangenheit, den Rücken zuzukehren. Sein Gemütszustand war noch weit von gut gelaunt entfernt. Er machte sich auf den Weg zum Revier. Seine Neugier, ob Marc mehr über den Toten herausfinden konnte, war riesig. Er hielt an einem Kiosk und kaufte dort einen Kaffee sowie einen Schokoriegel für die Nerven. Die Verpackung war schnell entfernt. Drei Bissen später existierte der Riegel schon nicht mehr. Der Kaffee, der in einem weißen Styroporbecher ausgehändigt wurde, schmeckte bescheiden, doch das Koffein tat ihm gut. Während der Fahrt leerte er den Becher komplett.

Am Revier angekommen, nahm er ihn aus seinem Auto mit und schmiss ihn in eine Mülltonne, die in der Nähe stand. Er stieg die Stufen hinauf zum Eingang, betrat das Gebäude und entdeckte Marc schnell. Er bewegte sich auf ihn zu, trat neben ihn und fragte neugierig: »Wie lief die Nachforschung?«

»Es lief schleppend. Yuri wollte nicht viel preisgeben, das Interessanteste an Yuri selbst war eine kleine auffällige Sternnarbe im Gesicht.«

»Eine kleine Sternnarbe? Auf welcher Seite?«, fragte Franco aufgewühlt, als wäre es eine unglaubliche Sache.

»Links.«

»Bist du dir da ganz sicher?«

»Ja, ganz sicher. Wieso?«

»Weil mein Bruder Yuri, den ich seit dreißig Jahren nicht mehr gesehen habe, auch eine Sternnarbe auf der linken Wange hatte. Er müsste inzwischen um die 44 Jahre alt sein, wenn er noch lebt. Diese Narbe hat er sich damals als Zwölfjähriger beim Spielen zugezogen, als er Bekanntschaft mit einem rostigen Stacheldraht gemacht hatte.«

»Oh, dann könnte der Mann eventuell dein Bruder sein. Was ist dann passiert? Ich wollte dich nicht in deinem Redeschwall unterbrechen.«

Franco sammelte sich und fuhr fort: »Ich spielte damals gemeinsam mit meinen Brüdern Yuri und James in unserem Lieblingswaldstück in der Luderbachaue von Dreieich, als Yuri beim Fangen spielen auf Laub ausgerutscht war, dann das Gleichgewicht verloren hatte und hinfiel. Doch unter dem Laub, in das er hineingefallen war, hatte ein alter rostiger Stacheldraht gelegen. Die Spitzen bohrten sich in Yuris linke Wange. Doch er heulte nicht, sondern fing an mit dem frischen Blut, welches aus der Wunde trat, irgendwelche Bilder auf seiner Wange zu malen, die durch das nachlaufende Blut immer wieder zerstört wurden. Es frustrierte ihn, dass kein Bild trocknen wollte. Als wir dann nach Hause kamen und unser Vater Yuri bluten sah, fuhr er mit ihm direkt ins Krankenhaus. Die Wunde musste mit mehreren Stichen genäht werden. Da sie sich jedoch stark entzündete, verheilte sie nie gut und ihm blieb eine Erinnerung fürs Leben. Die Narbe bekam damals nie die Bräune wie der Rest des Gesichtes, so konnte man vor allem im Sommer die Narbe deutlich erkennen.«

»Aber der Mann, dem die Kneipe gehört, nennt sich Yuri Ocnarb.«

»Du sagst also, Yuri Ocnarb nennt sich der Mann jetzt mit der Sternennarbe auf der linken Wange.«

»Ja genau, Yuri Ocnarb.«

»Yuri Ocnarb ... irgendetwas sagt mir dieser Name, aber was?«

Franco grübelte stark, strich sich dabei über seine Schläfe und sein Gehirn arbeitete kräftig. Dann murmelte er plötzlich: »O-C-N-A-R-B. Oh, mein Gott!«

»Was ist los? Ist dir was aufgefallen?«

»Ja, Marc! Lies das Wort von hinten! Dann steht da: Branco. Eine exakte Umkehr. Was hat das nun wieder zu bedeuten?«, fragte Franco, sich die Schläfe reibend, in den Raum.

Verblüfft von der schnellen Erklärung sagte Marc: »Das werden wir herausfinden.«

»Hat die Spurensicherung neue Indizien gefunden?«

»Nein. Es sind keine Fremdspuren gefunden worden. Die Haustür wies keine Einbruchspuren auf. Das Opfer öffnete wohl freiwillig die Tür.«

»Das deckt sich ja mit der Aussage der Dame. Bleibt dann noch die Frage, ob das alles geplant war oder der Täter oder die Täterin im Affekt gehandelt hat, was ein großes Risiko beherbergt hätte. Der ganze Prozess schien schnell und gezielt ausgeführt worden zu sein, da das Opfer im Flur lag.«

»Das ist ein guter Gedanke, den sollten wir bei Gelegenheit vertiefen.«

Franco und Marc wurden jäh in ihrem Gespräch unterbrochen, denn das Telefon klingelte. Ein Notruf ging ein.

»Eine Frau hat versucht, ihr kleines Baby zu erwürgen. Eine Nachbarin ging resolut dazwischen und informierte uns«, berichtete der Polizeichef.

»Na ja es ist zwar nicht unser Gebiet, aber was soll's. Wohin müssen wir, Chef?«

»Zur Textorstraße 23. Die Anruferin heißt Meier.«

In der Textorstraße angekommen, suchten sie die Klingel mit dem Namen Meier. Wenn die Anordnung der Klingeln passte, befand sich die Wohnung von Frau Meier im 1. Obergeschoss. Sie betätigten den Knopf.

In der Wohnung ertönte *Ding-Dong*. Frau Meier meldete sich über die Sprechanlage. »Hallo, wer ist da?«

»Kommissar Franco Branco und Kommissar Marc Eisenberg«, gab Marc zurück.

»Oh, die Herren von der Polizei. Kommen Sie ins erste Obergeschoss. Rechte Wohnung.«

Ein Summer ertönte, sie betraten das Haus und gingen hinauf. Eine beleibte Frau Mitte sechzig öffnete. In ihren Haaren steckten eine Menge Lockenwickler.

»Sind sie Frau Meier?«, fragte Franco, als er die Dame sah.

»Ja, das bin ich.«

»Dann haben Sie gerade bei der Polizei angerufen?«

»Genau. Frau Rodriguez von gegenüber hat sich hier im Hausflur an ihrem Baby vergangen, weil das Baby so laut geschrien hat.«

»Danke für die Benachrichtigung, Frau Meier. Sie haben alles richtig gemacht. Wissen Sie, ob Frau Rodriguez alleine wohnt?«

»Ich glaube nicht. Hier ist des Öfteren ein Mann in weißer Hose und Sombrero zu sehen. Heute habe ich den Mann beim Müll runterbringen gesehen. Komische Kleidung tragen manche Leute.«

»Okay, vielen Dank. Wir gehen rüber und machen uns selbst ein Bild.«

Marc drückte den Klingelknopf der gegenüberliegenden Tür. Babygeschrei drang von innen heraus. Die Tür wurde eine Minute später geöffnet. Eine schwarzhaarige junge Frau kam zum Vorschein. Als sie ihm Türrahmen stand, stachen ihnen sofort erweiterte Pupillen ins Auge.

»Sind Sie Frau Rodriguez?«, fragte Marc beherrscht.

»Ja, Marta Rodriguez. Wer will das wissen?«

»Kommissar Franco Branco und das ist mein Kollege Kommissar Marc Eisenberg«, sagte Franco, mit dem Kopf nickend auf Marc, zur Frau.

»Was wollen Sie?«

»Mit Ihnen reden. Dürfen wir reinkommen?«

»Ja, kommt rein. Aber wer seid ihr eigentlich?«, fragte die Frau total verwirrt.

»Kommissar Franco Branco und Kommissar Marc Eisenberg«, wiederholte Franco.

»Oh Mann, die scheint total neben der Spur zu sein, als wäre sie unter Drogeneinfluss«, flüstere Marc Franco ins Ohr. Franco nickte nur. »Ihre Nachbarin hat uns angerufen und erzählt, dass sie ihr Baby erwürgen wollten.«

»Waaas? Ich doch nicht, das ist gelogen. Meinem kleinen Schreihals würde ich doch nie etwas antun. Manchmal ist er zwar unerträglich laut, aber das ist nicht schlimm.«

Marcs Blick ging durch den Raum. Ein graues, bequemes Sofa, verstreute Babyspielsachen im Zimmer und das schreiende Baby auf einer Decke am Boden fielen ihm auf. Im Aschenbecher auf dem Tisch lagen eigenartige Zigarettenreste, die einen seltsamen Geruch aufwiesen.

»Ihr Baby schreit«, erwähnte Marc.

»Luis hört gleich wieder auf.«

»Also noch mal, haben Sie ihrem Kind etwas angetan?«

»Nein, nein, nein.« Marta schüttelte übertrieben den Kopf.

»Sind Sie heute Abend alleine hier oder kommt noch jemand?«

»Heute Abend kommt mein Freund zurück, der verdient gerade etwas Geld.«

»Okay, dann machen Sie keine Dummheiten«, meinte Marc. Dabei fixierte sein Blick das Baby. Er sah keine äußerlichen Verletzungen. Unauffällig nickte er Franco zu.

»Dann werden wir jetzt mal wieder gehen, Frau Rodriguez. Passen Sie gut auf sich und Ihren Kleinen auf«, sprach Franco leicht gefrustet, da sie aufgrund mangelnder Spuren nichts mehr unternehmen konnten.

Sie verließen die Wohnung und gingen an die frische Luft.

»Was hältst du davon?«, wandte sich Franco an Marc.

»Nichts Gutes. Wir sollten dem Jugendamt Bescheid geben, dass die Morgen da vorbeischauen. Es roch stark nach Drogen und das Baby einfach schreiend auf dem Boden liegen zu lassen, ist auch keine verantwortungsvolle Fürsorge.«

»Das machen wir auf jeden Fall. Zurzeit häufen sich die Ereignisse, in denen es um Streitigkeiten oder Paarprobleme geht. Hoffentlich ebbt das bald wieder ab. So langsam brauche ich einen längeren Urlaub, um richtig auszuspannen. Die letzten Tage kosteten mir den letzten Nerv. Ich werde bei jeder Kleinigkeit an man eigenes Leben, und die damit verbundenen tragischen Ereignisse, zurückerinnert. Vielleicht sollten wir uns einfach nur auf Morde spezialisieren, da bekomme ich wenigstens keine Gewissensbisse, obwohl ich es mir vorgenommen habe den Leuten bei solchen Problemen zu helfen.«

»Nimm dir doch den restlichen Tag frei und unternehme etwas mit deiner Frau, damit du auf bessere Gedanken kommst. Ich forsche noch etwas weiter, Partner«, schlug Marc vor. Franco nahm die Idee dankend an. Doch was er nicht wissen konnte: Sein Wunsch nach Urlaub sollte in weite Ferne rücken.

KAPITEL 10

B remslichter leuchteten rot auf und ein schwarzer Transporter kam zum Stehen. Ein Mann erhob sich vom Fahrersitz, stieg aus und wartete. Während der Fahrt zu diesem Ort hatte er drei Telefonate geführt. Er steckte sich eine Zigarette an und blies Rauch in die Luft. Sie war halb aufgeraucht, als ein Motorengeräusch den lautlosen Himmel durchbrach. Der Mann konnte einen Transporter in geringer Entfernung sehen. Augenblicke später hielt er wenige Meter von ihm entfernt an. Die Zigarette war fast zu Ende geraucht, als sich auch der dritte und vierte Transporter dem Parkplatz näherten. Die Motoren wurden gestoppt. Aus jedem Auto stieg eine einzelne muskulöse Person aus und schon waren sie wieder vereint, nur ohne ihren Boss.

»Sven, du hast diesen Speedy gefunden?«, fragte eine der Personen.

»Ja. Ich bin erst an ihm vorbeigefahren. Habe aber zum Glück noch im Seitenspiegel gesehen, wie er unauffällig Geld zählte«, berichtete Sven Sokolowski euphorisch seinen Kollegen.

»Das ist ja super. Yuri wird erfreut sein, dass wir so schnell erfolgreich waren. Wo ist er jetzt?«

Sven zeigte auf den Transporter, mit dem er angekommen war, und sagte: »Da drin.«

»Dann lass uns ihn herausholen.«

Die Tür wurde zur Seite geschoben und der Gefangene, der

inzwischen wieder bei Bewusstsein war, setzte sich blind zur Wehr. Heftige, unkontrollierte Tritte gingen ins Leere.

»Oh, die Maus wehrt sich«, brachte Sven Sokolowski lachend hervor. »Los haltet seine Beine fest!«

Weitere Trittversuche, doch kräftige Arme schlangen sich um die Beine des Mannes im Laderaum. Der Sombrero fiel von seinem Kopf und blieb auf der Ladefläche liegen. Speedy wurde unsanft herausgezogen und knallte mit dem Rücken auf den Boden. Zwei der vier Muskelprotze schleiften den Mann in der weißen Hose unsanft über den Boden, hinüber zu dem alten Gebäude. Die anderen beiden schauten sich um und behielten den Gefesselten im Auge.

»Hilfeee!«, kam es durch den Jutesack.

»Sei ruhig! Sonst sind wir nicht mehr so nett zu dir!«

Das alte Gebäude nannte Yuri seine Galerie. Ein Faible hatte er schon als Kind für blutige Malerei, besonders Rottöne genoss er mit Leib und Seele. So hatten sich damals seine Mitarbeiter sehr gewundert, als sie das Gebäude von Yuri zum ersten Mal gezeigt bekamen. Die Wände hingen voller Bilder, darunter eine blutige Kreuzigung, Bilder von Schlachthöfen und vielen anderen blutigen Darstellungen.

Leinwände lagen, für Yuris eigene Bilder, jederzeit bereit. Yuri hatte es früher ganz stolz »Meine Inspiration« genannt, erinnerten sie sich gemeinsam. Doch die eigene Malerei kam etwas in Vergessenheit, denn es bot sich keine Gelegenheit mehr, um sich auszutoben. Es fehlte ihm momentan an Motivation.

Sven wählte die Nummer seines Bosses.

Yuri hatte die Schnauze, nach dem Gespräch am Morgen, voll. Er musste Aggressionen loswerden. Er ging in ein Fitnessstudio, wo er freie Hand genoss, weil der Besitzer – selbst ein kräftiger Mann – Angst vor ihm hatte. Als Bezahlung nutzte Yuri kein Geld, sondern beteiligte den knurrigen Inhaber am Erlös von Anabolika und Steroide, welche unter der Theke verkauft wurden. Er lag mit nacktem Oberkörper auf einer Flachbank. Die Langhantel mit einem Gewicht von 300 kg knallte nach der dreizehnten Wiederholung zurück in die Halterung. Auf Sicherungsposten verzichtete er, da es für ihn ein Zeichen der Schwäche wäre, wenn er Hilfe benötigen würde. Yuri setzte sich auf. Seine Adern am Unterarm traten hervor. Die Brust bebte nach der Anstrengung noch, da vibrierte sein Handy. Der Bildschirm zeigte Sven Sokolowskis Bild, sein Daumen bewegte sich von links nach rechts.

»Was gibt's?«, meldete er sich, leicht außer Atem.

»Gute Nachrichten.«

»Sehr gut.« Es entstand eine kurze Pause, in der Yuri kurz nach Luft schnappte, dann sprach er weiter: »Ich denke mal, dass sich das Paket in der Galerie befindet.«

»Ja genau. Es ist gut verschnürt. Wohin möchtest du es haben, Boss?«

»Auf den Stuhl im Keller!«, sagte Yuri bestimmend und fing an seine Mundwinkel nach oben zu ziehen.

»Verstanden, Boss.«

Der Keller in der Galerie war ein schalldichter, gefliester Raum mit einem Abfluss in der Mitte. Einige extravagante Utensilien standen dort herum. Unter anderem ein Stuhl, an den man jemanden gut fesseln konnte. Ein Gurt befand sich auf Bauchhöhe, auf der Rückseite Ösen, durch die locker menschliche Arme passten. Des Weiteren war der Sitz an den Stuhlbeinen mit Fußfesseln ausgestattet. Die Edelstahl-Optik verlieh dem Ganzen einen Hauch von steriler Arztpraxis.

»Der Boss will Speedy auf dem Stuhl sehen«, sagte Sven Sokolowski zu seinen Gehilfen, die ihm unterstanden.
Das Paket wurde bis in die Galerie geschliffen. Im Gebäude packten ihn die Männer unter den Achseln und zogen ihn auf seine Beine. In aufrechter Position wurde er die Treppe zum Keller hinuntergetrieben, wobei die Muskelprotze aufpassten, dass er nicht auf die Stufen knallte, da er immer noch nichts sehen konnte. Im Keller schnallte man ihn auf den Stuhl. Sven Sokolowski zog ihm den Gurt stramm über den Bauch. In den Fußfesseln fixierte man seine Beine. Die Hände wurden erst vom Kabelbinder befreit, um sie dann durch die Ösen zu führen und festzuklemmen. Die ganze Prozedur dauerte keine zwei Minuten. So saß Speedy hilflos auf einem Stuhl und konnte von der Einrichtung nichts erkennen. Zu gern hätte er sich irgendwelche Details eingeprägt. Doch außer den Stimmen hatte er keine Möglichkeit etwas wahrzunehmen und ihm blieb nichts anderes übrig, als abzuwarten, was als Nächstes passieren würde.

Yuri brach erfreut sein Training ab. Er zog sich ein Hemd über den muskulösen Oberkörper. Es spannte sehr. Glücklich verließ er das Studio, stieg in sein Auto und fuhr in Richtung Galerie. Der Weg dauerte einige Minuten, da sich das

Haus etwas außerhalb der Stadt befand. Es stand im Mönchbruch von Mörfelden. Man konnte dort regelmäßig Flugzeuge starten oder landen hören, denn der Flugplatz lag nur wenige Kilometer entfernt.

Das Haus erschien in Sichtweite.

Quietschende Reifen kamen zum Stillstand. Er schwang die Autotür auf und verließ sein Auto. Er ging mit bebender Brustmuskulatur zum Haus. Energisch betrat er das Gebäude, wo ihn die Bilder an den Wänden sehr oft aufs Neue inspirierten, doch in letzter Zeit fehlte die absolute Inspiration. Hoch erfreut lief er schnurstracks die Treppe zum Keller hinunter. Seine kräftigen Schritte hallten leise von den Stufen wieder. Er beschleunigte sein Tempo, als die Tür zu dem Raum mit dem *Stuhl* in Sichtweite kam. Er stieß sie auf und trat ein. »Na ihr«, begrüßte er seine Untertanen.

»Hallo Boss«, kam es synchron zurück.

»Zeigt mir das Paket!«

»Da ist es«, sagte Sven Sokolowski mit dem Arm auf Speedy gerichtet.

»Oh, das ist ja schön.«

»Können wir noch irgendetwas machen?«

»Ohh, ja! Legt Leinwände rund um den Stuhl auf den Boden. Ich habe Lust zu malen. Den elektrischen Pinsel und das Wärmemacherteil könnt ihr auch bereitlegen.«

»Elektrischer Pinsel? Wärmemacherteil? Was soll das sein?«, fragte ein ahnungsloser Handlanger.

»Kettensäge und Lötlampe«, antwortete Sven Sokolowski trocken.

Der Handlanger machte riesige schockierte Augen. Währenddessen ging Yuri zu einem kleinen Spind, der an einer Wand im Raum stand. Dem schockierten Blick würdigte er keine Aufmerksamkeit. Aus dem Spind holte er einen weißen Malerkittel heraus. Seine teuren Slipper tauschte er gegen Gummistiefel. Umgezogen ging er zu dem Gefesselten, riss ihm den Jutesack vom Kopf und begrüßte ihn: »Hallo, du musst Speedy sein. Bruce hatte damals gesagt, denkt an die Maus, dann wisst ihr, wie man sich Speedy vorzustellen hat«.

»Was willst du von mir, Arschloch?«, schrie er, durchzogen von Angst, zurück.

»Erfahren, warum Bruce umgebracht wurde!« Ohne ihm die Möglichkeit zu geben, zu antworten, sprach er weiter: »Bruce war wie ein Bruder für mich. Wir sind jahrelang durch dick und dünn gegangen und haben uns gegenseitig in jeder brenzligen Lage immer den Rücken freigehalten. Er half mir bei meinen Problemen und ich half ihm mit meiner körperlichen Stärke bei irgendwelchen Auseinandersetzungen, wenn ihm jemand an die Wäsche wollte.«

»Ich weiß nichts! Was soll mit diesem Bruce denn sein?«

»Er wurde umgebracht!«

»Und warum sollte ich mit der Sache etwas zu tun haben?«

»Weil er erstochen wurde. Und mir ist bewusst, dass Messermorde die Spezialität eures Clans sind. Und so brutal, wie er zugerichtet wurde, könnt nur ihr dafür verantwortlich sein.«

»Und was hätte unser Clan davon?«

»Ihr wollt mich einschüchtern und aus dem Geschäft zwingen. Du musst wissen, Bruce war meine rechte Hand. Ich habe ihn vor 28 Jahren im Jugendheim kennengelernt. Das war eine grausame Zeit für uns, aber wir konnten jederzeit aufeinander zählen. So fingen wir auch gemeinsam mit dem Bodybuilding an.«

»Unser Clan war das nicht. Wir hatten damit nichts zu tun«, jammerte Salvador zähneklappernd. In so einer misslichen Lage hatte er sich noch nie befunden.

»Warum glaube ich dir nicht? Ja genau, weil ihr verlogene Schweine seid«, redete sich Yuri in Rage.

»Wir sind keine verlogenen Schweine!«

»Doch, für mich seid ihr genau das«, brüllte Yuri.

»Es lässt sich doch bestimmt alles klären«, bettelte Speedy vor Furcht schwitzend.

»Richtig. Und ich weiß auch genau wie«, sagte Yuri, am Anwerfseil, der am Boden bereitgelegten Kettensäge, ziehend.

KAPITEL 11

Ratter, ratter, ratter. Das Geräusch, der sich drehenden Sägekette durchschnitt die Kulisse im Keller. Speedys Augen fielen fast heraus. Sie starrten unentwegt auf das Schwert der Kettensäge.

»Sven, mach die Lötlampe an!«, schrie Yuri bei dem ohrenbetäubenden Lärm.

Sven drehte die Gaszufuhr auf und hielt ein Feuerzeug vor die Spitze. Eine Flamme loderte.

»Lasst uns die Malerei beginnen!« Die Kettensäge näherte sich dem nach hinten gedrehten rechten Arm.

»Aufhören! Hilfeee! So hab doch Erbarmen.«

»Schnauze! Ich muss mich konzentrieren!«

»Neiiiin, es lässt sich alles …«, doch weiter kam Speedy nicht. Metall traf auf Fleisch. Lautes, schmerzerfülltes Gebrüll erfüllte den Raum. Der anfängliche Widerstand erlosch. Hautfetzen wurden in alle Richtungen geschleudert und das Blut spritzte. Der rechte Oberarm fiel mit einem kräftigen Ruck nach unten. Das Blut schoss aus der Wunde in Richtung Boden. So entstanden rote flächendeckende *Pinselstriche* auf den bereitgelegten Leinwänden. »Welch ein tolles Motiv.« Er nickte Sven Sokolowski zu und der wusste sofort, was zu tun war. Er hielt die Lötlampe an die amputierte Stelle. Geruch von verbranntem Fleisch stieg in die Luft. Die Blutgefäße wurden verödet und der Blutverlust stoppte schlagartig. Salvador schrie erneut voller Schmerzen, solange bis sein Kreislauf versagte und er ohnmächtig wurde.

»Ich nenne dieses neue Gemälde *Faszination Arm*. Holt mir eine Kamera«, sagte Yuri zufrieden.

Ein Handlanger machte sich auf den Weg, um eine Spiegelreflexkamera, aus der über dem Keller liegenden Galerie, zu holen. Er entdeckte sie schnell auf einem kleinen Schrank und kam nach drei Minuten in die blutige Hölle zurück.

»Macht Fotos von dem tollen Bild.«

Klack, klack, klack. Die Schnappschüsse waren im Kasten. Yuri bewegte sich wieder auf den Ohnmächtigen zu. Die Kettensäge in einer Hand haltend, gab er ihm eine Backpfeife. Noch eine. Und eine dritte. Speedy kam nach diesem Schlag langsam zu sich. Seine Augen bewegten sich nach links. Alles da. *Habe ich nur geträumt, dass mir mein Arm abgeschnitten wurde?* Er drehte seine Augen nach rechts. Nein, er hatte nicht geträumt, denn von der Schulter an fehlte sein Arm. Er schaute in Yuris Richtung und lallte: »Du irrer Psychopath!«

»Ich bin doch kein irrer Psychopath. Ich bin Künstler! Ich fertige Kunstwerke an! Und ich bin noch nicht fertig«, gab er zurück, wobei er enorm motiviert wirkte und provozierend mit der Kettensäge herum wedelte.

»Schnallt sein linkes Bein frei«, befahl er einem der Männer. Ein Handlanger folgte der Anweisung. Das Bein war kurze Zeit später frei. Dies war der Moment, auf den Yuri gewartet hatte. Er nahm die Kettensäge wieder in beide Hände und näherte sich dem Knie. Oberhalb des Gelenks setzte er an.

»Bitte, bitteeee nicht«, heulte Speedy, dabei trat er hoffnungslos um sich. Seine Angst wuchs immer weiter, doch seine Kraft verließ ihn. Das Sägeblatt verspürte einen kleinen Widerstand. Speedys Augen schlossen sich. *Klatsch*. Das linke Bein, vom Knie bis hin zur Sohle, fiel auf den Boden. Blut ergoss sich erneut über die Leinwände. Yuri nickte in Richtung des Stumpfes und sagte: »Sven, dein Einsatz. Er soll nicht hier drin verrecken. Also leg los!«

Die Lötlampe kam zum zweiten Einsatz. Es dauerte dieses Mal etwas länger, bis die Blutgefäße verödet waren.

»Mein zweites Gemälde taufe dich auf den Namen *Abgetrenntes Bein*«, triumphierte Yuri. Er schaltete die Säge aus und zeigte Sven an sein Gerät ebenfalls auszumachen. Es stank stark nach verkohltem Fleisch und Blut.

Yuri nahm die Kamera selbst an sich. *Klack, klack, klack.*

»Das sind Erinnerungen fürs Leben. Ich muss nur Überschriften hinzufügen und fertig sind die Fotos von den neuen Gemälden«, sagte Yuri sehr zufrieden, dann richtete er sich an seine Gehilfen und befahl: »Entsorgt Speedy in dem Stadtviertel, wo diese andere Gang das Sagen hat. Ich lege meine Gemälde zum Trocknen weg. Moment noch, ich habe oben etwas an meinen Drucker gesendet, das sollt ihr herausnehmen. Beschriftet beide Bilder mit den vorhin genannten Titeln und steckt ihm dann die Bilder in die Hosentasche.«

Die Handlanger nickten geistesabwesend. Ängstliches Erstaunen ließ sie starr wirken. Sie befreiten den Ohnmächtigen vom Stuhl. Sven Sokolowski schulterte den frisch amputierten Speedy. Ein anderer Handlanger öffnete die Kellertür nach oben zur Galerie. Zusammen stiegen sie die Treppe hoch. Der jüngste Handlanger löste sich von der Gruppierung und lief zum Drucker. Im Ausgabefach lagen zwei ausgedruckte Bilder. Sie zeigten obskure Gebilde aus Blut. Er beschriftete sie, nahm sie an sich und faltete sie zweimal zusammen, sodass sie in die Hosentasche von Speedy passten. Mit den zwei Bildern in der Hosentasche ging es hinaus. Sven bugsierte Speedy zu einem der vier Transporter und schmiss ihn auf die Ladefläche.

Im Keller legte Yuri seine benutzten sowie einige saubere Leinwände zur Seite. Er ging zum Spind und zog den blutverschmierten Kittel aus. Sein Hemd war noch sauber. Die Gummistiefel wurden wieder gegen Slipper getauscht. Er fing an Hände und Gesicht, die noch blutgetränkt waren, zu säubern. Das Blut suchte sich den Weg in den Abfluss.

Ich werde dich niemals vergessen, Bruce.

KAPITEL 12

Franco kam zu Hause an. Er freute sich, Lina überraschen zu können. *Endlich mal keine Sorgen*, dachte er. Als er sein Haus betrat, stieg ihm ein blumiger Geruch in die Nase. Er hielt nach Lina Ausschau, doch anstatt sie zu sehen, fand er nur hohe Stapel von Bügelwäsche im Wohnzimmer. Er suchte weiter und auch im Badezimmer quoll der Wäschekorb über. Zu guter Letzt inspizierte er die Küche, hier herrschte Unordnung und der blumige Geruch war intensiver. *Lina ist bestimmt etwas einkaufen gegangen, sie weiß ja nicht, dass ich eher nach Hause komme.* Francos Blick wanderte über die Arbeitsfläche und erspähte die Weinflaschen. Er zählte sie: eins, zwei, drei, vier. Und er ahnte schon, woher der blumige Geruch kam. *Wir haben gestern Abend nur zwei Flaschen getrunken, da bin ich mir sicher, aber warum stehen dort vier?*, ging es ihm durch den Kopf. Er überlegte kurz und es passte alles zusammen: Der blumige Geruch in der Luft stammte von kürzlich geleerten Weinflaschen. Die untere Etage, Küche, Wohnzimmer, Badezimmer und Abstellraum hatte er komplett durchsucht – keine Spur von Lina. Er ging ins Obergeschoss. Arbeitszimmer und das zweite Badezimmer waren ebenfalls leer. Er öffnete die Tür zum Schlafzimmer. Das Bett war nicht gemacht. Er ging näher heran und entdeckte Linas Kopf. Sie schlief.

»Hallo Schatz«, begrüßte er sie mit einem liebevollen Kuss

auf die Stirn. Dann dauerte es eine Zeit, bis sich eine Stimme meldete: »Franco?«

»Ja.«

»Was machst du denn hier?«, fragte Lina halb schlafend.

»Marc meinte, ich soll mir mal Zeit zum Ablenken gönnen.«

»Oh, schön. Aber ich bin total müde.«

»Okay, du kannst gleich weiterschlafen, aber eine Frage habe ich noch«, sagte er, doch die Antwort auf seine nächste Frage kannte er schon. Als Lina in seine Richtung gesprochen hatte, war ihm ein intensiver Alkoholgeruch entgegengekommen.

»Welche denn?«, murmelte Lina.

»Woher kommen die weiteren leeren Weinflaschen?«

»Keine Ahnung.«

Franco verließ deprimiert das Schlafzimmer. Er setzte sich auf die Couch. *Hatte Lina mir gerade ins Gesicht gelogen?* Er schaltete den Fernseher ein. Bei einer Sendung, in der Zeugen ihre Aussagen vor einem Mann in einer Robe machten, blieb er hängen.

Er hörte sie nicht kommen. Ein Schatten stand hinter ihm.

»Es tut mir leid.«

»Was genau tut dir leid? Dass du mich angelogen hast? Oder schon wieder zu viel Alkohol getrunken hast?«

»Beides. Du weißt gar nicht, wie schwer es für mich ist, durchschlafen zu können. Immer zappelst du von deinen Albträumen geplagt herum. Einmal habe ich dich in deinem Schlafanzug an der Haustür abgefangen. Du hast es noch nicht einmal mitbekommen. Deswegen nehme ich jetzt jeden Abend Schlaftabletten. Du hast mich zu der gemacht, die ich jetzt bin«, lallte Lina, ohne jegliches Feingefühl, vor sich hin. Franco stand von der Couch auf. Er konnte die Vorwürfe nicht gut verarbeiten und erhob die Hand. *Klatsch*. Linas Wange färbte sich rot. Sie heulte und rannte zurück ins Schlafzimmer. Der Zimmerschlüssel wurde umgedreht. Francos Laune erreichte einen Tiefpunkt.

KAPITEL 13

Walter Branco schnitt die Blumen in der Grünanlage seiner Eigentumswohnung in der Fuchstanzstraße Nummer 6. Die Arbeit im Garten lenkte den 65-jährigen Rentner jedes Mal ab. Er hatte den Polizeidienst vor über zehn Jahren endgültig quittiert. Er sollte immer noch Therapiestunden nehmen, um seine Erinnerung besser verarbeiten zu können, doch der letzte Besuch lag jetzt genau zwei Wochen zurück. Bei diesem letzten Termin hatte er eine Entscheidung für sich selbst getroffen: nie wieder zu einem Psychiater zu gehen. Dreißig Jahre seelische Betreuung, ohne einen nennenswerten Erfolg, waren reine Zeitverschwendung. Bei den Treffen wurde er immer wieder aufs Neue mit den lang vergangenen Geschehnissen konfrontiert. *Vielleicht kann ich das alles irgendwann vergessen, wenn ich nicht regelmäßig daran erinnert werde.*

Die Familientragödie von damals saß nach wie vor tief in seinen Knochen. Nur noch mit einem Sohn hatte er Kontakt. Er freute sich immer, wenn er Franco mit seiner Frau Lina zu Gesicht bekam. Die polizeiliche Laufbahn hatte Höhen und Tiefen, als junger Familienvater hatte er auch im Job gute Chancen. Er hätte der neue Star im Revier werden können. Ehrgeiz, guter Einsatz und eine hohe Aufklärungsquote sprachen für ihn. Doch dann kam der 14. Juli 1985, an diesem Tag war seine Familie auseinandergebrochen, weil er seine

Dienstwaffe in einer Schublade im Schlafzimmer deponiert hatte. Die Polizei-Fortbildung, bei der den ganzen Tag gewesen wäre, war aus unbekannten Gründen ausgefallen. Als guter Polizist hätte er die Dienstwaffe mit zur Fortbildung genommen. Stattdessen hatte er sie unbeaufsichtigt und unabgeschlossen in einer Schublade gelassen. Durch diesen dummen Fehler bekam seine Karriere ein Tief, von dem er sich nie mehr erholt hatte. Denn so konnte sein ältester Sohn sich die Waffe während seiner kurzen Abwesenheit schnappen und zwei Familienmitglieder töten. Er hielt es noch mehrere Jahre im Polizeidienst aus, bevor er eine Empfehlung seines damaligen Chefs auf dem Tisch liegen hatte, lieber früher in Pension zu gehen. Er folgte dem Vorschlag und genoss eine ausreichende Rente. So konnte er sich die Eigentumswohnung mit schönem Garten entspannt leisten. Er lebte alleine. Jede neue Bekanntschaft, die er im Laufe, der Jahre gemacht hatte, erinnerte ihn an seine verstorbene Frau Margret. *Der Garten muss schön aussehen, wenn Franco und Lina morgen zum Abendessen vorbeikommen.* Jeder Schnitt saß. Der Garten sah aus wie von einem Profi gemacht.

Esteban Rodriguez schaute sich das Fleisch für das Barbacoa an und war unzufrieden. Es war zu wenig Lamm. Er ging zu seinem giftgrünen Low-Raider. Mit der eingebauten Hydraulik konnte man das Auto in verschiedene Richtung wippen lassen, was ein echter Hingucker war. Durch dieses Extra war der Wagen nicht mehr für den normalen Straßenverkehr zugelassen, was ihm total egal war. Er konnte ihn mit Bestechung trotzdem über den TÜV bringen. *Was genug Geld alles bewirken kann.* Der kraftvolle V8-Motor erwachte zum Leben, als er den Schlüssel umdrehte. Zum Metzger seiner Wahl im Westen der Stadt waren es nur ein paar Minuten. Nach vierzehnminütiger Fahrt stellte er seinen Low-Raider ab und lief die restlichen paar Meter zum Laden. Vor der Metzgerei sah Esteban Rodriguez eine Versammlung von mehreren Menschen. Neugierig näherte er sich der Menschentraube. »Was ist denn hier los?«, fragte er in die Runde.

»Eine brutal zugerichtete Leiche liegt vor dem Eingang der Metzgerei. Anscheinend erweitert der Verkäufer seine Produktpalette«, gab ein Passant witzelnd zurück.

»Ja und?«, fragte Esteban Rodriguez, als wäre es nichts Außergewöhnliches, dann sprach er barsch weiter: »Lasst mich durch. Ich muss dringend in dem Laden einkaufen, der Tote interessiert mich nicht.« Die Tonlage hatte eine solche Intensität, dass die Menschentraube ihm Platz machte. Er näherte sich automatisch der Leiche, da diese genau vor dem Eingang lag. Er schaute hin.

Erstarrte.

Schaute noch mal hin.

Es gab keinen Zweifel, dem Mann am Boden fehlten ein Arm und ein Bein. Und was noch schlimmer war: Er kannte die Person. Die Kleidung verriet den Toten. Es war glasklar für ihn, dass es sich bei der Leiche um Speedy handelte. »So eine verdammte Scheiße«, brüllte Esteban aufgebracht, wobei er gegen die Eingangstür des Geschäftes trat. »Hat jemand von euch was gesehen? Irgendeine Kleinigkeit?«

Ein Mann trat hervor. »Nur einen schwarzen Transporter, der sehr eilig um die Straßenecke bog.«

»Ganz sicher schwarz? Hast du das Modell erkennen können?«

»Nein, aber es war auf jeden Fall schwarz.«

»Hat sonst noch jemand etwas gesehen?«

»Gesehen nicht, aber ich wollte dem Verletzten helfen. Ich wollte den Mann gerade ansprechen, als aus seinem Mund ein Wort zu hören war«, berichtete ein weiterer Passant.

»Und wie lautete das Wort?«, hakte Esteban Rodriguez energisch nach.

»Das Wort machte eigentlich wenig Sinn, es hörte sich an, als würden eine Menge Buchstaben fehlen. Die Buchstaben, die ich verstanden habe, waren T, H und C.«

Estebans Kopf drohte zu platzen. *THC. Meine Erzfeinde im selben Business. Die Schweine haben sich an meiner Familie vergangen, das werden sie bitter bereuen.*

Polizeisirenen waren in der Ferne zu hören. Er reagierte sofort, preschte durch die Menschentraube bis zu seinem Low-Raider, sprang über die Seitentür hinein und gab Gas. Der Motor heulte kraftvoll auf und Sekunden später war er verschwunden.

Hakim Ghali fuhr mit seinem 7er BMW durch die Straßen Frankfurts. Er bog auf die Leipzigerstraße und sah eine riesige Menschentraube. Er drosselte das Tempo, um einen Blick zu riskieren, doch blockierten Menschen die freie Sicht. Er hielt an und stieg aus. Er hörte jemanden laut fluchen und gegen eine Tür treten. Hakim Ghali meinte, die Stimme wiederzuerkennen. Sekunden später ertönten Sirenen und ein Mann drängelte sich unaufhaltsam durch die Menge. Als er mit seinem Auto davonfuhr, erkannte Hakim Ghali um wen es sich handelte. Der Low-Raider seines Chefs war unverwechselbar. Es war tatsächlich seine Stimme gewesen. Hakim Ghali wurde von seinem Chef übersehen, ging selbst näher an das Geschehen, um herauszufinden, was ihn so in Rage brachte. Er kämpfte sich einen Weg durch die Menschentraube. Nachdem er es geschafft hatte, erblickte er die Leiche. Er bemerkte das Fehlen eines Arms und eines Beins. Dann sah er die Kleidung und das Gesicht des Toten. Er wusste sofort, dass es Speedy war, der dort lag. Er hatte genug gesehen, drehte um und ging mit einem Lächeln zu seinem BMW. *Mir gehört bald wieder die Stadt, denn ich bin Hakim Ghali – ein Herrscher!*

KAPITEL 14

Marc holte sein Handy heraus und rief Franco an: »Es tut mir leid, Kumpel, ich wollte dich erst gar nicht anrufen, aber wir haben ein zerstückeltes Opfer.«

»Noch ein weiteres Opfer? Ich mache mich sofort fertig. Meine erhoffte Erholung muss ich dann verschieben. Zudem liegt Lina eh im Bett. Sie hat Kopfschmerzen oder so.«

Ohne auf die privaten Sachen einzugehen, kam Marc direkt zum Punkt. »Kennst du den Metzger in der Leipzigerstraße, wo es das beste Lamm der Stadt gibt?«

»Klar kenn ich den Laden.«

»Gut, dann komme sofort dahin! Und beeile dich!«

Franco nahm seinen Mantel von der Garderobe, blickte noch einmal zurück und überlegte, ob er sich von Lina verabschieden sollte. Er hatte sich schnell entschieden und verließ das Haus ohne einen Abschiedskuss. Während der Fahrt drehte er die Musik etwas lauter auf. Es sollte ihm helfen den Kopf freizubekommen. Als er nach einer zähen Fahrt durch die Stadt am Tatort ankam, stellte er seinen Wagen ab und bahnte sich zu Fuß den Weg zur Leiche. Das Gelände war weiträumig abgesperrt und neugierige Passanten wurden hinter eine Absperrung gedrängt.

»Sie dürfen hier nicht hin«, sagte ein Beamter zu Franco. Er zeigte ihm seinen Dienstausweis und dieser blickte darauf. »Oh, entschuldigen Sie. Ich habe nicht gesehen, dass Sie es sind«, stellte der Beamte fest. Daraufhin hob er die Absperrung etwas an, damit der Kommissar weitergehen konnte.

»Hi, Marc«, begrüßte Franco seinen Partner, während er auf ihn zulief.

»Hi, Franco.«

»Wie schaut es aus?«

»Nicht gut. Da hat jemand versucht, erst Metzger und dann Doktor zu spielen.«

»Folter?«

»Im großen Stil.«

»Warum lässt man uns das Opfer überhaupt finden?«

»Das weiß ich nicht. Ich weiß nur, dass das Opfer auf jeden Fall woanders getötet und dann hier deponiert wurde, da hier kaum Blutspuren zu finden sind. Nur ein paar vereinzelte Tropfen. Es sieht so aus, als wäre eine Wunde etwas aufgegangen. Außerdem haben wir zwei Fotos in der Hosentasche gefunden.«

»Fotos? Zeig sie mir«, bat Franco und als er sie bekam, schaute er sie sich an. *Faszination Arm* stand auf dem einen Bild und auf dem anderen *Abgetrenntes Bein*. »Ist es das, was ich befürchte?«, fragte er besorgt.

»Ich denke schon.«

»Da hat jemand die Hinrichtung bildlich festgehalten. Wer macht denn solche kranken Sachen?«

»Jemand, der einem anderen sehr viel Angst einjagen will«, wand Franco beunruhigt ein.

»Da vermutest du wahrscheinlich etwas Richtiges. Aber möglicherweise haben die Bilder auch gar nichts zu bedeuten.«

»Gibt es irgendwelche Zeugen?«

»Ja. Ein Passant hat einen schwarzen Transporter gesehen und ein weiterer hat gehört, wie der Tote noch ein Wort gekeucht hat, bevor er aufgehört hat zu atmen.«

»Was für ein Wort?«, fragte Franco.

»THC.«

»Mehr nicht, das soll alles sein? THC. Das ist kein Wort, sondern nur drei Buchstaben. Haben wir noch mehr?«

»Ja, eventuell. Der Zeuge meinte, dass eine Person den Toten erkannt haben muss, denn diese Person hatte sich fürchterlich aufgeregt, als Sirenen zu hören waren, flüchtete der Unbekannte.«

»Konnte der Passant die Person beschreiben?«

»Nicht so gut. Er beschrieb die Person folgendermaßen: mongolische oder mexikanische Herkunft, mit einem schwarzen Pferdeschwanz und im Besitz eines giftgrünen Cabrios.«

»Okay, damit können wir vielleicht etwas anfangen. Kennt man den Namen des Toten schon?«

»Wird noch ermittelt.«

»Gut, das würde uns bestimmt weiterhelfen. Haben wir irgendeinen Bezug zu THC?«

»Tetrahydrocannabinol ist ein Bestandteil von Cannabis.«

»Schon wieder ein Indiz, dass es um Drogen geht. Wir haben schon vermutet, dass der massakrierte Bruce Ildenov im Drogengeschäft unterwegs war. Zudem kam mir Frau Rodriguez von heute Mittag auch ganz schön zugedröhnt vor.«

»Das stimmt wohl. Wir werden Frau Rodriguez erneut ein paar Fragen stellen müssen.«

»Genau. Wenn wir Glück haben, ist ihr Freund dann auch da. Fällt dir sonst noch irgendwas zu THC ein?«

»Ich habe irgendwann mal in einer Lokalzeitung einer anderen Stadt einen Artikel gelesen. Dort stand etwas über einen *Terrible Hardgainer Clan*, nur was genau, weiß ich leider nicht mehr.«

»T-H-C wären die drei Anfangsbuchstaben. Das ist eine heiße Spur«, fasste Franco, sich über das Kinn streichend, zusammen.

KAPITEL 15

Der Abend rückte schnell näher und Franco kam ohne nennenswerte Erfolge nach Hause. Die Ermittlungen schienen kaum Resultate hervorzubringen. Den Mantel hängte er an die gewohnte Stelle an der Garderobe und rief nach Lina. Sie antwortete nicht. Einen letzten Versuch unternahm er noch. Er klopfte an die Schlafzimmertür. Keine Reaktion. *Okay, also muss für heute Nacht die Couch herhalten.* Er war todmüde und so machte er es sich auf dem Sofa bequem. Er wälzte sich von links nach rechts und wiederholte die Prozedur. Er hoffte, trotz der Ereignisse, gut durchschlafen zu können. Ihm gingen tausend Bilder durch den Kopf.

Marta entspannte den ganzen Tag. Den Besuch von heute Mittag hatte sie schon fast wieder vergessen. *Was waren das für Typen? Freunde? Kunden? Egal. Ich frage meinen Schatz gleich, wenn er nach Hause kommt.* Um das Baby kümmerte sie sich nur sporadisch. Es lag in einem dreckigen Baby-Bett und schrie die ganze Zeit. *Was will mir das Blag nur mit diesem Geschrei sagen? Kann es sich nicht deutlicher ausdrücken. Die Flasche hatte es schon bekommen, also Hunger kann es nicht haben.* Das Baby war alles andere als gewollt. Sie war viel zu jung dafür. Das Leben änderte sich schlagartig. Einmal hatten sie das blöde Kondom – die Pille hatte sie nie genommen, weil es ihr zu lästig war – vergessen. *Irgendwann ging es mir öfters schlecht und als die Regel ausblieb, habe ich eine Ärztin aufgesucht, die mir zur Schwangerschaft gratulierte,* erinnerte sich Marta, als ein Klingeln ihre Gedanken durchbrach.

Sie öffnete, ohne zu fragen. Eine schwarz behandschuhte Faust traf sie mitten im Gesicht. Es knackte laut. Der Angreifer, der eine Sturmhaube trug, drang stürmisch in die Wohnung ein. »Hal ... hallo.«, stammelte er.

»Was wollen Sie?«, fragte Marta mit Tränen in den Augen. Sie spürte ihre gebrochene Nase sehr.

»Das wirst du sehen!«

Schmerzverzerrt fragte sie: »Was werde ich sehen?«

Doch ohne weiter darauf einzugehen, legten sich Arme um ihren Hals. Sie verstand sofort. Vergebens versuchte sie, zu schreien, jedoch wurden jegliche Bemühungen durch den Fremden im Keim erstickt. Sie hatte ihm nichts entgegenzusetzen, er war einfach zu stark. Der Sauerstoff in ihrem Gehirn wurde immer weniger. Plötzlich sackte sie zusammen. Babygeschrei drang laut aus der Wohnung. Den Angreifer interessierte es nicht. Er war erfolgreich gewesen und verließ unbeirrt die Wohnung im 1. Obergeschoss.

Frau Meier hörte den ganzen Tag das Babygeschrei von gegenüber, denn als allein lebende Rentnerin kam sie nur selten raus. *Ich kann nicht schon wieder die Polizei anrufen. Ich gehe selbst rüber und schaue nach dem Rechten,* dachte sie. Gesagt, getan. Sie machte sich auf den Weg zu ihrer Nachbarin, Marta Rodrigucz. Sie nahm im Augenwinkel noch eine Gestalt wahr, die das Gebäude fluchtartig verließ. Die Tür ihrer Nachbarin stand offen, obwohl es schon sehr spät war.

Babygeschrei drang zu ihr. Sie betrat die Wohnung und blieb stehen, denn Frau Rodriguez lag auf dem Boden. Sie rannte panisch zurück und wählte die Nummer der Polizei.

Eine Zeit lang dauerte es, bis sich die ihr bekannten Gesichter von Franco Branco und Marc Eisenberg in ihr Blickfeld schoben.

»Hallo Frau Meier«, sagte Franco total übermüdet.

»Guten Abend, Kommissar Branco«, begrüßte sie ihn, dann wand sie sich zu Marc: »Hallo Kommissar Eisenberg.«

»Sie haben also ihre Nachbarin tot aufgefunden?«

»Ja, meine Herren, so war es. Ich bin gegen 23:00 Uhr zu ihr herüber, da ich ihr wegen dem ständigen Babygeschrei ein paar Takte sagen wollte.«

»Und was passierte dann?«

»Ich wollte klingen, da sah ich, dass die Tür offen stand. Dann bin ich hineingegangen und im Flur sah ich Frau Rodriguez liegen und bin sofort umgekehrt, um die Polizei zu informieren.«

»Okay, Frau Meier. Haben Sie etwas angefasst?«

»Nein, meine Herren.«

»Sehr gut. Sie bleiben besser hier. Wir werden ab jetzt übernehmen.«

Franco Branco und Marc Eisenberg betraten zum zweiten Mal die Wohnung. Frau Rodriguez lag im Flur. Würgemale zierten ihren Hals. Sie sicherten die Wohnung, um festzustellen, ob der Angreifer noch vor Ort war. Als es klar war, dass niemand mehr da war, hörten sie leises Babygeschrei. Von dem angeblichen Freund keine Spur.

»Wer hat ihr das angetan?«

»Eventuell der angebliche Freund? Vielleicht hatten die beiden einen Streit?«

»Ich glaube, den Freund – und damit auch einen Streit – können wir ausschließen«, sagte Marc und zeigte auf ein Foto.

»Das Foto habe ich bei unserem ersten Besuch gar nicht wahrgenommen.« Es zeigte den Toten, den sie vorhin vor dem Metzger gefunden hatten.

»Das darf doch wohl nicht wahr sein. Warum haben wir dieses Bild bei unserem ersten Besuch übersehen.«

»Weil wir nicht wegen Mord, sondern wegen Ruhestörung und wegen Missachtung der Erziehungspflicht da waren. Nur wie stehen die beiden Morde in Verbindung?«

»Das werden wir herausfinden.«

»Ja das werden wir. Lass uns die Wohnung nach weiteren Hinweisen durchsuchen.«

»Gute Idee. Such du nach dem Baby und ich schaue mich anderweitig um.« Marc zog sich Handschuhe an und schaute sich in der Wohnung um. Franco hingegen suchte nach dem Baby, fand es und ein Schnuller lag – zum Glück – in der Nähe. Den Schnuller steckte er in den kleinen Mund. Es wurde auf der Stelle ruhiger, denn das Baby nuckelte daran.

»Hier hängt ein Kalender«, rief Marc aus der Küche.

»Steht was drin?«

»Es steht nur ein Termin für morgen drin: Grillen mit Onkel Esteban um 13:00 Uhr.«

»Haben wir denn eine Adresse?«

»Noch nicht. Ich kann ein paar Anrufe tätigen, dann sollten wir schlauer sein. So viele Rodriguez werden wir hoffentlich nicht in der Stadt haben.«

»Leider haben wir von ihm noch keine genaue Identität. Aber ein Versuch ist es wert. Vielleicht finden wir ja eine Person mit dem Namen Esteban Rodriguez, dann hätten wir wenigstens eine kleine Spur.«

Auch Franco griff zum Telefon und erkundigte sich nach der Spurensicherung, da sie schon längst hätte da sein müssen. Man vertröstete ihn mit den Worten: »Die Spurensicherung ist gleich da. Es gäbe Komplikationen.« Franco hakte nicht weiter nach, da Komplikationen nie etwas Gutes zu bedeuten hatten. Zwanzig Minuten später waren die Männer mit den weißen Overalls da. Franco wechselte ein paar Worte mit ihnen. Die Männer machten sich an ihre Arbeit. Sie fotografierten jede Einzelheit.

Um 0:45 Uhr erhielt Marc einen Rückruf, obwohl es mitten in der Nacht war, gab es tüchtige Mitarbeiter in der Nachtschicht, die ihren Dienst gut machten. Er erfuhr, dass eine Person mit dem vollständigen Namen Esteban Rodriguez in der Stadt lebt. Der Mitarbeiter konnte sogar die genaue Adresse nennen, das erfreute Marc umso mehr und so stand das morgige Ziel fest. Die Kommissare verabschiedeten sich von den Männern der Spurensicherung. Sie hatten alles gesehen und überließen den Rest ihnen. Sie wickelten das Baby in eine saubere Decke, nahmen es an sich und fuhren gegen 1:00 Uhr in ein Krankenhaus, damit man sich um das Baby kümmern konnte.

Nachdem das kleine Geschöpf sicher in der Obhut des Krankenhauses war, fuhr Franco Marc nach Hause. Als sie wenige Minuten später an der Wohnung ankamen, verabschiedeten sie sich voneinander. Marc betrat seine Wohnung und zog sich rasch aus. Ein letzter Gang zur Toilette und danach putzte er sich noch seine Zähne, bevor er sich ins Bett legte und einen ruhigen Schlaf fand.

Die Rückfahrt zur Platenstraße 2 dauerte. Franco war kurz davor irgendwo einen Absacker trinken zu gehen, aber entschied sich richtigerweise dagegen. Die aufgedrehte Musik verhalf im erneut etwas zu entspannen. Sein Haus war komplett dunkel, also war Lina am Schlafen. So leise es ging, parkte er sein Auto und betrat sein Heim. Er hängte den Mantel an die Garderobe. Wie auf Samtpfoten schlich er ins Obergeschoss, betrat das Badezimmer, ging auf Toilette und putzte seine Zähne. Als er die Klinke des Schlafzimmers herunterdrückte, passierte etwas, womit er nicht gerechnet hatte, denn die Tür blieb verschlossen. Lina hatte sich eingesperrt und Franco die Backpfeife nicht verziehen. Niedergeschlagen lief er die Treppe ins Untergeschoss herunter und bekleidet mit Boxershorts legte er sich wieder auf die Couch, auf der er vorhin schon gelegen hatte. Er sammelte alle drei Kopfkissen zusammen und formte daraus einen kleinen Berg. Die zwei Wohnzimmerdecken nutzte er zum Zudecken. Er bereute es in diesem Moment, sich keinen Absacker gegönnt zu haben. Zum gleichmäßigen Ticken der Wohnzimmeruhr schlief er ein.

KAPITEL 16

Die Glieder schmerzten, als Franco sich von der Couch erhob. Der Schlaf war alles andere als erholsam gewesen, da die Bilder der Nacht ihn die ganze Zeit verfolgten. Außerdem ließen sich die drei bis vier Stunden, die er die Lider geschlossen hatte, kaum als Tiefschlaf bezeichnen. Mit winzigen Augen stand er auf, zog sich an und begab sich in die Küche. Dort setzte er sich alleine an den Frühstückstisch. *Spätestens heute Abend wird Lina aus dem Zimmer kommen. Eine Einladung von Papa haben wir bisher nie versäumt.* Er hatte noch einige Minuten Zeit, bevor er losmusste. Er schlug die Zeitung auf, die er auf dem Weg vom Wohnzimmer in die Küche vom Boden im Flur aufgehoben hatte. Zum ersten Mal machte dieser Zeitungsschlitz einen Sinn. Die Überschrift der Titelseite traf ihn wie ein Blitz.

Grausamer Mord erschüttert Stadt.

In dem Artikel war nichts von den blutigen Bildern zu lesen. Über den Toten wurde geschrieben, dass er unter dem Namen Speedy in der Drogenszene bekannt war. Doch ob er für jemanden gearbeitet hatte oder selbst der Boss war, konnte man dem Artikel nicht entnehmen. Der Instantkaffee schmeckte schrecklich, aber da die Kaffeemaschine kaputt war, blieb ihm nichts anderes übrig. Er musste auf Touren kommen. Der gute Kaffee aus dem Automaten im Revier war das Einzige, worauf er sich freute. *Warum tötet jemand*

die Mutter und den Freund, lässt aber das Baby am Leben?
Dieser Gedanke beschäftigte ihn noch während der Fahrt
zum Revier. Diese verlief, trotz des starken Verkehrs um diese Uhrzeit, gut. Lina hatte sich selbst zum Frühstück nicht
blicken lassen. *Komisch, so sauer war sie noch nie. Wann wird
sie sich wieder einkriegen? Die Backpfeife war nur ein unkont-
rollierter Reflex gewesen*, ging es ihm während einer Haltepha-
se an einer roten Ampel durch den Kopf. Am Polizeirevier
angekommen, waren fast alle Parkplätze belegt. Nach kurzer
Suche fand er jedoch einen Stellplatz. Einen ziemlich engen,
doch es passte so gerade mit seinem Wagen. Im Revier war
schon ein Großteil der Belegschaft versammelt. Selbst der
Teil, der sich eigentlich im Urlaub befand, musste wegen der
Dringlichkeit zurückkommen. Es fehlten nur die Kranken.
Der Chef hatte gefordert, dass alle kommen sollten. Franco
stellte sich zu Marc, der schon wieder topfit wirkte.
»Mal sehen, was der Chef zu sagen hat«, meinte Marc zu
ihm. Franco nickte nur. Der Chef trat Punkt acht Uhr mor-
gens aus seinem Büro. »Das ist eine Katastrophe. Die ganze
Stadt hat inzwischen von den schrecklichen Morden gehört.
Die verfluchte Presse hat relativ schnell Wind bekommen,
noch bevor wir die Lage entschärfen konnten. Das wird böse
Geister wecken. Noch ist der dritte Mord an Frau Rodriguez
nicht bekannt geworden, das ist der einzige Ermittlungs-
vorteil, den wir haben. Ich will schnelle Ergebnisse!«, sagte
der Chef, die Lokalzeitung auf einen Tisch knallend. Er verschwand wütend, ohne eine Reaktion abzuwarten, zurück in
sein Büro.
»Oh, Mann. Bei der klaren Ansage sollten wir lieber schnells-

tens Ergebnisse liefern«, flüsterte Marc Franco ins Ohr.

»Da bleibt noch nicht mal Zeit für einen guten Kaffee. So eine Schande.«

»So wie es aussieht wohl nicht. Also um 13:00 Uhr besuchen wir den Herrn Rodriguez. Es bleiben uns noch fast fünf Stunden bis dahin.«

»Ich habe auch eine erste Idee. Lass uns meinem Bruder, wenn es sich wirklich bestätigen sollte, einen Besuch abstatten.«

Sie machten sich auf zur Bar *Wunschlos glücklich*.

Esteban Rodriguez konnte es immer noch nicht fassen. Salvador Pepe Enedin Emilio Diaz wurde ermordet und das sogar auf eine undenkbare brutale Art. *Was hatte Speedy nur angestellt? Eine schiefgegangene Drogenübergabe? Das schließe ich weitestgehend aus, da wir mit der Brut so viel Geld gesammelt haben, dass die Organisation bald wieder in die Hände von Hakim Ghali übergehen soll, denn wir Mexikaner wollten uns, wie wir es besprochen haben, zurückziehen. Ich muss herausbekommen, wer das war. Derjenige wird dafür bezahlen,* dachte Esteban, wobei er in einer Schublade seines Sekretärs kramte. »Da ist es«, stieß er hervor. Ein schwarzes kleines Buch baumelte zwischen seinen Fingern. Er blätterte darin herum. Nach einigen Seiten hörte er auf. Das was er suchte, hatte er gefunden. Er wählte die Nummer des Schnüfflers, einem Detektiv, der, wenn der Preis stimmte, jedem seine Dienste anbot.

»Der Schnüffler am Apparat«, meldete sich eine Stimme.

»Hallo, hier spricht Esteban Rodriguez. Ich möchte gerne

Ihre Dienste in Anspruch nehmen.«

»Ich bin leider komplett ausgebucht.«

»Ich biete Ihnen einen sechsstelligen Betrag an«, wand Esteban mit einem beherrschten Unterton ein.

»Ich könnte Sie eventuell doch noch aufnehmen. Hälfte der Summe vorab für die Diskretion, die zweite Hälfte bei Vollendung«, sagte der Schnüffler ohne jegliche Emotion.

»Wann können Sie mit Ihrer Arbeit beginnen?«, fragte Esteban aufdringlich.

»Wenn die erste Geldhälfte eingegangen ist.«

»Was ist die schnellste Möglichkeit zu bezahlen?«

»Mit Kreditkarte.«

»Okay, sagen Sie mir Ihre Bankverbindung und ich überweise Ihnen 50.000 Euro. Bleiben Sie bitte dran«, sagte Esteban, eine schwarze Plastikkarte in der Hand drehend, die er extra für solche Fälle besaß. Der Schnüffler teilte ihm eine Internetseite mit, auf der er die Überweisung tätigen sollte.

Wenig später war auf dem Konto ein Geldeingang von 50.000 Euro verbucht.

»Okay, der Geldeingang ist verbucht, das reicht mir zum Recherchieren. Wie lautet Ihr Auftrag?«, erkundigte sich der Schnüffler.

»Klären Sie den Mord an Speedy, mit vollen Namen Salvador Pepe Enedin Emilio Diaz, auf. Sie bekommen keine Informationen von mir. Entnehmen Sie bitte grundlegende Sachen aus der heutigen Tageszeitung.«

»Okay. Sie hören in den nächsten ein bis zwei Tagen von mir.«

Das Telefonat wurde beendet. *Da muss sich Frau Bürgermeis-*

ter gedulden, ob der geliebte Ehegatte tatsächlich fremdgeht. Der neue Auftrag spült viel mehr Geld in die Kasse. Von dem Mord hatte er gelesen. *Mit meinen hochrangigen Kontakten sollte ich gut an Informationen kommen*, grübelte der Schnüffler. Er machte sich intensiv an die Arbeit. Er befragte das Internet und führte einige interessante Telefongespräche.

Yuri schloss, unter dem Arm einen Karton mit Alkohol tragend, seine Bar auf und betrat sein Reich. Er hörte die Tür nicht ins Schloss fallen, stellte den Karton auf einen Stehtisch ab und drehte sich um. Eine Person hielt die Tür offen, eine Weitere kam geradewegs auf ihn zu. Franco hatte einen guten Blick auf die linke Wange des Mannes.

»Hallo, Yuri Branco«, platzte es aus der näherkommenden Stimme.

»Wer sind Sie? Ich heiße Ocnarb. Sie verwechseln mich da.«

»Bruder, Bruder ich erkenne dich auch nach dreißig Jahren an deiner Sternennarbe wieder.«

Die Farbe wich aus Yuris Gesicht. *Ist das wirklich mein Bruder?* »Franco bist du das?«, fragte er entgeistert.

»Ja, ich bin es. Hast wohl nicht damit gerechnet?«

»Ich kann es gar nicht glauben. Ich habe das letzte Mal etwas von dir an dem Abend gehört, an dem sich unsere Wege für immer trennten.«

»Den Abend vergesse ich bis heute nicht.«

»Na ja, Papa hat damals ganz schön überreagiert, es tut mir bis heute leid,« gab Yuri trocken von sich.

»Ob ich dir das glauben kann, Bruder? Egal! Ich bin ja nicht hier, um über unsere Familientragödie zu quatschen.«

»Und warum dann?«

»Weil ich wie Papa Polizist geworden bin – genauer gesagt Kommissar – und aktuell nach einem Täter suche!«

»Aha. Und was hab ich damit zu tun?«

»Bruce Ildenov war doch ein Mitarbeiter von dir, oder?«

»Ja. Er war einer meiner besten Mitarbeiter. Konsequent und zuverlässig.«

»Kennst du einen Speedy?«

»Nein. Sollte ich den kennen?«

»Heute noch keine Zeitung gelesen? Es ist der zweite brutale Mord in kurzer Zeit. Vielleicht besteht da ein Zusammenhang. Wo warst du gestern?«

»Auch wenn du mein Bruder bist, bin ich dir keine Rechenschaft schuldig, wann und wo ich mich aufgehalten habe.«

»Also hast du etwas zu verbergen?«

»Nein.«

»Dann erzähl uns doch einfach, wo du gewesen bist.«

Yuri lenkte ein und sagte: »Im Fitnessstudio und später wieder hier in der Bar, um zu schauen, was alles neu gekauft werden muss.«

Franco wollte gerade weiter nachhaken, da ging aus heiterem Himmel die Hintertür der Bar auf und ein Mann trat ein. Er schob eine Sackkarre mit einem großen Fass Bier vor sich her. »Boss, wohin damit?«, fragte er, ohne die beiden anderen Besucher eines Blickes zu würdigen. »Stell das Fass nach hinten«, sagte Yuri, mit einem Verschwinde-schnell-wieder-Blick. Der Eintretende stellte das Fass schnell ab. Den Blick von seinem Boss hatte er aufgeschnappt. Franco und Marc nahmen die gewisse Ähnlichkeit der beiden Personen stillschweigend zur Kenntnis. »Boss, ich muss wieder los. Habe noch einige Sachen vergessen«, sagte der Mann beim Verlassen der Bar. Die Tür fiel ins Schloss.

»Okay, wir sind hier auch erst mal fertig«, sagte Marc, einer Eingebung folgend.

»Sagst du mir Bescheid Bruder, wenn Ihr den Mord an Bruce geklärt habt?«

»Mal sehen, was sich machen lässt.«

Mit diesen Worten verließen sie die Bar.

»Warum wolltest du schnell wieder raus, Marc?«

»Ich habe da so ein Gefühl. Ich habe durch die geöffnete Tür ein Auto undeutlich wahrnehmen können, aber wenn der Mitarbeiter gleich vom Hinterhof auf die Straße biegt, dann werden wir schlauer sein.«

Sie standen angelehnt an der Hausmauer, als sich ein Wagen vom Hinterhof in Bewegung setzte. Der Fahrer hielt kurz an der Ausfahrt. Danach bog das Auto auf die Straße und sie sahen nur noch die Rücklichter. Franco drehte sich zu Marc um und gratulierte: »Da hattest du ein super Gefühl!«

»Ja! Wie sagte der Mann am Tatort noch? Er hatte einen schwarzen Transporter wegfahren sehen.«

»Einen schwarzen Transporter habe ich auch gerade gesehen.«

Yuri grübelte, warum die beiden Kommissare so fluchtartig das Gebäude verlassen hatten. Daraufhin hoffe er, dass Sven nicht mit dem schwarzen Transporter hergekommen war. Doch die Hoffnung platzte sehr schnell, als er den beiden Bullen aus dem Fenster nachschauen wollte, sah er nicht nur sie, sondern auch noch mehr, denn Sven fuhr mit dem schwarzen Transporter auf die Straße. Wussten die beiden schon etwas? Yuri sah es an ihren Blicken. Sie wussten es! *So eine verdammte Scheiße, das darf alles nicht wahr sein. Ich hätte diesen Speedy in ganz kleine Stücke zersägen und ihn nicht von meinen Handlangern quer durch die Stadt kutschieren lassen sollen, um die Leiche an einem öffentlichen Ort zu deponieren.*

Die Nachforschungen des Schnüfflers liefen auf Hochtouren. Die Tageszeitung lieferte ihm den ersten Hinweis, danach kamen immer mehr Informationen zusammen. Er telefonierte mit jemandem und ließ ein Aufnahmegerät laufen. Danach recherchierte er noch etwas intensiver im Internet. Er schrieb sich jede Kleinigkeit auf, um sich ein besseres Bild machen zu können. Nachdem er damit fertig war, hörte er sich das aufgenommene Telefongespräch zum zweiten Mal an.

»Hallo, hier spricht der Polizeidirektor.«

»Hallo, Polizeidirektor. Hier spricht der Schnüffler.«

»Hallo, Schnüffler. Was beschert mir die Ehre? Wir haben schon lange nichts mehr von Ihnen gehört. Ihre Dienste waren damals immer gut für uns. Wie laufen die Geschäfte?«

»Gut. Ich habe von dem Mord in der Zeitung gelesen. Grauenhaft. Ich würde gerne helfen, wenn es Ihnen genehm ist.«

»Ja, jede Hilfe könnte nützlich sein. Zwar arbeiten meine beiden besten Ermittler auf Hochtouren an dem Fall, aber mit Ihrer Hilfe könnte es sogar noch schneller gehen.«

»Also soll ich auch helfen den Täter zu finden?«

»Ja, gerne.«

»Haben Sie denn Informationen für mich, die mir helfen?«

»Ja. Von dem einem Mord haben Sie garantiert gelesen, dabei handelt es sich um Speedy, mit vollen Namen Salvador Pepe Enedin Emilio Diaz. Die zweite Leiche ist seine Freundin Marta Rodriguez, bei ihr in der Wohnung haben wir Fotos gefunden, die beide gemeinsam zeigen. Sie wurde erdrosselt. Das Opfer, mit dem alles angefangen hat, hörte auf den Namen Bruce Ildenov.«

»Vielen Dank, damit kann ich etwas anfangen. Ich melde mich, wenn ich eine heiße Spur habe.«

Das meiste kannte ich schon, aber eine Neuigkeit habe ich wenigstens erfahren und was für eine!

KAPITEL 17

Die Sonne strahlte am Himmel und die Luft erreichte eine Temperatur von 26 Grad Celsius. Esteban Rodriguez war das schöne Wetter egal, denn er war tief bestürzt. Seinen engsten Partner Speedy hatte es erwischt, somit müsste Hakim Ghali notgedrungen seine neue rechte Hand werden. *Wie erkläre ich das Marta gleich nur? Marta! Sie wird schockiert sein. Todtraurig! Und auch dem kleinen Baby wird der Vater fehlen. Ein paar Minuten habe ich noch, dann wird Marta hier ankommen. Na ja, das Fleisch, was da ist, wird jetzt, da wir eine Person weniger sind, wohl reichen.* Er legte die restlichen Zutaten zurecht. Dem Barbacoa stand nichts mehr im Wege, nur die restliche Familie musste noch eintreffen. Er hörte ein Auto, das sich dem Haus näherte. *Nur noch ein paar Sekunden. Dann kann ich Marta in den Arm nehmen*, dachte er. Das Auto kam auf die Einfahrt gefahren. Erst die erste, danach die zweite Autotür wurden aufgerissen, um sie Sekunden später zuknallen zu lassen. *So schnell ging Marta nie um das Auto, um Luis vom Rücksitz zu holen. Die Prozedur dauerte sonst immer länger*, erinnerte sich Esteban. Er drehte sich vom Barbacoa zur Einfahrt um und erstarrte. Anstatt seine Nichte mit dem Baby zu sehen, erblickte er zwei ausgewachsene Männer, deren Gesichter er nicht kannte. *Was hat das alles zu bedeuten?*

Sie kamen direkt auf ihn zu. »Sind Sie Esteban Rodriguez?«

»Wer möchte das wissen?«

»Kommissar Franco Branco und Kommissar Marc Eisenberg«, sagte einer der beiden, während sie die Ausweise aufklappten.

»Kommissare?«, fragte er erstaunt und warf dabei einen Blick auf die Ausweise.

»Ja genau. Wir haben ein paar Fragen an Sie.« Franco blickte genau in die Augen seines Gegenübers und sah schwarze, buschige Augenbrauen.

Woher haben die meine Adresse und warum tauchen die hier auf? Eine direkte Verbindung zwischen ihm und Speedy konnte unmöglich hergestellt worden sein. Also warum zum Teufel sind die hier?, dachte er, als ein Vibrieren ihn bei seinen Überlegungen unterbrach. Er schaute aufs Display. Es war die Nummer, die er heute Morgen gewählt hatte.

»Entschuldigung meine Herren, ich muss kurz an das Telefon, die Arbeit ruft,« wandte er sich an die Neuankömmlinge, wobei er sich außer Hörweite begab. Er hob ab und hörte dem Anrufer zu.

»Ich habe Neuigkeiten für Sie.«

»Haben Sie schon eine Spur zum Mörder?«, wollte Esteban wissen.

»Das leider noch nicht. Ich habe leider eine weitere unangenehme Information für Sie.«

»Welche denn?«, fragte Esteban.

»Sind Sie sich sicher, dass Sie es wirklich erfahren wollen?«

»Ja, ganz sicher. Nun raus damit.«

»Ich habe ein interessantes Telefonat geführt. Dabei habe ich eine Information erhalten, bei der ein Name gefallen ist, von dem ich nicht erwartet habe, dass ich ihn so schnell wieder hören werde.«

»Nun reden Sie nicht um den heißen Brei herum. Rücken Sie schon mit der Sprache heraus«, sagte Esteban Rodriguez ungeduldig.

»Der Name lautete: Marta Rodriguez.«

Die Gesichtsfarbe entwich dem Mann, der einen bunt gestreiften Poncho trug. Die beiden Kommissare konnten es trotz der Entfernung mit ansehen.

»Was ist mit ihr? Es ist meine Nichte,« brachte Esteban nervös und unsicher hervor.

»Sie ist tot«, antwortete der Schnüffler ohne jegliche Emotion.

Keine Antwort.

»Haben Sie mich verstanden?«, fragte er nach.

»Ja, ich habe die Information verstanden, aber das kann alles nicht wahr sein«, sagte er schockiert.

»Meine Quelle ist absolut sicher.«

»Dann habe ich eine weitere Bitte an Sie. Forschen Sie intensiver nach, um herauszufinden, wie Marta ums Leben kam. Die Bezahlung bleibt gleich«, sagte Esteban vor Wut schäumend.

»Das akzeptiere ich, dann intensiviere ich meine Nachforschungen. Ich melde mich, wenn ich neue Informationen für Sie habe.«

»Okay, sehr gut.«

»Bis dann.« Der Anrufer legte auf. Mit finsterer Miene und geballten Fäusten, wo sich schon die Finger weiß färbten, kam Esteban Rodriguez zu den Ankömmlingen zurück.

Franco bemerkte die angespannte Haltung und fragte: »Schlechte Nachrichten erhalten?«

»Ja, kann man schon sagen«, gab er niedergeschlagen zurück.

»Darf man erfahren, worum es ging?«

»Schlechte Geschäfte«, log er. »Was machen Sie denn eigentlich hier? Ich hatte eigentlich jemand anderen um diese Uhrzeit erwartet.«

»Sie müssen uns begleiten.«

»Warum das denn?«, erkundigte er sich vollkommen entsetzt. Seine weiße Gesichtsfarbe änderte sich blitzartig ins knallrote.

»Wir haben gestern eine gewisse Marta Rodriguez erdrosselt aufgefunden. In der Wohnung schrie ein einsames Baby, welches wir zur Kontrolle in ein Krankenhaus gebracht haben. In dem Kalender von Frau Rodriguez stand für heute ein Termin mit ihrem Onkel Esteban. Deswegen sind wir hier«, klärte Marc, in einem beruhigenden Ton, den aufgebrachten Mann auf. »Marta? Meine Nichte Marta?«

»Wenn Sie der Onkel Esteban sind?«

»Ja, das bin ich! Wohin soll ich Sie denn begleiten? Etwa auf das Revier?«

»Nein. Sie sollen uns zum Krankenhaus begleiten. Sie sind immerhin der Onkel der Verstorbenen, somit also ein Familienmitglied. Da wir keine anderen Verwandten auf die Schnelle ausfindig machen konnten, würden wir Sie bitten, die Obhut für das Baby zu übernehmen.«

»Ja, sehr gerne. Was ist denn mit ihrem Freund?«, erwiderte Esteban gelassener, während seine Gedanken kreisten. *Deswegen sind die hier.*

»Doch bevor wir zum Krankenhaus fahren, möchten wir Ihnen noch ein paar Fragen stellen.«

»Ja, kein Problem.«

»Ihre Nichte Marta war anscheinend mit einem gewissen Salvador Pepe Enedin Emilio Diaz – auch Speedy genannt – zusammen, da wir die beiden gemeinsam auf Fotos in der Wohnung entdeckt haben.«

Nein! Sie haben eine Verbindung zwischen Speedy, mir und der Brut herstellen können, ging es ihm voller Panik durch den Kopf.

»Ja, das ist richtig. Speedy, so wurde er am liebsten angesprochen, lebt mit Marta zusammen und hat mit der Verstorbenen eine gemeinsame Wohnung. Sie haben zusammen ein kleines Kind«, sagte Esteban mit leicht nervöser Stimme.

»Kannten Sie diesen Speedy, wie Sie ihn nennen, gut?«

»An sich nicht, wir haben uns einige Male hier für das Barbacoa, also für ein Barbecue oder Grillen, getroffen. Dabei hat man natürlich über dies und das geredet.«

»Wie war Ihr Eindruck von Salvador?«

»Da er ja ein Landsmann von mir war, konnte man sich gegenseitig Tipps geben und über die alte Heimat quatschen. Wieso wollen Sie das alles wissen?«

»Den Freund haben wir kurz zuvor auf offener Straße tot aufgefunden.«

»Waaas? Sie behaupten also, dass er und meine Nichte ermordet worden sind.«

»Ja! Es tut uns sehr leid. Haben Sie eventuell eine Ahnung, wer das dem Pärchen antun konnte? Gibt es irgendwelche Feinde?«

»Leider kann ich Ihnen da nicht weiterhelfen«, sagte er, wobei seiner Ansicht nach: *Ich werde es hoffentlich bald wissen und Rache nehmen*, eher zutreffen würde, doch das konnte er den beiden nicht erzählen.

»Okay, wir werden nachforschen und den oder die Mörder ausfindig machen. Versprochen.«

»Danke.« In Estebans Kopf kreiste dabei nur die eine Sache. *Hoffentlich werde ich schneller sein.*

»So, genug geredet, sollen wir Sie zum Krankenhaus fahren oder fahren Sie uns hinterher?«

»Ich fahre Ihnen hinterher«, antwortete Esteban Rodriguez, ohne einen Gedanken daran zu verschwenden verdächtig zu sein.

Auf der Fahrt zum Krankenhaus konnten sie das Auto, welches hinter ihnen fuhr, deutlich sehen.

»Siehst du das gleiche Auto wie ich?«, fragte Marc Franco.

»Ein giftgrüner Low-Raider. Ein Cabrio. Es passt genau zu der Beschreibung des Passanten. Was hältst du von Esteban Rodriguez?«

»Wenn ich ihn nur kurz gesehen hätte, würde ich ihn als mexikanisch oder mongolisch aussehend beschreiben. Wir wissen es jetzt besser: mexikanisch. Die Beschreibung passt perfekt. Er war der Mann, den der Passant beschrieben hat. Dass Salvador tot war, wusste er bereits, bevor wir ihn damit konfrontiert haben. Wenn ich spekulieren müsste, ging es bei dem Telefonat nicht um schlechte Geschäfte, sondern um schlechte familiäre Nachrichten.«

»Das ist ein guter Einwand, aber wer war der Anrufer? Und

was hat der Anrufer Esteban erzählt, dass er so angespannt zurückkehrte. War es der Mörder höchstpersönlich, der Esteban bedrohte?«, grübelte Franco im Auto.

»Das müssen wir herausfinden, Kollege. Weshalb Esteban uns nicht die komplette Wahrheit gesagt hat, müssen wir auch erfahren.«

Die Reifen der beiden Autos kamen zum Stillstand. Sie waren am Krankenhaus angekommen. Gemeinsam betraten die Kommissare und Esteban Rodriguez den Eingangsbereich des Krankenhauses. Franco und Marc erklärten der Empfangsdame, wen sie dabei hatten, danach trennten sich ihre Wege wieder. Esteban Rodriguez, mit seinem auffälligen Poncho gekleidet, wurde weiter in das Innere geführt. Franco und Marc verließen das Gebäude wieder und ließen ihn erst einmal alleine, damit er sich um das Baby kümmern konnte.

KAPITEL 18

Die helle Sonne verschwand und es wurde langsam dunkler, somit neigte sich ein weiterer Tag ohne nennenswerte Erfolge dem Ende. Sie waren inzwischen wieder auf dem Revier angekommen, wo Hochbetrieb herrschte. Leider wussten sie nicht, in welche Richtung sie die Nachforschungen vertiefen sollten. Sie hatten zwar einiges gesehen, was, wie es schien, zusammen gehörte, aber ein Gesamtbild wollte sich nicht zeigen. Dann schaute Franco auf seine Uhr und ergriff das Wort. »Ich muss Lina jetzt abholen, wir sind heute bei Papa eingeladen.«

»Das klingt nach einem guten Abendprogramm. Ich werde mir wahrscheinlich zu Hause vor dem Fernseher eine Pizza gönnen. Ich wünsche euch viel Spaß bei Walter und grüßt ihn von mir.«

»Danke. Und natürlich grüße ich Walter von dir. Lass dir die Pizza schmecken. Bis morgen früh in alter Frische.«

»Bis Morgen.«

Zielstrebig verließ Franco das Gebäude, lief zu seinem Privatwagen und fuhr mit ihm in Richtung Platenstraße 2, um Lina abzuholen. *Sie wird bestimmt wieder bessere Laune und mir den Fehler verziehen haben. Ich freue mich schon auf den Abend bei Papa. Endlich abschalten.* Er hatte Lina aus dem Auto angerufen, damit sie sich schon fertigmachen konnte, damit keine weitere Zeit verloren ging. Franco kam nicht gut durch die Stadt, dadurch war er spät dran, als er in die Einfahrt einbog. Da sah er Lina schon, wie sie dastand und wartete. Ihre Wange war immer noch stark angeschwollen und sie zog ein Gesicht wie Sieben-Tage-Regenwetter.

»Hallo, Schatz«, begrüßte er sie.

Ohne ein Wort zu sagen, stieg sie zu ihm ins Auto.

»Lass uns doch bitte wieder miteinander reden«, versuchte Franco das Gespräch in Gang zu bringen.

»Du hast mir sehr weh getan«, erwiderte Lina den Tränen nahe.

»Ich weiß«, gab er reumütig zurück.

»Schau dir genau an, was du mir angetan hast«, forderte Lina Franco auf und zeigte dabei auf ihre dicke Wange. Er schaute nur flüchtig hin.

»Es wäre schön, wenn wir Walter den Zwischenfall verschweigen und ihm nichts von der Backpfeife erzählen«, bat Franco, wobei er ein Unschuldsgesicht zog.

»Ich weiß nicht, ob ich deinen Vater belügen werde.«

Walter Branco war total aufgeregt, wie jedes Mal, wenn Lina und sein Sohn zu Besuch kamen. *Ach, Franco steht noch für das Gute, keine Reibereien, keine häusliche Gewalt und im Dienste der Polizei, so gefällt mir das. Jeder erfolgreiche Fall von ihm muntert mich immer auf.* Er wartete im Garten. Der Grill strahlte Hitze ab, da die Kohle bereits vor wenigen Minuten angefeuert worden war. Es entstand schon die erste Glut. Getränke und Salate standen bereits auf dem Tisch, es fehlten nur noch die beiden Gäste. Ein Quietschen war vor seinem kleinen Gartentor zu hören. Zwei Gestalten näherten sich der Glut. Walter konnte wegen der tief stehenden Sonne noch niemanden erkennen. Doch da sah er eine verzerrte Fratze, wo einst ein wohlgeformtes Gesicht war. Er erschrak leicht. Der Rest der Gestalt kam aus dem Schatten: Es war Lina. Franco lief ein paar Meter hinter ihr.

»Lina Schätzchen, was ist denn mit dir passiert?«, fragte Walter entsetzt.

»Ach, Schwiegervater, willst du das wirklich wissen?«

»Hallo Papa, der Tisch ist ja reichlich gedeckt«, mischte Franco sich in das Gespräch ein.

»Ja, mein Sohn und seine Frau sollen es doch gut bei mir haben.«

»Du sorgst immer so gut für uns.«

»Aber noch mal zurück zu dir Lina, was ist passiert?«

»Das war ganz doof von mir ...«, fing Lina an, »... ich bin tatsächlich beim Wischen der Wohnung unter die Tischkante geknallt. Es tat furchtbar weh. Die Spuren des Kampfes trage ich jetzt immer noch mit mir herum.« Sie versuchte, dabei ein Lächeln gegenüber Walter anzudeuten, wobei sie Giftblicke in Francos Richtung warf.

Sie hat tatsächlich gelogen. Der Abend ist gerettet, dachte Franco erfreut. Walters Augen wechselten einen skeptischen Blick zwischen seinem Sohn und Lina. *Was ist da nur im Busch? Solche Blicke von Lina habe ich noch nie gesehen.*

Das Fleisch wurde auf den Grill geworfen. Es zischte. Jeder bediente sich an den Getränken, Franco und Walter tranken Bier und Lina entschied sich für Wasser.

»Papa, bevor ich es vergesse, ich soll dich von Marc grüßen.«

»Oh, danke. Das ist nett. Wie geht es ihm?«

»Eigentlich ganz gut. Nur stresst die Arbeit momentan sehr. Darum bin ich froh, mal etwas abschalten zu können.«

»Und ich bin froh, euch hier zu haben.«

Es entstand eine kleine Pause, in der nur das Zischen des Fleisches zu hören war, dann fragte Franco seinen Vater: »Wie läuft es eigentlich mit deiner Therapie?«

»Junge, es hat einfach keinen Sinn mehr. So viele Jahre bin ich zu einem Psychiater gegangen, aber die Geschichte kann ich einfach nicht richtig vergessen.«

»Ich verstehe dich gut. Mir fällt es auch sehr schwer.«

Franco und Walter stießen mit ihren Bieren an, Lina mit ihrem Wasser nicht. Sie wollte eisern bleiben und der Versuchung, einen Tropfen Alkohol zu trinken, widerstehen. Sie war sich unsicher, ob sie es schaffen würde, denn der Fusel half ihr sehr beim Einschlafen. Geruch von verbranntem Fleisch lag in der Luft.

»So ein Mist! Wir haben glatt vergessen, das Fleisch zu wenden«, fluchte Walter.

»Wie sieht es denn aus? Das Verbrannte lässt sich möglicherweise abkratzen.«

»Es ist noch annehmbar«, sagte Walter und drehte das Fleisch auf die andere Seite.

»Oh Mann, das Fleisch ist ganz schön schwarz«, jammerte Lina, als sie einen Blick auf den Grill warf.

»Wenn das Schwarze erst einmal abgekratzt ist, sieht es wieder essbar aus«, sagte Walter grinsend. Die drei verzehrten das, noch so eben genießbare, Fleisch und leerten die Salatschüsseln. Es blieb nichts mehr übrig. Lina hatte es wirklich geschafft, den Alkohol nicht anzurühren. Walter und

Franco leerten mehrere Bierflaschen. So war klar, dass Lina zurückfahren musste. Die Verabschiedung ging schnell. Ein paar Umarmungen später war die Sache erledigt. Der Nachhauseweg verlief problemlos. Lina fuhr vorsichtig mit dem Audi, da sie den Wagen nicht so oft steuerte. Zu Hause angekommen, zogen sie sich bis auf die Unterwäsche aus, legten sich ins Bett, und Lina betätigte den Lichtschalter. Der letzte Gedanke, der ihr durch den Kopf ging: *Hoffentlich kann ich ohne Schlaftabletten und Alkohol durchschlafen.*

Ein paar Kilometer von Walter Brancos Garten entfernt, saß Marc in seiner Wohnung am Computer. Die Pizza im Backofen roch schon bis in sein Arbeitszimmer. Marcs Nase sog den Geruch ein. Er lief in die Küche, holte sie aus dem Backofen und schnitt sie in vier große Stücke. Mit ihr ging er zurück zum PC, setzte sich auf den Stuhl und wollte noch seine E-Mails vor dem Spielfilm checken. Er biss von der Pizza ab und öffnete dabei sein E-Mail-Konto. Ein weiterer Bissen. Der Posteingang zeigte nur zwei E-Mails an, eine davon wollte ihn auf eine Single-Seite weiterleiten, die andere bot ihm Viagra für günstiges Geld an. Er nahm einen weiteren großen Bissen. *Wozu habe ich dieses Internet, es müllt mich nur mit unnützen Sachen zu. Geholfen hat es mir auch noch nie. Oder habe ich es überhaupt richtig versucht?* Geistesabwesend tippte er drei Buchstaben in die Suchmaske. *THC.* Unmengen von Suchergebnissen wurden angezeigt, die meisten beschäftigten sich mit der Droge. Zusammensetzung, Auswirkungen, Herstellung und selbst Verkäufe wurden angeboten. Der letzte

Bissen der Pizza steckte gerade in seinem Hals, als er einen Artikel entdeckte. Prompt verschluckte er sich. Marc las sich den Artikel genauer durch.

Der THC wird wegen einer brutalen Kettensägen-Enthauptung gesucht! Ein gewisser Yuri O. verklagte darauf die Zeitung wegen Verleumdung und Rufschädigung. Dem Terrible Hardgainer Clan konnte nichts nachgewiesen werden. Die Zeitung musste eine saftige Entschädigungsstrafe an den genannten Yuri O. bezahlen.

Ohne an den verpassten Spielfilm zu denken, fasste er die neuen Information im Kopf zusammen. *Erst der schwarze Transporter und jetzt noch dieser alte Artikel.* Das Puzzle fügte sich allmählich zusammen und die Spur wurde immer heißer.

Linas Schlaf war katastrophal. Sie wachte öfters auf, wendete sich hin und her und fand keinen einschläfernden Traum. Nach dem fünften Erwachen drehte sie sich im Bett zu Franco um. Der Platz neben ihr war leer. Wie konnte das sein? Sie hatte trotz ihres leichten Schlafs nichts mitbekommen. Lina lauschte. Plötzlich vernahm sie Geräusche unten im Haus. Jemand machte sich an der Eingangstür zu schaffen. Sie lag noch nackt im Bett, während die Geräusche intensiver wurden. *Was soll ich tun?,* dachte sie ängstlich. Sie kramte in der Schublade von Franco und ertastete die Dienstwaffe von ihm. Er hatte genau dieselbe Eigenschaft seines Vaters, sie dort griffbereit zu lagern. Lina nahm sie an sich und zog ihren Bademantel, der an der Tür hing, an. Sie schlich leise die Treppe herunter. *Wo war Franco nur? Musste er nach den vielen Bieren auf die Toilette?* Die Geräusche kamen ganz klar von der Eingangstür, eine Mischung aus kratzen und klopfen. Sie war am Fuße der Treppe angekommen. Bereit zu schießen, knipste sie das Licht an.

Da stand er, ein mittelgroßer Mann, eine Hand zur Faust geformt. Die Finger der Linken waren an den Fingerspitzen blutig. Etwas zeigte direkt auf Lina.

Sie schluckte und konnte es nicht fassen. Unfähig zu schießen bei diesem skurrilen Anblick.

Wie rette ich die Situation? Was kann ich tun?, überlegte sie schockiert.

Der Mann, den sie da mit blutigen Fingern und einer Erektion an der Tür klopfen sah, lag vorhin noch neben ihr, denn es war niemand anderes als Franco, der mal wieder schlafwandelte. Die Pistole legte Lina auf den Küchentisch. Ihre Aufgabe lautete nur noch: Franco ohne aufzuwecken, zurück ins Bett zu bringen, damit nichts Schlimmeres passierte.

KAPITEL 19

Durch die gute Bezahlung wurde für den Schnüffler die Nacht zum Tage. So war das Telefonat mit dem Polizeichef eine super Grundlage. Dass Speedy der Freund von Marta Rodriguez, der Nichte von dem Auftraggeber, war, konnte ziemlich schnell geklärt werden. Nur wer die Morde begangen hatte, war noch unklar. Bruce Ildenov, der dritte Tote, war eventuell der Schlüssel zum Weiterkommen. So suchte der Schnüffler sehr engagiert nach ihm. Nach kurzer Zeit wurde er fündig und schrieb sich die Informationen auf. Bruce Ildenov wurde in jungen Jahren wegen Mordes an seinen Eltern in ein Heim für jugendliche Gewalttäter gesteckt. Dort entwickelte er sich prächtig und lernte jemanden kennen. Irgendwann kam er frei. Später als Erwachsener fiel er einige Male wegen Verkauf und Besitz von Drogen auf. Ein Unbekannter zahlte immer die Kautionen. Es gab einige Polizeifotos, auf denen er älter und massiger ausschaute. Er schien regelmäßig Krafttraining gemacht zu haben, aber es hatte auch stark den Anschein, als wären illegale Hilfsmittel verwendet worden. Irgendwann fing er an, Geld ins Nachtleben zu stecken. So gehörten Bruce Ildenov einige Clubs und Bars. Ein gewisser Yuri Ocnarb half ihm bei den Verträgen. Er war anscheinend jemand, den Bruce Ildenov besser kannte, da die beiden zusammen oft für Fitnessstudios und kleinere Sportartikel posierten. So recherchierte der Schnüffler weiter mit dem Namen Yuri Ocnarb. Die Erfolge waren von mäßiger Zufriedenheit. Es gab keine Informationen aus der Jugend, als wäre der Mann direkt im Erwachsenenalter geboren. *Oder hatte dieser Yuri eine neue Identität angenommen?*, überlegte er. Das wäre nichts Neues, wenn Leute unter anderen Namen weiterlebten. So etwas hatte er schon oft bei gesuchten Personen erlebt, die sich eine zweite Persönlichkeit zulegten, um ein Doppelleben zu führen. Der Schnüffler war in seinem Element und kritzelte viele Notizen auf ein Blatt. Eine davon war, dass dieser Yuri Ocnarb eine Bar führte. Es war 1:00 Uhr nachts. Eine gute Zeit für einen Absacker. Die Adresse der Bar *Wunschlos glücklich* stand im Internet.

Er fuhr hin und hatte Glück. Sie hatte geöffnet. Er ging hinein und schaute sich um. Die Bar war nur spärlich besucht. *Es wird schwer werden sich unauffällig umzuschauen.* Doch der Schnüffler war ein guter Beobachter und auch die Kunst des Redens beherrschte er mühelos. Das Gesicht hinter der Theke hatte er bei den Nachforschungen gesehen. Er hatte es aus einer Fitnesszeitschrift wiedererkannt, dort stand der Name Yuri Ocnarb in einem Artikel mit einem Verweis auf ein dargestelltes Bild. Ungeniert fing der Schnüffler ein Gespräch mit dem mies dreinblickenden Barkeeper an.

»Ich hoffe, hier ist nicht immer so wenig los?«, fragte der Schnüffler, um ein Gespräch anzuzetteln.

»Oft ist hier mehr los«, antwortete der Barkeeper grummelig.

»Ich hätte gerne einen Whisky, damit ich hier nicht nur unnütz herumsitze.«

»Hier, bitte. Das macht dann fünf Euro.« Der Schnüffler reichte ihm das Geld über die Theke, dabei legte er es in

Yuris Handfläche. »Darf ich fragen, wie man solche starken Arme bekommt.«

»Jahrelanges Training«, sagte der Barkeeper mit einem Anflug von Stolz.

»Das ist ja echt der Wahnsinn! Man muss bestimmt sehr hart trainieren«, schmeichelte der Schnüffler ihm.

»Ja klar. Aber das ganze Eisen stemmen macht mir viel Spaß.«

»Kann das sein, dass ich schon mal von Ihnen in einem Fitnessmagazin gelesen habe?«, fragte der Schnüffler an seinem Drink nippend. Jetzt nahm er die veränderte Gefühlslage wahr. Er hatte ihn weich bekommen.

»Oh, ja. Ich habe oft mit meinem guten Freund Bruce zusammen posiert«, sagte er.

»Und wann wird es das nächste Mal so weit sein?« *Bloß jetzt nicht verplappern.*

»Es wird kein nächstes Mal geben«, sagte er niedergeschlagen, sich selbst einen Whisky einschenkend.

»Oh, ist er verletzt?«

»Nein, leider nicht. Er wurde ermordet.« Yuri leerte das Glas in einem Schluck.

»Oh, das tut mir leid. Hat man den Mörder gefasst?«, wollte der Schnüffler wissen.

»Nein, aber eine erste Gerechtigkeit ist schon entstanden«, sagte er mit verschmitztem Grinsen.

»Dann ist ja gut. Ich glaube, ich habe zu wenig gegessen, der Whisky schlägt mir schon auf den Magen. Ich muss zusehen, dass ich etwas zu essen bekomme. Danke, für das nette Gespräch«, verabschiedete sich der Schnüffler, während er dabei aufstand und die ersten Schritte Richtung Ausgang machte.

»Die Straße runter befindet sich in ein paar Metern ein Imbiss«, gab Yuri dem Mann noch mit auf den Weg. *Was für ein komischer Typ, der verträgt ja gar nichts. Nur weil der Whisky stark ist, muss man nicht vor Peinlichkeit flüchten.*

Vor der Bar stand der Schnüffler und machte sich seine Gedanken. *Der Whisky schmeckte sehr lecker, am liebsten hätte ich mehr Gläser getrunken.* Das Gespräch war ein voller Erfolg gewesen. Er hatte wichtige Informationen aufgeschnappt, die er Esteban weiterleiten würde.

KAPITEL 20

Als der Wecker im Schlafzimmer der Brancos klingelte, schälte sich Franco langsam aus dem Bett. Er zog sich, für den heutigen Termin bei der Psychiaterin, an. Frische Socken, gebügeltes Hemd und eine dunkle Jeans. Er ging die Treppe hinunter. Seine Augen waren noch enge Schlitze, doch trotzdem nahmen sie einen liegenden Gegenstand auf dem Küchentisch wahr. *Ist es wirklich das, was ich glaube?*
»Lina! Was sucht meine Dienstwaffe hier unten?«, schrie er nach oben.
»Du hast wieder schlafgewandelt und ich dachte, du wärst ein Einbrecher. Du hast die ganze Zeit an der Haustür gekratzt und geklopft wie ein Wilder«, gab Lina von oben zurück.
»Ich kann mich an nichts erinnern.«
Ja so wie immer, dachte Lina. Sie bewegte sich, mit einem weißen Top und einem Jeansrock bekleidet, zur Küche. Zusammen saßen sie am Tisch. Das Gespräch von vorhin wurde nicht fortgeführt, da es keinen Sinn hatte. Lina wollte nicht darüber reden und Franco konnte es sich wie immer nicht vorstellen, dass er so etwas gemacht hatte.
Die Verabschiedung zwischen den beiden verlief kusslos.

Einige Minuten später klopfte Franco an die helle Tür des Behandlungszimmers von Dr. Michaelsen und betrat es.

»Guten Morgen, Herr Branco«, sagte eine angenehme, freundliche Stimme.

Franco antwortete: »Hallo, Dr. Michaelsen.« *Sie sehen heute bezaubernd aus,* behielt er für sich.

»Wie geht es Ihnen heute?«

»An sich gar nicht so schlecht, außer dass meine Frau mir vorhin erzählt hat, wie ich nachts wieder herumgeschlichen bin und ich habe es noch nicht einmal mitbekommen.«

»Oh, das hört sich gar nicht gut an. Erst die Albträume und jetzt kommt auch noch Schlafwandeln dazu. Wir Ärzte nennen es Somnambulismus. Eventuell sollten wir über eine intensive Behandlung mit Medikamenten nachdenken«, sagte sie ganz ruhig.

»Nein! Medikamente möchte ich nicht!«, schrie Franco völlig übertrieben.

Sie wich erschrocken zurück, dann schlug sie vor: »Lassen Sie es sich doch noch mal durch den Kopf gehen. Medikamente helfen vielen Leuten und es gibt sie für alle möglichen Erkrankungen.«

»Nein, das brauche ich nicht. Ich hasse Medikamente, das ist Teufelszeug! Ich musste miterleben, wie mein Vater sich dadurch immer mehr veränderte. So möchte ich nicht enden!«, sagte Franco genervt, stand auf und verließ wütend die Therapiestunde. Die Tür knallte er beim Herausgehen, sodass Dr. Michaelsen zusammenzuckte.

Herrn Branco scheint irgendetwas seelisch aufzufressen, so leicht reizbar habe ich ihn noch nie erlebt, ging es ihr durch den Kopf.

Quälende Träume ließen Esteban Rodriguez auf dem Stuhl im Krankenzimmer erwachen. Er war die ganze Nacht bei dem kleinen Luis geblieben, so war es auch nicht verwunderlich, dass all seine Knochen wehtaten. Eine Krankenschwester kam zur morgendlichen Kontrolle herein, als ein Handyklingeln die Stille durchbrach.

»Sie dürfen hier nicht telefonieren. Hier herrscht absolutes Handyverbot!«, keifte die Krankenschwester ihn an. Ohne eine Antwort zu geben, verließ er das Zimmer. Auf dem Flur schaute er auf das Display. Er sah, dass es der Schnüffler war, und ging dran.

»Hallo, wecke ich Sie?«, begrüßte der Anrufer ihn.

»Ich bin gerade erst wach geworden, aber egal. Sie rufen ja hoffentlich nur an, wenn es etwas Neues gibt, oder?«

»Ja, so ist es. Ich bin bei meiner Recherche inzwischen auf einen Yuri Ocnarb gestoßen, diesem Mann gehört eine Bar. In seiner Bar habe ich etwas mit ihm reden können, dort ließ er einen Satz fallen, als ich ihn mit dem Tod von Bruce Ildenov konfrontierte. Der lautete, dass eine erste Gerechtigkeit schon entstanden sei.«

»Das klingt ja höchst interessant. Yuri Ocnarb arbeitet also in einer Bar. In welcher denn?«, fragte er jegliche Müdigkeit vergessend.

»In der Bar *Wunschlos glücklich*.«

»Dann werde ich mit diesem Herrn mal ein paar Worte wechseln. Meinen Sie, er könnte so eine Tat begangen haben?«, wollte Esteban Rodriguez wissen.

»Zuzutrauen wäre es ihm. Ein Kerl mit purer Kraft und angsteinflößend zugleich.«

»Okay, danke. Bleiben Sie bitte weiter am Ball.«

»Ja«, sagte er und legte auf. *Ich will schnell das Geld erhalten, damit ich einen schönen Urlaub machen kann.*

»Yuri Ocnarb, Yuri O.«, sprach er zur Tapete. »Scheiße, Scheiße, Scheiße, das darf nicht wahr sein«, fluchte er so laut und schlug gegen die Wand, sodass sich alle Leute auf dem Flur zu ihm umdrehten. Er suchte sich den schnellsten Weg aus dem Krankenhaus. *Sollte es wirklich der gleiche Yuri O. sein, der Anführer des THC? Ich hatte damals schon vermutet, dass mein geköpfter Mitarbeiter eine eindeutige Warnung sein sollte.* Eine Zeitung schrieb darüber, doch zogen sie alles zurück und revidierten es, als eine fette Klage das Klatschblatt in die Schranken wies. Nach diesem Statement waren die Bezirke wieder klar verteilt. Der getötete Mitarbeiter *meiner* Brut hatte im falschen Viertel Drogen verkauft, das hatte er mit dem Leben bezahlen müssen. Seitdem war die Stadt zweigeteilt. Leider konnte man den Mord Yuri O. nicht anhängen. So geriet die Geschichte in Vergessenheit.

Nachdem er die Informationen erhalten hatte, überlegte er, ob er Hakim Ghali benachrichtigen sollte, aber entschied sich dagegen. *Was würde er sagen? Du kannst nicht mal deine engsten Freunde beschützen, schaffst du es dann überhaupt für unsere Sicherheit zu garantieren?* Nein! Hakim Ghali war keine Alternative. Während er nach Hause fuhr, überlegte er sich einen Plan. Nun, da er der Polizei bekannt war, musste eine Veränderung her. Wenige Minuten später kam er zu Hause an und ging direkt in das Badezimmer. Er schaute in den Spiegel und fasste einen Entschluss. Er bewaffnete sich mit einem Rasierer. Zuerst mussten die Barthaare ab.

Sie rieselten zu Boden und in das Waschbecken. Bevor er weitermachte, zögerte er eine Weile. Doch dann gab er sich einen Ruck und schnitt seinen geliebten Pferdeschwanz ab, welcher zu Boden fiel. Zuletzt rasierte er seinen Kopf kahl. Seine Entscheidung war gefallen und nicht mehr rückgängig zu machen. Einzig seine schwarzen, buschigen Augenbrauen ließ er über den Augen stehen. Er begutachtete sich im Spiegel – die Verwandlung war perfekt. Als er auf den Boden schaute und seine Haare sah, kullerte ihm eine Träne aus dem linken Auge. Für sein weiteres Vorhaben benötigte er sein geliebtes Messer. Er ging zum Safe, gab den Code ein und holte das Meisterwerk aus Stahl heraus. Die Schneide und Spitze glitten durch alles hindurch wie Butter. Der Griff mit der Aufschrift: *La familia es todo* war sein ganzer Familienstolz.

Marc hatte schon ungeduldig auf seinen Partner gewartet, als dieser mit schlechter Laune zu ihm stieß. Sie diskutierten über die neuen Ereignisse. »Meinst du wirklich, dass der Mord von vor drei Jahren mit den neuen Ereignissen in Verbindung steht?«, fragte Franco.

»Wenn das zutreffen sollte, dann haben wir ein großes Problem! Leider deuten die Indizien auf dieselbe Vorgehensweise hin. Dem Toten von vor drei Jahren wurde der Kopf ebenfalls mit einer Kettensäge abgetrennt! Das haben uns die Mediziner damals bestätigt. Aber ein Täter konnte nicht gefasst werden. So kam der Fall ungelöst zu den Akten. Eventuell müssen wir die ganze Sache neu aufarbeiten.«

»Gibt es irgendwelche Verbindungen zwischen den Opfern?«

»Ja. Speedy und Marta haben anscheinend zusammengelebt. Aber warum mussten sie sterben? Und wie passt Bruce Ildenov ins Spiel?«

»Vielleicht handelte es sich bei dem ersten Mord um eine Kurzschlussreaktion. Nur warum das junge Paar sterben musste, bleibt ein Rätsel. Eventuell wegen Drogen?«

»Ich weiß es nicht. Die Morde passen nicht zusammen und mein Kopf droht mir jede Minute zu platzen. Die Spur, die wir haben, sollten wir vertiefen und meinen Bruder können wir hier auf dem Revier abermals verhören«, schlug Franco mit Kopfschmerzen vor.

»Das machen wir auf jeden Fall. Einige Stunden können wir ihn ohne Probleme hier festhalten. Und wenn das nichts einbringt, dann müssen wir uns intensiver mit der alten Geschichte auseinandersetzen.«

Ein paar Minuten später parkten sie auf dem Parkplatz der Bar, umrundeten das Gebäude und traten ein. Yuri sah seine ungebetenen Gäste hereinkommen und raunzte in ihre Richtung: »Was wollt ihr denn schon wieder?«

»Yuri Ocnarb oder soll ich besser Yuri Branco sagen? Sie werden des Mordes beschuldigt. Alles was Sie sagen kann und wird vor Gericht gegen Sie verwendet werden«, sagte Marc überzeugend.

»Was ich nicht lache. Das ist ja wohl ein schlechter Scherz«, stieß er verärgert hervor.

Doch es war kein Scherz, denn Franco und Marc führten Yuri in Handschellen, die kaum um die Handgelenke passten, ab. Sie nahmen ihn mit zum Revier. Während der Fahrt verhielt er sich still. Es dauerte nicht allzu lange, bis sie das Revier erreicht hatten. Dort gingen sie gemeinsam in ein Verhörzimmer, in dem Yuri Branco mit Fragen durchlöchert werden sollte. Noch bevor die Erste gestellt wurde, sagte er: »Ich möchte einen Anruf tätigen!«

»Einen Anruf darfst du tätigen, Bruder«, gab Franco zurück. Yuri wählte eine Nummer. Er rief nicht seinen Anwalt, sondern Sven Sokolowski an. Es klingelte zweimal, dann wurde abgehoben und er legte los: »Sven, du musst heute Abend die Kneipe führen! Die Polizei hält mich in Gewahrsam, aber ich werde hier bald wieder raus sein.«

»Alles klar, Boss. Soll ich sonst noch etwas unternehmen?«

»Nein«, sagte Yuri ganz beruhigend, sich der Sache sicher, dass die Polizei nichts gegen ihn in der Hand hatte. Und er behielt recht, denn die Befragung brachte nichts ein, weil er sich stur stellte und nichts preisgab.

»Was machen wir mit ihm?«, fragte Marc Franco, außerhalb der Hörweite des Gefangenen.

»Wir lassen ihn solange schmoren, wie es nur geht«, äußerte sich Franco und kratzte sich am Kinn.

»Okay. Wir könnten Frau Meier erneut befragen, möglicherweise ist ihr mehr eingefallen«, schlug Marc vor.

»Dann lass uns direkt los. Mein Bruder wird die Zeit auch alleine hier genießen. Vielleicht ist er ja bereit, zu reden, wenn wir zurückkommen.«

Sie machten sich auf den Weg zur Textorstraße 23 und hatten Glück, denn als sie klingelten, öffnete Frau Meier ihnen die Tür und sagte freundlich: »Kommen Sie bitte herein.«

»Danke«, sagte Franco und trat zusammen mit Marc ein.
»Sie können ja schon mal auf der Couch Platz nehmen.«
Sie nahmen das Angebot an.
»Möchten Sie einen Tee oder Kaffee?«
»Einen Kaffee. Schwarz.«, wünschte sich Franco.
»Ich hätte gerne einen Kamillentee«, äußerte sich Marc, wobei er der alten Dame genau in die Augen schaute.
Frau Meier bereitete die Getränke zu. Sie füllte Wasser in die Kaffeemaschine, schwenkte das Filterfach nach außen, legte das Fach mit einem Kaffeefilter aus und füllte Kaffeepulver hinein. Sie schwang es zurück und startete den Brühvorgang. Der Wasserkocher mit dem Heißwasser für den Tee brodelte vor sich hin. Die Kaffeemaschine gab die letzten Laute von sich. Frau Meier kam mit den fertigen Getränken zurück.
»Was verschafft mir die Ehre?«, fragte sie, nachdem die Getränke auf dem Tisch abgestellt wurden.
»Wir haben leider noch ein paar unangenehme Fragen bezüglich der Toten«, sagte Marc mit einem mitfühlenden Ton.
»Kein Problem. Fragen Sie!«
Ohne Zeit für unnötige Fragen zu verschwenden, fragte Franco direkt: »Ist Ihnen noch etwas eingefallen, was sie wahrgenommen haben könnten?«
»Da muss ich kurz überlegen. Wo sie jetzt so fragen, fällt mir tatsächlich noch etwas ein. Ich habe eine schwarze Gestalt beim Verlassen des Gebäudes gesehen.«
Franco und Marc tauschten einen hoffnungsvollen Blick aus.
»Können Sie diese Gestalt etwas besser beschreiben. War sie dick oder dünn? Groß oder klein? Kräftig oder schmal?«, bombardierte Franco Frau Meier mit Fragen.

»Ich muss da leider schätzen, aber die Figur ähnelte ein wenig ihrer«, sagte sie und schaute dabei zu Franco.

»Also können wir Yuri ausschließen, seine Statur ist auffälliger«, wandte Marc ein.

»Scheint so.«

»Konnten Sie noch andere Details erkennen?«

»Ich habe der Person keine Aufmerksamkeit geschenkt. Ich konnte nur erkennen, dass sie eine Art Kopfbedeckung trug. Wer konnte schon so etwas Schreckliches ahnen.«

»Niemand. Kamen Sie gut mit Frau Rodriguez klar?«, fragte Marc, danach nahm er einen Schluck Tee zu sich.

»So viel Kontakt hatte ich nicht zu ihr. Es waren meistens nur sehr kurze Gespräche.«

»Haben Sie oft Babygeschrei von nebenan gehört?«

»Ja. Das Babygeschrei drang schon sehr oft durch das Treppenhaus, aber meistens kam es schnell wieder zum Erliegen.« Als sie ausgetrunken hatten und keine weiteren Fragen mehr hatten, bedankten sie sich bei Frau Meier. Mit einigen neuen Information verließen sie die Wohnung wieder.

Der frühe Abend brach an und Sven Sokolowski stand hinter der Theke in der Bar *Wunschlos glücklich*. Eine Kellnerin servierte an einem Tisch, an dem ein einzelner Mann saß, den sechsten Whisky. Er klatschte der Frau beim Weggehen kräftig auf den Arsch. Sven Sokolowski bekam es mit und ging mit kräftigen Schritten zu ihm hin.

»Hallo«, sagte er in einem nicht ganz so freundlichen Ton.

»Was willst?«, lallte der Mann.

»Dass du dich bei der Kellnerin entschuldigst.«

»Bei der Schlampe? Der hat das bestimmt gefallen«, äußerte sich der Angetrunkene.

»So, jetzt ist Schluss«, sagte er zu dem Betrunkenen und griff zu dem Whiskyglas.

»Du hast mir gar nichts zu sagen. Aber hast Glück, denn ich muss pissen«, sagte der Mann beim Aufstehen, dabei spuckte er Sven Sokolowski ins Gesicht. Er wischte die Spucke weg. Wartete kurz. Danach folgte er dem angetrunkenen Mann auf die Toilette.

»Du schon wieder? Lass mich in Ruhe!«, brummelte der Mann, sich mit einer Hand abstützend. Statt einer Antwort, legte Sven Sokolowski seine Pranke an den Hinterkopf und knallte ihn mit Schwung gegen die Wand. Blut tropfte auf die Fliesen. Ein paar Tropfen Urin verteilten sich auf der Jeans des angetrunkenen Mannes. Er verlor das Bewusstsein und wurde von Sven geschultert. Er schmiss ihn vor der Bar hinaus auf die Straße.

Ein schwarz gekleideter Mann beobachtete das Geschehen. *Oh, hier scheint ganz schön was los zu sein. Egal.* Der Mann in Schwarz, der zudem auch noch eine schwarze Kappe auf dem Kopf hatte, betrat die Bar. Er schaute sich um, es war wenig los, da es ja früh am Abend war. *Ja, der Mann hinter der Theke sieht aus wie dieser Yuri.* Er ging schnurstracks auf ihn zu. Der Mann bemerkte ihn und fragte: »Was kann ich für Sie tun?«

Ein großes Messer kam zum Vorschein. Der erste Treffer ging in die Magengegend. Sven Sokolowski sackte zusammen. Der Angreifer setzte das Messer vorne am Hals an und zog es kräftig von links nach rechts. Das Blut spritzte schwallartig aus der neuen Körperöffnung über die Alkoholflaschen im Regal hinter ihm. Alle Gäste rannten schreiend hinaus. Der Angreifer verließ, so schnell wie er gekommen war, wieder die Bar.

KAPITEL 21

Es nervte Franco, wenn er Überstunden machen musste. Trotzdem saß er auf dem Revier, als sein Telefon gegen 19:00 Uhr klingelte. Er hob ab. Fassungslos hörte er dem Anrufer zu, wie er von einem Messerangriff in der Bar *Wunschlos glücklich* berichtete. Nachdem der Mann seinen Gesprächsfluss unterbrochen hatte, hakte Franco nach, um die ein oder andere Information zu erfahren. Der Anrufer reagierte auf diese Fragen nicht und berichtete nur von viel Blut. Kurze Zeit später legte er auf und damit war das Gespräch beendet. Franco starrte noch einen Augenblick auf das Telefon, dann stürmte er mit schnellen Schritten zur Gewahrsamszelle. Er erreichte sie binnen einer Minute. »Es gab eine blutige Attacke mit einem Toten in deiner Bar«, sagte Franco zu seinem Bruder, der mit geschlossenen Augen seelenruhig in der Zelle saß. Von den Worten in seiner Ruhe gestört, öffnete er sie und brüllte los: »Das kann nicht sein!«

»Doch, so leid es mir tut, Bruder.«

Yuri Branco hatte eine üble Vorahnung, die nichts Gutes zu bedeuten hatte, doch diese behielt er für sich. Er blieb still, bis Franco wieder das Wort ergriff.

»Du darfst uns, als Barbesitzer und definitiv nicht als Täter des neuen Mordes, zur Bar begleiten.«

»Und was soll ich da?«

»Kontrollieren, ob etwas entwendet wurde. Und einen

Blick auf den Toten werfen! Eventuell ist es jemand, den du kennst.«

»Meinetwegen«, antwortete er, wobei seine Achseln leicht zuckten.

Franco und Marc nahmen Yuri Branco in ihrem Dienstwagen mit zu der Bar. Vor Ort stand schon ein Krankenwagen. In ihm befand sich ein bewusstloser Mann mit einer Platzwunde am Kopf und einer nassen Jeans.

»Was ist denn mit dem passiert?«, erkundigte sich Franco bei einem Sanitäter.

»Vermutlich eine Schlägerei. Der Mann lag vor der Bar auf der Straße«, gab der Sanitäter knapp zurück und behandelte den Verletzten weiter. Ohne darauf einzugehen, gingen sie zum Eingang. Die drei betraten die Bar. Menschenleer. Kein Wunder, eine Absperrung hinderte jeden Unbefugten daran, einzutreten, doch sie kamen durch Vorzeigen ihrer Ausweise ohne Probleme hinein.

Das Ausmaß war schnell erspäht, Mengen an Blut bedeckten große Teile des Regals. Als sie ihre Blicke nach unten richteten, sahen sie auf dem Boden eine kräftige Person im eigenen Blut liegen. Yuri Branco schluckte, zwar nur ganz kurz, doch es war ein riesiger Schock für ihn Sven Sokolowski tot zu sichten.

»Kennst du die Person?«, fragte Franco seinen Bruder.

»Ja. Das ist Sven Sokolowski. Ein Mitarbeiter von mir«, antwortete er direkt. *Welches Schwein hat dir das angetan?*

»Der Tote sieht dir ziemlich ähnlich. So wie ich es sehe, besteht der Unterschied, den ich auf Anhieb erkennen kann, nur in der kleinen Sternennarbe auf der Wange. Du, Bruder, hast eine Narbe auf der Wange und der Tote nicht«, stellte Franco fest.

»Nur von Weitem sehen wir uns ähnlich«, sagte Yuri. *Scheiße, da hatte es bestimmt jemand auf mich abgesehen.*

Marc sah einen Schlüsselbund, den die Spurensicherung schon aus einer Hosentasche des Toten geholt hatte. Mehrere Schlüssel hingen an dem Bund. Haustürschlüssel, Briefkastenschlüssel, Barschlüssel und auch ein Autoschlüssel war darunter. Marc zog sich Handschuhe an und nahm den Bund an sich. *Lass Sven bitte nicht mit dem Transporter gekommen sein,* hoffte Yuri still.

»Lass uns mal schauen, ob wir das passende Auto auf dem Parkplatz finden«, schlug Marc vor.

»Gute Idee.«

Sie gingen durch den Hintereingang hinaus zum Parkplatz. Marc drückte auf die Fernbedienung der Zentralverriegelung. Gelbe Lichter eines schwarzen Transporters leuchteten auf. *Sven, du Vollidiot!*

Marc riss die Seitentür auf. Auf der Ladefläche kam ein Sombrero zum Vorschein.

»Was haben wir denn hier? Einen mexikanischen Hut, einen Sombrero!«, stieß Franco erstaunt hervor.

»Ich würde fast wetten, dass dieser Hut dem toten Mexikaner gehörte und der Tote irgendetwas damit zu tun hatte.«

»Das wird uns ein DNA-Test bestätigen können.«

»Haben Sie dazu etwas zu sagen?«, richtete Marc sich an Yuri.

»Grauenhaft. Ich kann das Ganze gar nicht fassen, dass ein Mitarbeiter von mir solch eine Tat, wie ich sie vor Kurzem in der Zeitung gelesen habe, begangen haben soll.«

»Ihr Mitarbeiter scheint es faustdick hinter den Ohren gehabt zu haben.«

»Ich kontrolliere meine Mitarbeiter nicht. Leider kann ich zu deren Privatleben nichts sagen.«

»Okay, das verstehen wir. Lass uns zurückgehen und schauen, wie weit die Leute der Spurensicherung mit ihrer Arbeit sind.«

Bei der Leiche angekommen, drehte sich ein Spurensicherer um und ohne gefragt werden zu müssen, sagte er: »Einstich im Bauchbereich und über den Hals zieht sich ein Querschnitt, der anscheinend die Halsschlagader durchtrennt hat. Das Opfer starb erst vor ein paar Minuten, da die Wunden noch sehr frisch sind. Für die genaue Obduktion ist der Gerichtsmediziner zuständig.«

Scheiße, die Handschrift erkenne ich. Die Handschrift der Brut, dachte Yuri sofort, wobei ihm der Anblick des vielen Blutes inspirierte, doch er konnte seine Begeisterung zähmen. Die Spurensicherung arbeitete intensiv weiter. Es wurden noch einige Tatortfotos geschossen und die Indizien mit kleinen Schildchen markiert. Es herrschte weiterhin Trubel, doch Marc und Franco hatten genug gesehen und verließen den Tatort. Franco wandte sich noch einmal an seinen Bruder: »Kannst du uns irgendwelche Information, die uns weiter helfen, geben?«

»Leider nein. Er war ein loyaler Mitarbeiter und machte seine Arbeit gut.«

»Okay. Dann darfst du erst mal wieder auf freiem Fuß bleiben. Halte dich aber für weitere Fragen parat, falls wir doch noch etwas wissen wollen.«

»Sicher doch. Du machst Papa bestimmt ganz stolz,« dabei zwinkerte er Franco zu. Mit diesen Worten suchte er das Weite. Er wollte viel Abstand zwischen sich, der Polizei und dem toten Sven Sokolowski bringen.

»Glaubst du deinem Bruder?«

»Kein Wort glaube ich ihm. Hast du das zornige Funkeln in seinen Augen gesehen, als er die Leiche sah. Da steckt viel mehr hinter dem Mord, als es den Anschein macht.«

»Wir behalten ihn lieber im Auge.«

»Auf jeden Fall.«

»Gibt es eigentlich irgendwelche Zeugen, die etwas von der Tat gesehen haben?«

»Nur eine Frau, meinte ein Kollege zu mir.«

»Dann lass uns sie mal befragen.«

Die Frau sah aus wie eine Kellnerin. Sie hatte eine weiße Bluse, einen langen schwarzen Rock und bequeme Schuhe an. Den Beutel für das Geld hatte sie um ihre Hüften gebunden. Sie stand auf der Straße und ihr Make-up war verschmiert, was sie schrecklich aussehen ließ.

Die beiden stellten sich der Frau vor. Sie nickte nur. Dann fragte Marc: »Haben Sie den Täter gesehen? Oder kannten Sie das Opfer?«

»Der Mann, der getötet wurde, ist Sven Sokolowski. Er war als Sicherheitsmann für Ruhe und Ordnung hier im Einsatz. Aber heute Abend stand er hinter der Theke. Normalerweise steht Yuri, unser Chef, selbst hinter der Theke. Den Täter habe ich nur kurz gesehen, da ich gerade vom Kassieren zur Theke zurückkam. Es ging alles so schnell. Es war so grausam. Ich habe nur eine Person gesehen, die ziemlich nah bei

Sven stand und dann spritzte Blut auf die Flaschen und Sven fiel zu Boden«, gab die Frau mit ihren verheulten Augen zurück.

»Können sie den Täter noch etwas genauer beschreiben?«

»Grob. Er hatte ungefähr Ihre Figur«, antwortete die Frau und begutachtete Franco von oben bis unten. Marc schaute seinen Kollegen irritiert an. Es war das zweite Mal, dass er das hörte.

»Haben Sie irgendwelche Details bemerken können?«

»Der Mann trug eine schwarze Baseballkappe, schwarze Klamotten und war rasiert. Mehr konnte ich leider in der Kürze nicht sehen.«

»Danke, das ist einiges«, sagte Marc und schaute abermals zu Franco herüber. Er trug ganz selten einen Bart. Er konnte es nicht gewesen sein, denn sie waren die ganze Zeit gemeinsam unterwegs. Sie wandten sich wieder ab.

»Wer tötet denn den einen Sicherheitsmann einer Bar?«, fragte Marc.

»Wenn ich das wüsste, würden wir hier nicht nach Hinweisen suchen, sondern jemanden verhaften«, sagte Franco lauter als beabsichtigt.

»Also bleiben wir am Ball und suchen weiter?«

»Ja.«

Das Bankkonto zeigte eine Gutschrift von 50.000 Euro. Der Schnüffler freute und wunderte sich gleichermaßen. Er blieb auf dem Laufenden und spionierte selbst ein wenig herum. *Hatte Esteban mit Yuri geredet? Unmöglich! Yuri verbrachte den Tag in Polizeigewahrsam. Ein Vorschuss?* Er griff zum Telefon.

»Esteban Rodriguez«, meldete sich eine Stimme.

»Ja, ja ich weiß!«

»Oh, Sie sind es. Haben Sie schon wieder Neuigkeiten?«,

»Nein. Ich wollte nur wissen, warum Sie die nächsten 50.000 Euro überwiesen haben?

»Wegen Yuri Ocnarb, er existiert nicht mehr.«

»Ich weiß nicht, was sie gemacht haben, aber eines ist sicher: Es hat nichts mit Yuri Ocnarb zu tun.«

»Doch, ganz sicher. Ich habe dem Barkeeper, der Bar *Wunschlos glücklich*, einen Besuch abgestattet und einen endgültigen Eindruck hinterlassen.«

»Nicht Ihr Ernst, oder?

»Mein voller Ernst.«

»So ein Mist! Dann haben Sie die falsche Person erwischt. Es war irgendein Handlanger, weil Yuri von der Polizei festgehalten wurde.«

»Wiederholen Sie das, was Sie gerade gesagt haben«, forderte Esteban Rodriguez, sich hoffentlich verhört zu haben.

»Yuri lebt! Sie haben in der Kneipe einen seiner Handlanger angetroffen.«

Ihm verschlug es die Sprache. Er ließ das Handy fallen.

»Hallo, hallo sind Sie noch dran?«, rauschte es leise aus dem Handy.

Keine Reaktion.

»Hallo?«

Das Gespräch wurde beendet. Regungslos saß Esteban Rodriguez auf einem Stuhl und ging den Plan im Kopf durch. *Yuri ausfindig machen, anvisieren und ohne Kompromisse agieren. Keine Fragen nach dem Warum stellen, einfach handeln.*

Zum Glück wusste ich direkt wohin mit der Tatwaffe. Ich bin voll aufs Ganze gegangen. Für nichts. Miserable Entscheidung. Scheiße. Frustriert hob er sein Handy vom Boden auf. Er musste weiter jagen.

KAPITEL 22

Die Küche strahlte im Schein der Deckenlichter hell. Linas Blick ging flüchtig an dem Messerblock auf der Arbeitsplatte vorbei. Nur in einem Schlitz steckte kein Messer. Lina suchte Eier, Speck und Toastbrot zusammen. Sie heizte auf dem Herd eine Pfanne mit Fett an. Wenige Sekunden später brutzelte es. Sie schlug die Eier in die heiße Pfanne und gab den Speck hinzu. Mit einem Kochlöffel vermischte sie es gut. Den Toast steckte sie in einen Toaster und eine Minute später sprang er gebräunt wieder hoch. Die Mischung in der Pfanne war auch fertig und Lina stapelte sie auf dem Toastbrot. Alleine genoss sie das Frühstück, denn Franco war bereits unterwegs, denn eine Mordserie in Frankfurt musste aufgeklärt werden. So motiviert wie heute begann sie selten den Tag. Bereit Einkaufen zu gehen, danach Haus, Garten und Schuppen zu säubern. Sie fing mit dem Supermark an. Sie hoffte, dass er leer sein würde, da die meisten Leute ihrer Arbeit nachgehen mussten. Sie rechnete nur mit ein paar älteren Personen, für die die Zeit egal war. Sie fuhr zum Supermarkt. Die Fahrt dauerte dreizehn Minuten. Weiterhin hoch motiviert, stellte sie ihr Auto ab und stieg aus. Sie ging zu den Einkaufswagen und steckte einen Chip in den kleinen Schlitz. Sie zog diesen aus der Reihe heraus, betrat den Laden und schlenderte durch die Gänge. Obst, Gemüse, Brot, Fleisch und Aufschnitt lagen schon im

Einkaufswagen, als sie an dem Spirituosen-Regal vorbeifuhr. Sie stoppte und überlegte. *Soll ich? Soll ich nicht? Soll ich? Soll ich nicht?* Sie sollte nicht, doch sie tat es. Zwei Flaschen Weißwein und ein Rotwein fanden ihren Weg in den Einkaufswagen. Sie schob ihn zur Kasse und legte die Waren nacheinander auf das Band.

»Das macht: 48,40 Euro«, sagte die Kassiererin in einem lustlosen Ton.

Lina kramte in ihrer Handtasche. Taschentücher, Lippenstift, Kaugummis, Handy und ein Stift glitten durch ihre Finger. *Mist! Wo ist mein Portemonnaie?*

»Das macht: 48,40 Euro«, wiederholte die Kassiererin etwas gereizter.

»Ja. Einen Moment noch. Ich kann mein Portemonnaie nicht finden.« Die Person hinter ihr machte bereits unverständliche Geräusche. Die Frau auf dem Stuhl verzog eine Miene.

Habe ich das Portemonnaie wirklich nicht eingesteckt? Ich hatte es doch in der Hand. Habe ich es auf dem Tisch liegen lassen? Sie kramte weiter in der Handtasche. Da, etwas Lederartiges. Sie war erleichtert und zog das Portemonnaie aus der Handtasche und bezahlte den Betrag. Sie deponierte den Einkauf im Kofferraum, brachte den Einkaufswagen zurück und stieg ins Auto. Sie fuhr vom Parkplatz. Nach erneut exakt dreizehn Minuten kam sie zu Hause an. Sie schleppte den Einkauf vom Auto bis in die Küche. *Ich musste gar nicht die Haustür aufschließen,* dachte Lina, als sie den Korb auf die Arbeitsplatte stellte. *Komisch.* Die eingekauften Lebensmittel verstaute sie größtenteils im Kühlschrank. Es befanden sich nur noch die drei Weinflaschen im Tragekorb. Sie holte die Erste heraus. *Soll ich mir einen Schluck genehmigen? Oder lasse ich es lieber?*

Lina konnte sich beherrschen und stellte die Weinflaschen weg. Sie machte im Haus weiter mit Staub saugen, wischen und Wäsche bügeln. Alles war relativ schnell erledigt. Sie rief ihren Mann an. Sie lauschte in den Hörer und hörte, wie abgenommen wurde. Daraufhin begrüßte sie ihren Mann.

»Hi, Lina«, erwiderte Franco.

»Ich wollte gleich den Schuppen aufräumen. Hast du etwas, was ich auf gar keinen Fall wegräumen darf?«

»Ja, rühre bitte das Motorrad nicht an.«

»Klar. Das mache ich nie. Wo hängt denn der Schlüssel für den Schuppen?«

»An der Wand im Flur.«

»Okay, danke. Dann weiß ich für gleich Bescheid.«

»Okay, gut. Ich muss jetzt auch weiterarbeiten. Es gibt leider viel zu tun«, sagte Franco und beendete das Gespräch.

Sie ging nach draußen, um Blumen zu gießen und Rasen zu mähen. Die Arbeiten waren alle schnell erledigt, dann fing die Sonne langsam an unterzugehen. Bevor es ganz dunkel wurde, nahm sich Lina den Schuppen vor. Sie wusste, dass es Francos Heiligtum war, denn dort drinnen lagerten sein Werkzeug und – was ihm noch wichtiger war – sein Motorrad. Deswegen musste der Schuppen auch immer abgeschlossen sein. Sie wollte gerade zurück ins Haus, um den Schuppenschlüssel zu holen, da sah sie es – es war überflüssig. Das Schloss fehlte und der Schuppen war unverschlossen. Sie öffnete ihn und riskierte einen Blick hinein: unordentlich.

Ich kann ja ein bisschen aufräumen. Sie hängte die herumliegenden Werkzeuge an die vorgesehenen Haken. Das Motorrad rührte sie nicht an. Als letzten Handschlag wollte sie nur noch den Müll entsorgen. Sie packte den Rundbehälter, zögerte kurz, dann schaute sie genauer hin. Etwas Schwarzes lag darin. Es lagen tatsächlich – so unglaublich es auch war – schwarze Handschuhe im Mülleimer. Sie holte sie heraus und legte sie zur Seite. Sie schaute noch mal in den Mülleimer und entdeckte ein Messer. Die stählerne Klinge war von einer Schicht roter, zäher Flüssigkeit umgeben. Sie roch daran: Blut. Erschrocken zuckte sie zurück und ließ das Messer in den Eimer zurückfallen. *Wessen Blut ist das? Hat Franco sich in der Nacht etwas angetan? Wie kommt das Messer überhaupt hierhin?* Sie rief ihren Ehemann an. »Hallo Schatz, ich bin es noch mal.«

»Was gibt's?«, fragte Franco mit einem genervten Unterton, denn er war immer noch bei der Arbeit und zerbrach sich seinen Kopf über den neuen Fall.

»Ich habe ein blutverschmiertes Messer im Schuppen gefunden«, sagte sie hektisch, sodass Franco den Satz kaum komplett verstehen konnte.

»Wiederhole das bitte, aber ruhiger, denn ich habe es kaum verstanden«, bat Franco.

»Ich habe ein blutverschmiertes Messer in deinem Schuppen gefunden und ich würde gerne wissen, wie es dahin gekommen und vor allem wie das Blut daran gekommen ist?«

»Hmmm. Komisch, ich kann mich nicht daran erinnern, es benutzt zu haben. Der Schuppen war doch abgeschlossen, oder?«

»Nein! Das Schloss am Schuppen war offen. Du warst die letzten Tage dort gar nicht mehr drin, oder doch? Falls doch, habe ich es zumindest nicht mitbekommen.«

»Ich war schon seit Tagen nicht mehr im Schuppen. Die Arbeit lässt es nicht zu, dass ich mich meinem Motorrad widmen kann. Hängen die Schlüssel denn im Flur?«

Lina lief zurück in das Haus und schaute nach. »Nein. Ich sehe die Schlüssel nicht im Flur hängen. Was machen wir jetzt?«, wollte Lina wissen. Dass das Haus offen war, als sie vom Einkauf kam, verschwieg sie.

»Marc und ich kommen vorbei, sichern das Messer und lassen die DNA untersuchen.«

»Und was soll das bringen?«

»Gewissheit. Ist eventuell nur Tierblut. Aber wie es dort hingekommen ist, frage ich mich auch«, versuchte Franco seine Frau am Telefon zu beruhigen.

»Okay. Kommt ihr dann gleich?«

»Ja, wir sind so gut wie unterwegs. Und fass bloß nichts mehr an.«

»Okay. Bis gleich.«

Marc sah die Veränderung im Gesicht seines Partners.

»Was ist los?«, fragte er nach.

»Lina erzählte mir gerade am Telefon, dass sie ein blutverschmiertes Messer in unserem Schuppen gefunden hat. Der Schuppen war unverschlossen und der Schlüssel in unserem Hausflur fehlt. Ich selbst war schon seit einigen Tagen nicht mehr im Schuppen«, antwortete Franco mit nervös klingender Stimme.

»Eigenartig. Erst wird ein Opfer erstochen aufgefunden, dann einige Minuten später taucht ein blutverschmiertes Messer auf. Wie lange fährt man von der Bar bis zu euch?«

»Ein paar Minuten.«

»Meinst du, es macht Sinn?«

»Was genau soll Sinn machen?«

»Dass der Täter dich kennt und dir den Mord anhängen will.«

»Das bezweifle ich! Doch warum stand der Schuppen offen? Und woher soll der Mörder meine Adresse haben? Und Lina? Sie hätte doch bestimmt den Kerl gesehen.«

»Da gebe ich dir recht. Es ist eine sehr vage und verrückte Theorie. Einen richtigen Sinn macht das Ganze auch nicht. Wir sollten das Messer untersuchen lassen, dann sind wir schlauer.«

»Genau, das habe ich Lina auch gesagt, also lass uns zu mir nach Hause und das Messer holen.«

Der Weg von der Bar zur Platenstraße 2 dauerte genau acht Minuten. Lina saß total beunruhigt auf einem Gartenstuhl. Der aufgekommene Wind schien sie nicht zu stören, obwohl sie nur ein dünnes gelbes Top und eine schwarze kurze Hose trug. Sie blickte auf, als ein Wagen auf die Einfahrt fuhr. Sie schaute auf die Uhr. Es war schon weit nach 20:00 Uhr. Die Kommissare stiegen aus. Franco stürmte direkt zu ihr. Er schlang seine Arme um sie. Lina drückte ihren Kopf fest gegen seine Brust. Marc, der inzwischen Handschuhe trug, trat näher. »Wo ist das Objekt der Begierde?«, fragte er nach. »Dort drinnen«, sagte Lina und zeigte mit zittrigen Fingern auf den offenstehenden Schuppen. Marc betrat ihn. »Und wo genau?«

»In ... in ... dem Mülleimer neben der Werkbank,« stotterte sie leicht.

Er schaute hinein und holte mit seiner behandschuhten Hand das Messer heraus. Es lag sichtbar im Mülleimer. Er steckte es in eine Klarsichttüte, die er sich noch von der Spurensicherung mitgeben lassen hatte. Die Handschuhe, die auf der Werkbank lagen, übersah Marc. Er war auf das Messer fixiert.

»So, das wäre es fürs Erste«, sagte er beim Verlassen des Schuppens.

»Danke, Kollege. Ich bin gespannt, was dabei herauskommt«, äußerte sich Franco über die Schulter von Lina hinweg.

»Ich hoffe nur Gutes.«

»Ich hoffe dasselbe, Marc.«

»Ich bringe das Messer mal zum Labor im Revier. Bleib du mal hier bei Lina.«

»Danke«, wisperte Franco seinem Kollegen zu.

Tom Klingenberg wollte Feierabend machen, seine vierte Überstunde fing gerade an, doch er wollte noch etwas Ordnung schaffen. Einige Proben wurden beiseitegestellt, Reagenzgläser, Pipetten und Petrischalen weggeräumt. So sah das Labor schon annehmbarer aus. Seine Beschäftigung stieg in den letzten paar Tagen rasant an.

Endlich wieder etwas länger schlafen, das wäre schön, dachte er und ging in Richtung Labortür. Doch bevor er die Klinke nach unten drücken konnte, schwang die Tür schon auf.

Marc trat mit einer Klarsichttüte hektisch herein.

»Tom! Gut, dass du noch da bist!«

»Ich wollte gerade nach Hause, um ein wenig zu schlafen, es ist ja schon spät«, sagte Tom sich fast entschuldigend.

»Ja, ich weiß, aber das hier ...«, er drückte die Klarsichttüte in Toms Hände, »... ist total wichtig.«

Ja, ja, wichtig ist immer alles und dann bringt die Eile nichts mit sich, ging es Tom durch den Kopf. »Woher stammt das?«, fragte er, die Tüte in der Hand haltend.

»Aus Francos Schuppen!«

»Das Messer stammt also aus dem Schuppen von einem Kollegen von uns?«, fragte Tom verdutzt.

»Ja! Und da kurz vorher ein Mord in der Nähe geschehen ist, müssen wir Gewissheit haben.«

»Ich verstehe.« Tom lief zurück zu den Geräten. *Tschüss, Bett.* »Wann hast du die Ergebnisse?«

»Ich gebe mein Bestes, aber einige Minuten, wenn nicht sogar mehrere Stunden muss man locker für die Ergebnisse der Analyse einplanen.«

»Okay, ruf mich an, wenn die Ergebnisse da sind. Egal, wie spät es ist, selbst wenn es mitten in der Nacht ist.«

»Mache ich.« Tom Klingenberg machte sich übermüdet an die Arbeit.

KAPITEL 23

Yuri Branco durfte seine Bar nicht mehr betreten, da sie als offizieller Tatort so lange abgesperrt war, bis die letzten Spuren sichergestellt waren. Es könnte Monate dauern, weil es in einer Kneipe nur von DNA vieler verschiedener Personen wimmelt. Eventuell verschütteter Alkohol machte die Sache auch nicht leichter. Er entschloss sich, zu seinem Haus in der Schellenbergstraße 11 zu fahren. Er verbrachte dort viel zu wenig Zeit, da er die Drogengeschäfte alle entweder über seine Bar oder bei Kleinigkeiten wie Anabolika und Steroide im Fitnessstudio klärte. Für die großen Transaktionen wurden immer stille Orte, wie eine verlassene Lagerhalle, ein heruntergekommenes Parkhaus oder Ähnliches, gesucht. Er hielt sich selbst meistens bedeckt. Sven Sokolowski und Bruce Ildenov hatten die ganze Arbeit – bei der sie fast immer erfolgreich waren – gemacht. *Beide wurden getötet. Zufall? Oder ein gezieltes Attentat auf meinen Clan?* In seinem schwarzen Hummer mit den riesigen 22-Zoll Chromfelgen fühlte sich er sicher. *Ein Auto purer Kraft, so wie ich,* dachte er, während er die Lautstärke aufdrehte. Ein Lied dröhnte aus den Boxen – *Highway-to-Hell.* Seine Gefühlslage besserte sich. Das Auto, welches ihn in einem guten Abstand verfolgte, nahm er gar nicht wahr. Er hatte nur ein Ziel vor Augen, beschleunigte über das Tempolimit und auch die roten Ampeln interessierten ihn nicht. Er bog auf die Schellenbergstraße – einer Sackgasse – ab. Das riesige Haus am Ende, welches mit einem Tor gesichert war, gehörte ihm. Er drückte auf eine Fernbedienung und es öffnete sich. Er fuhr auf sein Grundstück. *Ja, schlaue Füchse wären misstrauisch geworden, dass ein Barbesitzer sich so ein prachtvolles Gebäude leisten kann, aber bisher interessierte es niemanden.*

Das andere Auto parkte gegenüber des Tores und studierte die Umgebung genau, aufgrund der Verkehrsdelikte wollte er nicht eingreifen.

Yuri stieg aus seinem Hummer und stand sofort gerade. Er brauchte sich aus dem Gefährt nicht hochzuwuchten, sondern sein linker Fuß fand auf der verchromten Fußleiste außerhalb des Wagens halt und der Rechte berührte danach festen Boden. Er bewegte sich Richtung Gebäude, stockte, drehte um und holte aus dem Handschuhfach eine kleine Pistole. *Warum brennt da Licht in meinem Haus? Der Timer hätte längst alles abdunkeln müssen. Das Arschloch kann sich auf etwas gefasst machen, mich in meinem Haus fertigmachen zu wollen.* Er schloss leise die Tür auf, schlich mit entsicherter Waffe hinein und suchte Deckung. Zu spät. Jemand kam auf ihn zu. »Du?«, fragte Yuri Branco entsetzt. Wäre es nicht hell gewesen, hätte er sofort und ohne Rücksicht geschossen.

»Ja, ich bin es«, ihren Blick auf die Pistole gerichtet.

»Svetlana! Was machst du denn hier?«, fragte er erregt und senkte die Waffe.

»Ich dachte, ich überrasche dich und komme etwas eher aus dcm Urlaub zurück. Es scheint kein guter Zeitpunkt zu sein«, sagte sie, ihren nackten Körper mit dem Bademantel verdeckend.

»Ja, die Überraschung ist dir gelungen. Ich hätte dich fast über den Haufen geschossen.«

»Du hast die Waffe auf mich gerichtet. Warum? Was macht dich so nervös?«

»Hier ist die Hölle los. Irgendjemand tötet meine Clan-Mitglieder, erst Bruce, dann Sven.«

»So eine Scheiße. Wer tut so etwas? Feinde von dir?«

»Ja, das vermute ich.« Yuri Branco schaute Svetlana lustvoll an und sagte weiter: »Ich könnte Entspannung gebrauchen.«

»Dann lass uns nach oben gehen«, antwortete sie verführerisch und lockerte den Bademantel.

»Lass uns gehen!« Yuri gab ihr einen kräftigen Klaps auf den Po und sie setzten sich in Bewegung.

Der Mann im Auto schaute durch ein Fernglas Richtung Haus. Das Licht im oberen Stockwerk ging an. Er sah zwei Schatten, einen großen, kräftigen und einen kleinen, zierlichen. Der Große zog einen Vorhang vor das Fenster. Nils Nolan riss einen Müsli-Riegel auf, um sich die Wartezeit besser zu gestalten. Im Inneren roch es nach Kaffee, da die mitgenommene Thermoskanne zur Hälfte geleert war. Er durfte nicht einschlafen.

Zwei Stunden später versagten ihm die Lider. Er schlief ein.

Yuri bevorzugte die härtere Gangart, so glühte Svetlana der Po, das war sie aber schon gewohnt. Nach ein paar Minuten verhärtete sich sein ganzer Körper und erschlaffte anschließend. Er war lauthals zum Höhepunkt gekommen. Kurz darauf schlief er ein. Svetlana putze sich ihre Zähne und zog sich einen Tanga an. So kuschelte sie sich an Yuris massigen Körper.

Marc wälzte sich in seinem Bett. Der Schlaf überkam ihn erst nach einem langen Kampf und dauerte kürzer, als ihm lieb war. Plötzlich erwachte er und saß gerade wie eine Kerze im Bett. *Wir haben einen Fehler gemacht! Einen großen!*

KAPITEL 24

Die Sonne ging gerade auf, als Nils Nolan hinter dem Steuer erwachte. Das Auto parkte noch am Straßenrand, wo er gestern angehalten hatte. Es war seine erste eigene Observierung und er war prompt eingeschlafen. Bei der ersten Bewegung schmerzten und knackten seine Glieder. Reflexartig griff er zu der Thermoskanne, schüttete den Becher voll und trank einen Schluck. Kalt. Er schaute zum Beifahrersitz hinüber, dort lagen Unmengen von Verpackungsmaterialien, die von unzähligen Müsliriegeln stammten. *Wie erkläre ich das nur meinem Vorgesetzten, dass ich während einer Observation eingeschlafen bin? So etwas ist mir noch nie passiert. Eigentlich observieren immer zwei Leute einen Verdächtigen, aber wegen Krankheitsfällen sollte ich es alleine machen*, dachte Nils. Er schaute zum Haus: keine Veränderung. *Na gut, das bedeutet gar nichts. Ich habe geschlafen. Yuri hätte unbemerkt das Gelände verlassen können.* Er stieg aus dem Auto, um sich zu strecken. Eine milde Brise wehte ihm entgegen. Er lief dreimal um das Auto, stütze sich am Dach ab und dehnte seine Beine. Ein Jogger begrüßte ihn freundlich. Dieser lief bis zum Haus am Ende der Straße, drehte langsam um und kam noch einmal an Nils vorbei. *Oh Mann, auf demselben Weg hin und zurück, wie öde. Joggen bringt den Kreislauf aber gut in Schwung.*
Der Schnüffler trug ein blaues, atmungsaktives Joggingshirt,

eine schwarze Laufhose und weiße Schuhe. Er ist zwar sehr schlank, doch der Eindruck täuschte, denn seine Kondition war schlecht. Er grüßte den müde aussehenden Typ, der sich an seinem Auto dehnte. *Komisch, was ist das für ein Kerl? Ein Polizist? Ein Bodyguard von Yuri? Ein heimlicher Angreifer?* Er lief unbeirrt zu dem Ziel seiner Begierde, dieses lag am Ende der Straße. Er erblickte die Hausnummer. Elf. Das reichte ihm, er drehte um und joggte erneut an dem Mann vorbei. *Ein Polizist!* Er bog um die Ecke, wo sein Auto parkte, blieb stehen und rang nach Atem. Nachdem er wieder Luft bekam, setzte er sich in sein Fahrzeug und fuhr los. Im Wagen drückte er auf seinem Handy den Knopf für die Wahlwiederholung.

»Esteban Rodriguez«, meldete sich eine niedergeschlagene Stimme.

»Sie haben bezahlt, also bekommen sie noch eine Info von mir«, keuchte der Schnüffler in den Apparat.

»Danke!«

»Schellenbergstraße 11«, sagte der Schnüffler und legte wieder auf.

Estebans Laune machte einen Sprung nach oben. Eine zweite Chance. *Nur dieses Mal werde ich nicht so voreilig und unüberlegt vorgehen. Ich will auf jeden Fall Antworten bekommen.*

Nils Nolan hatte Glück, im Haus ging Licht an. Ein Muskelberg trat vor die Haustür, gefolgt von einer Frau mit langen blonden Haaren. Sie trug nur einen Tanga, der Rest ihres perfekten Körpers war nackt. Er schaute ein zweites Mal genauer hin, ob er es auch richtig erkannt hatte. Ja, hatte er.

Yuri stolzierte in seinem Garten herum, drehte sich zu Svetlana um und befahl: »Mach mir ein ordentliches Frühstück, danach kannst du mir folgen!« Sie machte kehrt und ging zurück ins Haus. Der Muskelberg widmete sich einer Eisenstange, die zwischen zwei Balken geklemmt war. Er begann seinen Morgen mit Klimmzügen, die Adern der Unterarme stachen hervor.

»Frühstück steht auf dem Tisch«, rief Svetlana aus der Küche.

»Gut, ich komme.« Yuri ging mit zwei Schweißperlen auf der Stirn in die Küche, wobei er die Schultern nach hinten zog und sich die Rückenmuskulatur abzeichnete.

Die Auswahl, die Svetlana zurechtgestellt hatte, gefiel ihm nicht, also gab er ihr einen kräftigen Klaps auf den Po. Er nahm eine Portion Müsli mit Quark, Früchte, Vollkornbrot mit Rührei und einen Eiweißshake zu sich. Svetlana aß nur Brot mit Marmelade und ein paar Fruchtstückchen.

Nils Nolan beobachtete das Geschehen mit einem Fernglas. Hunger meldete sich in Form von Magenknurren. Er suchte einen weiteren Müsliriegel, doch er fand keinen. Er trank den kalten Kaffee. *Igitt! Mal sehen, wann ich abgelöst werde und frühstücken kann.* Weiterhin beobachtete er die beiden. Er musste sich gedulden. Dann sah er die Frau sich über einen Tisch beugen und der Typ stand direkt hinter ihr. Nils nahm eine rhythmische Vor- und Zurückbewegung der stehenden Person wahr. Der Körper auf dem Tisch beschränkte sich anscheinend auf eine Bewegung, die aussah, als werde der Kopf in den Nacken geworfen.

Marc hatte die Informationen, die er besaß, in der Nacht zusammengetragen. Er war aufgeregt und konnte nicht mehr schlafen. Bruce Ildenov und Sven Sokolowski wurden mit Messern attackiert. Marta Rodriguez erdrosselt. Speedy massakriert, dessen Sombrero im Auto von Sven Sokolowski gefunden wurde. Eine offizielle Bestätigung fehlte noch. Zwei Augenzeuginnen beschrieben den Täter als normal bis mittelgroß, circa 175 cm bis 184 cm. So eine Figur besaß zwar Franco, doch auch noch jemand anderes. *Ich habe die beiden genau vor meinen Augen, wie sie in ein Gespräch verwickelt waren.* Es handelte sich um das Gespräch mit Esteban Rodriguez.

Mit dieser neuen Erkenntnis fuhr er, eher als sonst, hoch motiviert zum Revier. Vielleicht hatte Tom Klingenberg neue Details in Erfahrung gebracht. Einen Anruf hatte er jedenfalls noch nicht von ihm erhalten. Marc war nicht der Erste im Revier, einige pflichtbewusste Polizisten gingen ihrer Arbeit schon nach. Er suchte den direktesten Weg zum Labor. Er klopfte an. Keine Reaktion. Er klopfte erneut, nahm die Klinke in die Hand und zog daran. Im Raum herrschte eine leise, trügerische Kulisse.

Marc wusste sofort Bescheid, warum er keine schnelle Antwort erhalten hatte – Tom Klingenberg lag der Länge nach auf dem Boden.

Die Laborgeräte und Maschinen summten im Hintergrund. Marc ging zu ihm und horchte. Er vernahm ein leises Schnarchen. Er lebte also!

»Tom! Tom wach auf!«, schrie Marc laut.

Die Maschinen summten leise weiter. Marc schlug ihn ein paar Mal leicht an die Wange. Tom erwachte mühselig und fragte verwirrt: »Was'n hier los?«

»Ja, das wollte ich dich auch fragen«, gab Marc zurück.

»Oh Mann, ich muss wohl eingeschlafen sein. Ich war hundemüde. Wollte eine kleine Pause einlegen und habe kurz die Augen geschlossen, dann muss ich wohl eingepennt sein. Wie spät ist?«

»Es ist 6:15 Uhr. Ich wollte mich selbst von den Ergebnissen, falls es welche gibt, überzeugen.«

»6:15 Uhr? Oh, dann habe ich fast fünf Stunden geschlafen.«

»Konntest du Fortschritte machen?«, hakte Marc energisch nach.

»Ich muss nachschauen«, sagte Tom, bewegte sich zum PC, drückte auf ein paar Tasten und es erschienen Grafiken auf dem Bildschirm.

»Also erzähl schon, was hast du?«

»Die Auswertung verschiedener Analysen. Ein Abgleich besagt, dass der gefundene Sombrero mit der DNA von dem toten Speedy übereinstimmt.

»Sehr gut. Weiter.«

»Das Messer, welches du mir gestern noch hergebracht hast, wies auch Spuren eines Opfers auf.«

»Lass mich raten. Sven Sokolowski?«

»Falsch.«

»Wie bitte? Von wem ist es dann?«

»Tja, die Blutprobe von dem Messer stimmt mit der des ersten Toten überein.«

»Bruce Ildenov?«

»Genau, dieser Name stand an der Probe.«

»Hast du das Messer auch auf Fingerabdrücke überprüft?«

»Ja schon, aber es war nicht so leicht. Ich konnte auf dem

Messer Fingerabdrücke von zwei Personen ausfindig machen.«

»Sind die uns bekannt?«

»Die einen Fingerabdrücke lassen sich nicht zuordnen, aber dafür die anderen. Sie gehören zu einer uns bekannten Person.«

»Jetzt spann mich hier nicht lange auf die Folter«, sagte Marc gereizt von dem ewigen Nachhaken.

»Die Fingerabdrücke stimmen mit einer registrierten Person überein. Es sind die Abdrücke von Franco Branco.«

»Ja super, das hätte ich mir denken können, da das Messer sehr wahrscheinlich aus der Küche der Brancos stammte, somit auch im normalen Gebrauch zum Zubereiten von Gerichten verwendet wurde«, äußerte Marc enttäuscht. *Der Mörder hat bestimmt Handschuhe getragen.* Er hatte auf bessere Informationen gehofft.

»Sonst noch weiter Ergebnisse?«

»Leider nein.«

»Okay, bleib weiter dran.« Mit diesen Worten verabschiedete er sich, verließ das Labor und lief zu seinem Schreibtisch. Dort angekommen setzte er sich auf einen Stuhl. *Oh Mann, laut Probenvergleich klebte das Blut von Bruce Ildenov an dem gefundenen Messer, das macht keinen Sinn. Na ja, Tom sah gestern Abend auch ganz schön müde aus. Mag sein, dass er die Proben vertauscht hat,* dachte Marc, als er seine herumliegenden Akten zusammenlegte. Franco riss ihn aus seinen Gedanken. »Guten Morgen.«

»Ja, Moin.«

»Bist ja schon fleißig an der Arbeit. Wie kommt's?«

»Ich hatte gestern Nacht einen Geistesblitz, seitdem bin ich auf Trab. Konntest du Lina noch trösten?«

»Ja, ich konnte sie gestern noch beruhigen. Auf den Schrecken haben wir zwei bis drei Gläser Wein getrunken und danach hat Lina mal wieder ihre Schlaftabletten genommen. Die Nacht verlief gut. Lina lag immer noch im Bett, als ich das Haus zur Arbeit verlassen habe. Nun erzähl schon, was du für einen Geistesblitz hattest?«

»Überleg doch mal. Die Täterbeschreibungen weisen auf eine mittelgroße Person mit deiner Statur hin.«

»Richtig. Willst du mich verdächtigen?«

»Nein. Aber im Laufe unserer Ermittlungen sind wir einer Person begegnet, die dir von der Statur sehr ähnelte.«

»Jetzt wo du es erwähnst, fällt mir auch jemand ein. Wir standen Stirn an Stirn und wir besaßen ungefähr dieselbe Statur. Esteban! Esteban Rodriguez!«, schrie Franco hervor.

»Ja genau! Ihm sollten wir mal einen weiteren unangekündigten Besuch abstatten.«

»Dann lass uns los und keine Zeit verlieren.«

KAPITEL 25

Esteban Rodriguez hatte sich dazu entschlossen dem kleinen Luis einen weiteren Besuch abzustatten. Während der Fahrt zum Krankenhaus betrachtete er sein neues Aussehen. Es gefiel ihm nicht, aber sein altes Erscheinungsbild war zu leicht wiederzuerkennen. Er riss sich zusammen und kam dort nach einer kurzen Fahrt an. Den Weg zum Zimmer, in dem Luis lag, kannte er noch. Er betrat es und Babygeschrei drang an seine Ohren. Es tat ihm weh, Luis so zu sehen, schreiend und mit vielen Schläuchen an seinem kleinen Körper. Er ging ganz nah heran und flüsterte dann: »Ich habe Angst um dich!« Obwohl Luis die Worte nicht verstehen konnte, spürte er innerlich etwas, denn er hörte auf zu schreien. »Am liebsten würde ich den ganzen Tag bei dir bleiben, doch habe ich noch wichtige Sachen zu erledigen.« Er war so damit beschäftigt sich um Luis zu kümmern und die Morde an seiner Familie zu rächen, dass er Hakim Ghali und die Marokkaner vergessen hatte. Denn heute war Zahltag. Unbekümmert ging er zur Toilette.

Es war Zahltag und Hakim Ghali betrat einen Saal, der als Treffpunkt diente. Dreißig Leute erwarteten seine Ankunft – und das monatliche Geld. Jeden Monat erhielt Hakim Ghali von Esteban Rodriguez oder Speedy 100.000 Euro, um sie an die Marokkaner zu verteilen. Von dem Geld bekam jeder 3.000 Euro, außer ihm. Er erhielt die restlichen 10.000 Euro. Er schritt, mit seinen 181 cm, auf eine kleine Empore und begrüßte seine Landsmänner. »Hallo Leute! Ich habe eine schlechte Nachricht für euch!«

»Was für eine?«, fragte einer nach.

»Es wird diesen Monat kein Geld geben!«

Allgemeines Gemurmel hallte lautstark durch den Saal. Hakim Ghali bat um Ruhe und sagte: »Es liegt nicht an mir. Die Mexikaner haben mir kein Geld für euch gegeben.«

»Unverschämtheit«, schrie jemand. Ein anderer: »Du, verarscht uns doch! Wir haben bisher immer unser Geld bekommen.«

Hakim Ghali fixierte ihn und stellte fest: »Ich habe euch das Geld immer pünktlich gegeben. Diese Mexikaner behalten das meiste für sich. Zudem werden sie schwächer, falls ihr noch keine Zeitung gelesen habt, erzähle ich euch jetzt, dass Speedy ermordet wurde. Und wie will Esteban Rodriguez uns beschützen?«

»Und du schaffst es?«

»Ja!«, antwortete Hakim Ghali selbstbewusst.

»Und wie?«, fragte der Aufdringliche, dann fügte er noch hinzu: »Du, Hakim, bist doch nur deren Lakai!«

Ich bin Hakim – ein Herrscher und kein Lakai!, dachte er, sagte aber: »Glaube mir! Ich kann euch beschützen.«

»Und warum tust du es nicht? Bist du ein Schwächling?«

Das war zu viel des Guten. Hakim Ghali kam von seiner Empore herunter und ging zu seinem Untertan. Wie aus heiterem Himmel traf eine Faust den Mann. Ein zweiter Schlag folgte. Blut lief aus der Nase heraus. Hakim Ghali schlug ein

drittes Mal zu und fragte: »Ich bin also ein Schwächling?«
Der vierte Schlag zertrümmerte den Kiefer. »Merke dir: Ich,
Hakim, bin ein Herrscher – und kein Schwächling!« Der
Mann knallte ungünstig mit dem Genick auf den Boden und
blieb reglos liegen. Die anderen schauten perplex zu, denn
sie wussten, wenn Hakim Ghali sauer war, ginge man ihm
lieber aus dem Weg. Hakims Hand war voller Blut, er sah in
die Runde und brüllte: »Ich werde euer Geld besorgen! Ich
hasse die Mexikaner!«
Dankend und eingeschüchtert zugleich nickten ihm die
neunundzwanzig Verbliebenen zu. Er war wieder in seinem
Element.

Franco und Marc fuhren los. »Sollen wir zuerst im Kranken-
haus vorbeischauen? Möglicherweise besucht Esteban ja das
Baby.«
»Gute Idee. Das Krankenhaus liegt sowieso näher und danach fahren wir bei ihm zu Hause vorbei.«
Das Gelände kam wenige Minuten später in Sicht. Sie fuhren auf den Parkplatz und suchten einen Stellplatz.
»Siehst du das, was ich sehe?«, fragte Marc aufgeregt.
»Es ist ja nicht zu übersehen. Der giftgrüne Low-Raider stach
deutlich aus der Menge heraus. Also ist Esteban tatsächlich
hier. Das beendet unsere Suche schnell.«
Sie stellten das Auto auf einen freien Parkplatz und betraten
das Krankenhaus. Den Weg zu dem Überwachungszimmer,
in dem das Baby lag, kannten sie. Sie liefen dorthin und öffneten die Tür.
Esteban Rodriguez kam gerade von der Toilette, als er zwei

Leute das Zimmer, in dem Luis lag, betreten sah. *Scheiße.*
Was machen die denn hier? Er erkannte die beiden sofort.

»Bis auf das Baby ist hier niemand«, stellte Franco in dem Krankenzimmer fest.

»Esteban kommt bestimmt gleich wieder, wir warten hier und überraschen ihn, wenn er das Zimmer betritt.«

»Alles klar.«

Esteban Rodriguez nutzte seine Chance. Er ging unauffällig an dem Zimmer vorbei in Richtung Aufzug, drückte den Knopf, betrat die Kabine und fuhr in das Erdgeschoss. Er schritt zügig zu seinem Low-Raider.

Marc schaute aus dem kleinen Fenster, welches sich im Obergeschoss befand. Er konnte einen Teil des Parkplatzes sehen.

»Mist! Franco, wir müssen runter! Sofort!«, äußerte er sich aufgeregt vom Fenster wegbewegend.

»Was ist denn in dich gefahren, Kollege?«, fragte Franco aus seiner sitzenden Position.

»Esteban steigt in seinen Low-Raider, wir haben ihn verfehlt!«

»Sofort hinterher!«

Sie rannten aus dem Zimmer, über den Flur, bis hin zum Ausgang, doch draußen angekommen, gab es keine Spur mehr von dem giftgrünen Low-Raider. Sie ärgerten sich.

»Los, wir fahren zu ihm nach Hause!«

»Okay«, antwortete Marc kurz und knapp.

Sie stiegen in ihr Auto und fuhren vom Parkplatz herunter.

»Hast du die Adresse von Esteban Rodriguez im Kopf?«, fragte Marc, sein Handy aus der Hosentasche holend.

»Marktstraße 22.«

»Alles klar!« Marc tippte die Adresse in den Routenplaner im Handy ein. Das Gerät zeigte eine voraussichtliche Fahrzeit von zehn Minuten an.

Esteban Rodriguez saß in seinem Low-Raider und machte sich Gedanken. *Warum habe ich mir den Bart und die Haare schon vor der Tat abgeschnitten? Ach, ja genau, weil ich sonst noch besser beschrieben werden konnte. Aber wieso waren die Bullen auf meiner Spur? Ich war schnell und kaum zu erkennen. Oder zerbreche ich mir umsonst meinen Kopf. Eventuell wollen sie mir nur sagen, dass sie den Mörder von Marta und Speedy gefasst haben. Nein, unmöglich! Yuri lebt noch. Der Schnüffler hatte ihn ausfindig gemacht und das Profil scheint zu passen. In der Marktstraße werden die Bullen auftauchen, dahin zu fahren wäre ein zu großes Risiko, falls sie mich verhaften wollen.* Er cruiste ohne Ziel kreuz und quer durch die Stadt. Plötzlich machte er eine starke Bremsung und drehte um 180 Grad. Er hatte ein neues Ziel im Kopf: Schellenbergstraße 11.

Sie bogen links, dann rechts, wieder links ab und schon befanden sie sich in der Marktstraße. Sie hielten Kurs auf die Nummer 22. Keine Spur vom Low-Raider. »Das Auto befindet sich eventuell in der Garage«, schlug Franco vor, während er den Motor stoppte.
»Möglich. Lass uns klingeln gehen.« Sie betraten den Bürgersteig, überquerten die Straße und standen vor der Eingangstür. Franco drückte den Klingelknopf, auf dem Rodriguez zu lesen war. Es läutete laut. Nichts passierte. Noch mal. Wieder nichts. Franco und Marc schauten sich um. Alle

Fenster waren geschlossen. Sie umrundeten das Haus, betraten den Garten und lugten durch eine Scheibe ins Innere. Es gab nichts zu sehen. »Der Typ macht bestimmt irgendwelche Erledigungen.«

»Glaubst du das wirklich? Ich tippe eher darauf, dass er uns im Krankenhaus gesehen hat und jetzt über alle Berge verschwinden wird, weil er kräftig Dreck am Stecken hat.«

»Hoffe nicht. Sonst wird es schwerer für uns, ihn zu finden.«

Ein giftgrüner Low-Raider bog in die Schellenbergstraße ein. *Scheiße, das hier ist eine Sackgasse.* Der Fahrer fuhr bis an das Ende der Straße und drehte wieder um.

KAPITEL 26

Nils Nolan staunte nicht schlecht. So ein geiles Auto hatte er schon lange nicht mehr gesehen. Giftgrün. Ein Traumauto. *Der Mann muss Kohle haben. Bestimmt Geschäftsmann*, dachte er. Das Auto drehte am Ende der Straße wieder um. Er konnte einen Blick auf den Fahrer erhaschen. Schwarze Kappe, schwarze Klamotten, rasiert und leicht dunkle Haut. Mit einem Bart wäre es ein Abbild eines typischen Mexikaners. *Der hat bestimmt das Sackgassenschild übersehen. Kann schon mal passieren.* Die Ablenkung ließ ihn fast das sich öffnende Tor übersehen.

Ein schwarzer Hummer fuhr vom Gelände und beschleunigte ohrenbetäubend laut. Nils Nolan reagierte schnell und startete sein Auto ebenfalls. Er nahm die Verfolgung auf. Beim Verlassen der Sackgasse kam ihm der Mann, der vorhin im Low-Raider saß, entgegen. Er blickte wieder auf die Straße und sah den Hummer abbiegen, also hatte er ihn nicht verloren.

Die schwarz gekleidete Person ging, mit gesenktem Haupt zielstrebig zum Haus Nummer 11. Er hörte zwei Autos vorbeifahren, hob aber nicht den Blick, um zu erkennen, welche Marken es waren. Er hatte alles dabei, was er brauchte. Bei genauerem Hinsehen, wären das komisch geformte Hosenbein und die leicht ausgebeulte Jacke garantiert aufgefallen, aber es war nicht viel los auf der Schellenbergstraße. Er stand vor dem geschlossenen Tor. *Mist! Was mache ich jetzt?* Esteban Rodriguez hatte eine Idee. Er klingelte einfach. Ein Summen ertönte und er betrat das Gelände.

Svetlana wollte, dass Yuri noch länger zu Hause blieb, sie hatte sich so auf ihn gefreut. Doch er meinte, er müsse wichtige Sachen erledigen. Dann fuhr er weg, doch zwei Minuten nachdem er das Gelände verlassen hatte, ertönte die Klingel. *Er hat es sich anders überlegt und will Zeit mit mir verbringen.* Svetlana betätigte freudig den Knopf für das Tor. *Dann mache ich es ihm einfach und lehne die Tür nur an, damit es gleich schneller gehen kann.*

Esteban Rodriguez rannte die Einfahrt bis zur Eingangstür hinauf. Er zog einen Gegenstand aus der Jacke und bewegte sich Richtung Tür. Er schmiss sich gegen sie und wunderte sich, dass sie so leicht auf ging. Er betrat das Haus. Svetlana erstarrte. Sie schaute einen Mann an, der ein blutverschmiertes Messer umklammerte. Er trat näher an sie heran, legte einen Arm um sie und hielt die stählerne Klinge an ihre Kehle. »Wohnt Yuri Ocnarb hier?«, fragte er in ihr Ohr.
»Was? Wie bitte? Wer?«, stotterte sie starr vor Angst.
»Yuri Ocnarb«, wiederholte der Mann.
»Nie gehört. Wer soll das sein?«, sagte Svetlana nervös. Ihre Augen zuckten dabei schnell hin und her.
»Na gut, dann auf die harte Tour.« Der Mann verpasste ihr mit dem Messerschaft einen Schlag gegen die Schläfe. Sie schrie kurz auf und verlor das Bewusstsein. Esteban Rodriguez suchte nach Utensilien um sie zu fesseln. Er kramte

in den Schubladen und wurde fündig. Er fand Klebeband. Damit fixierte er Svetlana an einen Stuhl. Sekunden später klebten ihre Arme an den Armlehnen fest. Die Füße hatten direkten Kontakt mit den Stuhlbeinen. Svetlana erwachte.

»Also ein letztes Mal. Wohnt Yuri Ocnarb hier?«, fragte er das Messer von der einen in die andere Hand werfend.

Svetlana nickte leicht und schaute mit riesigen Augen auf das hin- und herfliegende Teil.

»Sehr gut, das wollte ich doch hören. Ach, du fragst dich bestimmt, wessen Blut am Messer klebt. Es gehört zu jemandem, den ich mit Yuri verwechselt habe. Ich wollte das Messer zu Hause an einem wunderbaren Ort deponieren. Einem Ort, wo Familiengeschichte gesammelt wird, nämlich in meiner Schatztruhe. Doch es gehört dort noch nicht hin, denn ich bin noch nicht fertig mit meiner Rache«, sagte er voller Stolz.

»Hilfe, Hilfeeeeee!«, schrie Svetlana aus vollen Zügen.

»Halt's Maul. Sonst muss ich dich knebeln«, schnauzte er sie an.

Sie schrie weiter. Esteban Rodriguez zog sich die Schuhe aus. Es folgten die Socken, welche er Svetlana in den Mund steckte und klebte drei dicke Streifen Klebeband darüber. Sie ekelte sich und versuchte sie auszuspucken. Erfolglos. Es herrschte Stille im Raum.

Marc wählte die Handynummer von Nils Nolan.

»Nils Nolan.«

»Nils, ich bin es Marc.«

»Hi Marc, was gibt's?«

»Ich wollte mich mal erkundigen, wie die Observation von Yuri Ocnarb oder besser gesagt Yuri Branco läuft. Gibt's Neuigkeiten?«

»In der Nacht ist nichts passiert. Doch jetzt verfolge ich ihn quer durch die Stadt, er will irgendwo hin, nur weiß ich nicht wohin.«

»Okay, bleib dran. Gab es sonst besondere Vorkommnisse?« *Dass es die Ocnarbs wie die Karnickel getrieben haben, behalte ich mal lieber für mich.* »Lass mich mal kurz überlegen«, sagte er in den Hörer. »Außer einem richtig geilen Auto und einem Jogger war hier eigentlich tote Hose.«

»Was war das denn für ein geiles Auto?«, fragte Marc, obwohl die Antwort ihm egal war. Er wollte nur höflich zu dem Neuling sein.

»Es war so ein Low-Raider, also so ein Auto, was sich hydraulisch hoch und runter bewegen kann.«

»Ich weiß, was das für Autos sind. Welche Farbe hatte es?«

»Ich würde es als giftgrün bezeichnen.«

»Bist du dir ganz sicher mit der Farbe?«

»Ja. Es war definitiv ein geiler, giftgrüner Low-Raider, den ich gesehen habe. Denn ich fand die Farbe so faszinierend. Ist daran irgendetwas verkehrt?«

»Der Low-Raider gehört einem gewissen Esteban Rodriguez. Er wird wegen vermeintlichen Mordes gesucht. Wo ist das Auto jetzt?«

»Ich weiß es nicht. Es fuhr in die Sackgasse bis zum Haus von Yuri Ocnarb und drehte sofort wieder um. Ich dachte, der Fahrer hätte sich verfahren.«

»Konntest du den Fahrer erkennen?«

»Ja, den Fahrer konnte ich ein wenig erkennen. Er trug eine schwarze Kappe, eine schwarze Jacke und die Hautfarbe war braun bis dunkel.«

»Das könnte unser Mann sein. Hatte der Mann, den du gesehen hast, einen Pferdeschwanz und einen Bart?«

»Ich habe keine Haare unter der Kappe gesehen und sein Gesicht war rasiert.«

»Okay. Er kann sich ja von seinen Haaren getrennt haben. Danke, das wäre es dann.«

»Moment«, sagte Nils hektisch.

»Ist dir noch was eingefallen?«, fragte Marc kurz vor dem Auflegen, das Handy befand sich schon nicht mehr am Ohr.

»Ja.«

»Was denn?« Das Handy näherte sich wieder dem Ohr.

»Als ich die Verfolgung aufgenommen habe und hinter Yuris Hummer hergefahren bin, kam mir der Mann aus dem Low-Raider mit gesenktem Blick entgegen und steuerte auf die Hausnummer 11 in der Schellenbergstraße zu.«

»Nicht dein Ernst! Das wäre eine Katastrophe! Bist du sicher, dass Yuri am Steuer saß?«, brüllte Marc ins Handy.

»Ja, das bin ich.«

»Gut. Bleib an ihm dran. Wir kümmern uns um die andere Angelegenheit. Informiere uns, wenn etwas passiert.«

»Ja, mache ich.« Die Verbindung wurde getrennt.

Marc drehte sich zu dem wartenden Franco um.

»Wir haben ein riesiges Problem!«

»Ja, das habe ich mir schon fast gedacht, so wie du in das Telefon gebrüllt hast. Was ist das Problem?«, wollte Franco wissen.

»Esteban ist oder war auf dem Weg zur Schellenbergstraße.«

»Wohnt da Yuri?«

»Genau.«

»Gar nicht gut, dann lass uns mal Verstärkung rufen und dahin fahren.«

Sie riefen die Polizeistation an, berichteten von den Ereignissen, forderten Verstärkung an und fuhren auf dem schnellsten Weg zur Schellenbergstraße 11.

KAPITEL 27

Der Schnüffler träumte von Urlaub, deswegen fing er an Reisekataloge durchzublättern. Die weitläufigen Badelandschaften, das Angebot der Anlagen, die Ausstattung der Zimmer und die Inklusiv-Leistungen schaute er sich auf den verschiedenen Seiten an. Die Auswahl war vielfältig. *Wie soll man da die richtige Entscheidung treffen?* 100.000 Euro hatte er schon auf seinem Konto, damit konnte er sich Luxus leisten und fing an, alles unter fünf Sterne, wegzustreichen. Irgendwo musste er anfangen, seine Auswahl zu verkleinern. Doch sie blieb riesig. Die Reiseziele im Katalog befassten sich mit Zielen in Europa, Asien, Amerika und sogar Afrika. *Was reizt mich am meisten? Vielleicht ein Strandurlaub zum Entspannen oder eine Safaritour mit Besichtigung der wilden Tiere oder eine Reise ins Reich der unbegrenzten Möglichkeiten, um etwas zu zocken oder lieber eine kulinarische Route quer durch Asien?* Er konnte sich so spontan nicht entscheiden. *Esteban Rodriguez hatte von weiteren 100.000 Euro gesprochen, wenn ich den Mörder von Marta finde. Es ging zwar keine Vorauszahlung ein, aber der Mann hatte bisher keine Sekunde gezögert, um Geld zu überweisen. Ich kann schauen, ob ich neue Information über den Tod von Marta Rodriguez finde. Dadurch wäre meine finanzielle Lage noch aussichtsreicher.* Er legte den Reisekatalog weg, griff zu den neuesten Zeitungen und überflog die Artikel. Es wurde mit keinem Wort die Erdrosselung von Marta Rodriguez erwähnt. 100.000 Euro hatte er schon erhalten, allzu viel konnte nicht mehr schief gehen. Er fasste eine weitere Entscheidung und wählte die Nummer des Polizeidirektors – den er seit Jahren gut kannte – erneut. »Hallo«, brummte eine Stimme in den Hörer.

»Hallo Polizeidirektor, hier spricht der Schnüffler. Ich habe eventuell Neuigkeiten für Sie.«

»Sprechen Sie! Ich habe nicht viel Zeit.«

»Für den Mord an einem gewissen Speedy scheint ein Herr namens Yuri Ocnarb verantwortlich zu sein.«

»Das hört sich doch gut an. Wir verdächtigen ihn schon und lassen ihn observieren. Es scheint der Bruder von unserem Kollegen Franco Branco zu sein. Sie gingen in jungen Jahren auseinander und verloren sich seitdem aus den Augen«, plauderte der Polizeidirektor ungeniert drauflos.

»Oh, das klingt interessant. Nur ob Yuri alle Morde begangen hat, kann ich nicht sagen. Eventuell gibt es eine weitere Bestie, die ihr Unwesen treibt.«

»Ja, da scheinen Sie recht mit zu haben. Wir haben bei dem Kollegen Branco ein blutverschmiertes Messer gefunden. Wir tippen darauf, dass der Mörder von Sven Sokolowski es dort deponiert hat.«

»Klingt vielversprechend. Haben Sie einen Verdächtigen?«

»Nur eine vage Vermutung. Wir verdächtigen einen gewissen Esteban Rodriguez.«

»Oh, okay. Ich melde mich wieder«, sagte der Schnüffler und legte schnell wieder auf. Er ließ den Polizeidirektor in dem Glauben, etwas Richtiges getan zu haben und erwähnte mit keinem Wort, dass er die Informationen gegen Bezahlung weitergab. *Woher kennt Esteban das Haus von Herrn Branco? Wie hieß dieser Branco mit Vornamen, ich weiß es. Fabian? Frank? Irgendwas mit F vorne und es klang ein bisschen italienisch. Franco. Ja, Franco. Franco Branco. Hatte Esteban die Adresse selbst herausgefunden?* Der Schnüffler machte sich Gedanken. Er musste es genau wissen und wählte erneut die Handynummer seines Auftraggebers.

Esteban Rodriguez lief hin und her und plante sein weiteres Vorgehen. Ein Klingeln ließ ihn zusammenzucken. Er beruhigte sich, fingerte in seiner Hose nach dem Verursacher der Geräusche, hob ab und fragte: »Sie schon wieder?«

»Ja. Ich habe nur eine Frage an Sie.«

»Stellen Sie die Frage schnell. Ich bin beschäftigt.«

»Wissen Sie, wo ein gewisser Franco Branco wohnt?«

»Franco Branco. Der Name sagt mir was. Ist das ein Kommissar?«

»Ja genau, also wissen Sie, wo er wohnt?«

»Nein. Wieso?

»Egal. Das hilft mir schon weiter.«

»Los! Sagen Sie schon, warum Sie das wissen wollen.«

»Bei dem Herrn wurde ein blutverschmiertes Messer gefunden und es wird behauptet, dass es von dem Mörder, der Sven Sokolowski ermordet hat, stammt.«

»Unmöglich. Ich habe mein Messer nach der Tat mitgenommen.«

»Okay. Ich versuche herauszufinden, von wem das Blut stammt. Angenommen es gäbe einen weiteren Täter, dann zahlen Sie erneut, oder irre ich mich da?«

169

»Versprochen ist versprochen, wenn sie mir liefern, stehen Ihnen erneut 100.000 Euro zu.«

»Okay, gut. Ich melde mich bei Neuigkeiten. Wissen Sie, dass Sie von der Polizei wegen des Mordes an Sven Sokolowski verdächtigt werden?«

»Also doch! Ich hatte es bisher nur geahnt. Ihr anderer Tipp stimmte auch, denn ich bin gerade sehr beschäftigt. Danke.« Jetzt ahnte der Schnüffler, wo er sich zurzeit aufhielt. *Mal sehen, ob ich überhaupt Gelegenheit erhalte, reicher zu werden.* Das Telefonat wurde abgebrochen.

Ich muss jetzt schnell handeln, bevor die Bullen mich hier aufspüren, dachte Esteban. Er riss das Klebeband von dem Mund der Frau.

»Ich hole jetzt die Socken raus, wenn Sie schreien, setzt es einen weiteren Schlag, verstanden?«

Svetlana nickte.

Die Socken wurden entfernt. Sie rang gierig nach Luft. Ihre Atmung ging schwerfällig.

»Ich brauche von Ihnen die Handynummer von Yuri. Ich möchte ein paar Worte mit ihm wechseln.«

Svetlana schwieg.

»Wenn Sie mir die Nummer nicht verraten, dann werden Sie es bereuen«, sagte er das Messer auf sie richtend.

Ihre Augen fixierten es. »Okay, okay«, lenkte sie eingeschüchtert ein und nannte rasch eine zwölfstellige Zahlenfolge. Wenige Sekunden später wählte Esteban die genannte Nummer.

»Hallo, wer spricht da?«, fragte eine Stimme in den Hörer.

»Jemand der Antworten will«, antwortete Esteban Rodriguez.

»Wer bist du denn? Und woher hast du meine Nummer?«

»Ah, jetzt kommst du auf wichtige Sachen zu sprechen. Wer ich bin, spielt keine Rolle. Die Nummer habe ich von einer schönen, blonden und eingeschüchterten Frau erhalten.«

»Svetlana?«

»Ich frag mal nach. Heißen Sie Svetlana?« Sie nickte. »Ja, vollkommen richtig geraten, ich habe die Nummer von einer Svetlana.«

Yuri schluckte kräftig. »Was willst du?«

»Dich.«

»Warum?«

»Ich möchte da Sachen geklärt haben.«

»Wenn ich nicht komme, was dann?«

»Schlechte Wahl. Es wäre doch schade um die Frau.«

»Hmmm, verstehe. Also erpresst du mich mit ihr?« *Scheiße! Was ist mir wichtiger: Svetlana oder das Geld von dem bevorstehenden Deal? Ich habe keine Kinder mit ihr und so eine finde ich mit genug Knete immer wieder.*

»So dramatisch würde ich es nicht nennen. Sie hilft nur den Kontakt herzustellen.«

»Verpiss dich aus meinem Haus Arschloch, sonst ...!«, brüllte Yuri ins Telefon.

»Sonst was?«, hakte Esteban nach.

»Suche ich dich und mache dich fertig!«

»Da freue ich mich drauf. Ich warte hier!«

»Würde ich darauf eingehen, müsste ich bescheuert sein!«

»Ich gebe dir genau dreißig Minuten. Ein Nichterscheinen wird üble Konsequenzen haben«, sagte Esteban Rodriguez mit voller Überzeugung und legte auf.

Der Erpresser blufft nur. Er will mich und wird Svetlana nichts antun. Sobald ich zu Hause ankomme, erschießt er mich bestimmt. Er klang aufgebracht. Ich kümmere mich lieber erst mal um wichtigere Sachen, überlegte Yuri, nachdem der Anrufer das Gespräch beendet hatte.

»Es hörte sich gerade am Telefon so an, als seien Sie ihm egal«, sagte Esteban Rodriguez, mit einem leichten Schulterzucken, zu der gefesselten Frau.

»Niemals. Er liebt mich!«, schrie sie voller Enthusiasmus.

»Jaja, ganz bestimmt.«

»Was passiert jetzt mit mir?«

»Zuerst verraten Sie mir, ob ein Auto in der Garage steht.«

»Ja, mein Auto steht in der Garage.«

»Was für ein Fabrikat und wo hängen die Schlüssel?«

»Es ist ein Porsche Boxster S. Die Schlüssel hängen im Schlüsselkasten.«

Wie einfach, da hätte ich auch selbst drauf kommen können.

»Ich habe eine gute Nachricht. Sie bleiben am Leben, aber die schlechte Nachricht ist: Den Porsche nehme ich mit.«

Svetlana nickte verängstigt, aber erleichtert. Sie hoffte, den Mann endlich wieder loszuwerden. Er holte sich die Schlüssel. »Ich habe noch ein kleines Problem. Ich befürchte, Yuri hat es nicht richtig verstanden, dass ich es sehr ernst meine. Sind Sie Links- oder Rechtshänderin?«

»Rechts. Wieso?« Kurz nach der Antwort schrie sie laut: »Ahhhhhh« und verzog das Gesicht vor Schmerzen. Esteban hatte ihr blitzschnell die linke Hand am Gelenk mit dem Messer abgetrennt. Es stellte für die scharfe Waffe kaum ein Hindernis da. Das Blut spritzte aus dem Stumpf heraus. An der Klinge klebte inzwischen eine Blutmischung von zwei Personen. Er ließ dem Blut freien Lauf, entfernte sich von dem Opfer und ging zur Garage.

Er stieg in den Porsche Boxster S, fuhr rückwärts aus der Garage und wendete auf der großzügigen Einfahrt. Das Tor wurde per Knopfdruck komplett geöffnet. Er fuhr vom Gelände, beschleunigte und entfernte sich schnell. Er bog rechts ab und fädelte sich in den Verkehr ein. Er konnte gerade noch Blaulichter im Rückspiegel flimmern sehen, welche in die Schellenbergstraße einbogen.

»Hast du den giftgrünen Low-Raider auch gesehen, der vorhin am Straßenrand parkte?«, fragte Marc Franco.

»Ja, ich habe den Wagen gesehen. Hoffentlich kommen wir nicht zu spät. Also ist Esteban tatsächlich hier irgendwo.«

Sie beschleunigten schneller, gefolgt von zwei weiteren Einsatzwagen mit mehreren schwer bewaffneten Einsatzkräften, die bereit waren, das Haus zu stürmen. Der Rest des Weges verging wie im Fluge. Sie erreichten das geöffnete Tor.

»Kein gutes Zeichen, wenn das Tor offen steht«, wand Franco ein.

»Da hast du recht.«

Sie stoppten kurz vor dem Eingang, sprangen aus dem, zum Stillstand gekommenen, Wagen und rannten mit gezückten Waffen zur Tür. Die beiden anderen Einsatzwagen kamen wenige Sekunden später an. Marc trat, ohne auf die Unterstützung zu warten, gegen die Tür. Sie sprang sofort auf.

Sie traten ein und erblickten eine bewusstlose Frau, die an einen Stuhl gefesselt war. Ihr Blick glitt zu Boden und sie entdeckten viel Blut und noch etwas anderes – eine menschliche Hand. Francos Augen wanderten zu der Gefesselten zurück und sah den Ursprung des vielen Blutes. Er ging, ohne zu zögern, zu ihr hin. »Sie lebt!«, schrie er, ihren Puls fühlend.

»Ich rufe einen Krankenwagen«, sagte Marc, während seine Finger anfingen, auf die Tasten zu hämmern.

Die schwer bewaffneten Einsatzkräfte betraten das Haus.

»Alles durchsuchen!«, befahl eine kräftige Stimme. Mit den Waffen im Anschlag verteilte sich die Meute.

Franco befreite die Frau von den Klebebändern. Ihre Arme und Füße hätte sie nun wieder frei bewegen können, wenn sie bei Bewusstsein gewesen wäre. Er versuchte, die Blutung zu stoppen. Die Verletzung war krass, dass es für Franco schwer war, den Blutverlust einzudämmen. Nach einiger Zeit konnte die Wunde so versorgt werden, dass der Blutaustritt geringer wurde. In der Ferne ertönten die Sirenen des sich nähernden Krankenwagens mit dem benötigten Notarzt. Sekunden später hielt er vor dem Haus. Der Notarzt sprang heraus und die Helfer, die eine Trage hinterhertrugen, folgten. Die Schwerverletzte wurde sofort auf sie geschnallt und die abgetrennte Hand, die auf dem Boden lag, wurde in sterile Laken gewickelt. Danach in eine Plastiktüte gesteckt und in eine Kühlbox gelegt. Der Krankenwagen machte sich auf dem schnellsten Weg zurück zum Krankenhaus, denn jede Minute zählte.

»Wir waren zu spät«, stellte Marc fest.

»Esteban Rodriguez scheint hier gewesen zu sein, aber eventuell befindet er sich ja noch im Haus.«

»Nur da Yuri außer Haus war, musste die Frau dran glauben.

So ein Schwein!«, fluchte Marc laut.

Ein gut durchtrainierter Mann mit Schutzweste und schwerem Maschinengewehr kam auf die beiden zu. »Alles gesichert! Es befinden sich keine weiteren Personen im Haus.«

»Okay, danke«, sagte Franco enttäuscht. Der Mann trommelte seine Mannschaft zusammen und gemeinsam verließen sie das Gebäude.

»Wo ist Esteban Rodriguez nur hin? Und warum hat er nicht hier auf Yuri gewartet?«, fragte Franco.

»Er wurde möglicherweise von jemandem gewarnt.«

»Mag sein. Nur von wem?«

»Das ist die entscheidende Frage. Wir müssen denjenigen finden, bevor weitere schlimme Sachen passieren. Nur leider schwebt unsere beste Augenzeugin in Lebensgefahr und bis sie befragt werden kann, wird es wohl eine Zeit lang dauern.«

»Zu dumm. Wir müssen die Suche weiterhin intensivieren und meinen Bruder weiter beschatten lassen.«

Wie kam das Arschloch überhaupt in mein Haus? Über den Zaun zu klettern hätte die Bewegungsmelder aktiviert. Das große Tor zur Einfahrt konnte nur per Knopfdruck von zwei Fernbedienungen betätigt werden, die eine habe ich selber mit, die andere Fernbedienung besitzt Svetlana. Sie musste den Mann selbst hereingelassen haben, überlegte Yuri, wobei er weiterhin planlos durch die Stadt fuhr. Er riskierte einen Abstecher bei seiner Bar *Wunschlos glücklich*. Es hingen keine Bänder mehr vor den Türen und weitere Absperrungen sah er auch nicht. Die Polizei hatte die Untersuchung abgeschlossen. Er parkte den schwarzen Hummer im Hof und betrat die Bar durch den Hintereingang. Er ging zu seinem Geheimzimmer. In dem Raum lagerten viele wichtige Unterlagen. Er suchte eine Zeit lang herum, dann fand er das gewünschte Objekt. Ein kleines Buch, wo wichtige Telefonnummern drinstanden. Er rief eine Nummer nach der anderen an. Er regelte den Drogendeal für den nächsten Tag. Er selbst wollte bei der Übergabe nicht dabei sein.

Der Polizeidirektor konnte verschiedene Telefonate mitanhören, bei denen es immer um dasselbe ging: einem Drogendeal gegen 14:00 Uhr in der leer stehenden Lagerhalle am Riedgraben Main. Bei der Durchsuchung der Bar stieß die Spurensicherung durch Zufall auf einen geheimen Raum. Der Polizeidirektor wurde auf der Stelle informiert und veranlasste, dass dieser heimlich mit Wanzen ausgestattet wird. *Hätten wir uns getäuscht, und das Abhörgerät wäre frühzeitig gefunden worden, dann hätten wir uns riesigen Ärger eingehandelt, da die ganze Aktion nicht ganz legal war. Aber wir lagen richtig,* dachte der Polizeidirektor, während er die Telefonate belauschte. Er rief Kommissar Branco an.

»Hallo Chef.«

»Hallo, Franco.«

»Was haben Sie auf dem Herzen?«

»Dein Bruder plant für morgen 14:00 Uhr einen Drogendeal. Wir haben diese Information durch seine abgehörten Telefonate aus der Kneipe erhalten.«

»Wie das?«

»Wir haben seine Bar verwanzt. Er hat gerade von dort einige Gespräche geführt.«

»Gut zu wissen, dass er sich dort befindet. Wir fahren dahin. Denn seine Frau oder Freundin wurde vor wenigen Minuten brutal attackiert. Man hat ihr die linke Hand abgetrennt. Sie wäre beinahe verblutet. Wir haben sie bewusstlos, an einen Stuhl gefesselt, vorgefunden.

»Schrecklich! Habt ihr eine Vermutung, wer das war?«

»Ja, wir tippen auf Esteban Rodriguez.«

»Okay. Schnappt euch beide.«

»Verstanden, Chef.«

KAPITEL 28

Der Schnüffler wollte die Gegebenheiten, bei den Brancos vor Ort, genauer unter die Lupe nehmen. Er ermittelte die Adresse im Internet und fasste den Entschluss, dort hinzufahren. Er suchte einige Zeit lang einen Parkplatz in der Platenstraße und fand einen am Straßenrand. Er stieg aus, stiefelte zur Hausnummer 2 und riskierte einen Blick. Eine Frau mit braunen, kurzen Haaren saß im Gartenstuhl. Vor ihr standen ein Weinglas, eine fast leere Weinflasche und ein Teller mit grünen Weintrauben.

»Hallo, sind sie Frau Branco?«, fragte der Schnüffler mit einem freundlichen Lächeln.

»Ja, die bin ich«, antwortete Lina mit einer Alkoholfahne, die sie nicht verbergen konnte.

»Mich nennt man den Schnüffler. Ich bin Privatdetektiv«, stellte er sich, seine Nase nach oben ziehend, vor.

»Was wollen Sie hier?«

»Ich habe von dem blutverschmierten Messer aus dem Schuppen gehört und möchte Beweise für die Unschuld ihres Mannes sammeln.« *Ich möchte mehr Geld besitzen und das hier ist eine neue Spur, der ich nachgehen muss.*

Lina schaute skeptisch.

»Hat man außer dem Messer noch weitere Sachen gefunden?«

»Es wurde nur ein Messer mitgenommen. Die schwarzen

Handschuhe, die ich vorher herausgenommen habe, wurden nicht berücksichtigt. Ich hatte es auch gar nicht erwähnt, dass sie mit in dem Mülleimer lagen.«

»Können Sie mir die Handschuhe zeigen?«, bat der Schnüffler freundlich. *Das könnte eine gute neue Spur werden.*

»Die liegen auf der Werkbank im Schuppen«, sagte Lina und zeigte auf das kleine Häuschen aus Holz.

»Danke. Ich schaue mir die Handschuhe mal genauer an.« Er bewegte sich zu dem Schuppen, dabei zog er sich Latex-Handschuhe, die er für den Notfall bei sich trug, an. Es war ihm sehr wichtig, bei seinen Untersuchungen niemals Fingerabdrücke zu hinterlassen, denn es kam öfters vor, dass es nicht immer ganz legal war. *Was macht man nicht alles für Geld?* Er fand die Handschuhe auf der Werkbank und nahm sie an sich. Es waren Schwarze der Größe L. Kleine, etwas hellere Punkte, die kaum zu sehen waren, befanden sich in unregelmäßigen Abständen auf der schwarzen Oberflächenstruktur. *Es könnte sich um Blutspritzer handeln. Es sieht fast so aus, dass die Handschuhe bei einer Tat getragen wurden. Wenn man herausbekommen könnte, ob das Blut von dem gefundenen Messer mit den Blutspritzern übereinstimmt, wäre das ein Riesenerfolg,* dachte der Schnüffler, wobei er zurück zu Frau Branco lief.

»Erkennen Sie die Handschuhe?«, fragte der Schnüffler.

»Ich kann mich nicht erinnern.«

»Okay. Was können Sie mir über ihren Mann erzählen?«

»Ach, nicht viel. Nichts Interessantes zumindest. Er hat oft Albträume und geistert in der Nacht öfters herum,« plapperte Lina einfach so drauflos, ohne darüber nachzudenken.

»Er schlafwandelt?«

»Jo«, sagte Lina. Der Alkohol schien Wirkung zu zeigen. Ihre Augen fielen langsam zu.

»Schönen Tag noch«, verabschiedete sich der Schnüffler. Er erhielt keine Antwort mehr. *Ich muss das Haus mal abends genauer im Auge behalten.* Der Schnüffler verließ den Garten mit den schwarzen Handschuhen in seiner Hand. Er machte kehrt, um seine weitere Vorgehensweise zu überlegen.

KAPITEL 29

Esteban Rodriguez fuhr völlig aufgewühlt in dem Porsche, den er geklaut hatte, durch die Straßen. *Scheiße, Scheiße, Scheiße. Musste ich wirklich so drastische Maßnahmen ergreifen?* Er dachte an den Schriftzug auf seinem Messer. *Ja, ich musste es tun – für die Familie.* Sein Magen knurrte laut, er brauchte Nahrung, damit sein Bauch endlich Ruhe gab. Er schaute abwechselnd nach links und rechts und erspähte eine Dönerbude. Er stoppte den Porsche und parkte ihn halb auf dem Bürgersteig. Die rechte Seite des Porsche Boxster S blockierte Teile des Fahrradweges. Er betrat die Dönerbude, bestellte einen großen Döner mit Kalbfleisch, Cocktailsauce, Salat, Schärfepulver und Zwiebeln. Er setzte sich hin und wartete. Die Zeitung auf dem Tisch blätterte er vor Langeweile durch. Der Teil, den er aufgeschlagen hatte, berichtete über Politik und Wirtschaft. Er fing an zu lesen. Ein Mitarbeiter servierte den Döner. Er legte die Zeitung weg und verschlang ihn, als wäre es eine Henkersmahlzeit. Esteban Rodriguez putzte sich den verschmierten Mund mit einer Serviette sauber, bezahlte den Döner und verließ die Bude. Er hatte kein Knöllchen an der Windschutzscheibe, also fuhr er schnell wieder weg. Beim Einsteigen in das Auto machte er sich weitere Gedanken. *Wo kann Yuri stecken? Was plant er? Sucht er mich? Ist er auf dem Weg nach Hause?* Er blieb bei genau einer Idee hängen.

Nils Nolan verfolgte Yuri Branco bis zu der Bar *Wunschlos glücklich*. Er parkte abseits, wo er alles im Blick hatte, sowohl den Eingangsbereich als auch die Einfahrt zum Hinterhof. Er informierte noch kurz Marc, dass er Yuri bis hierhin gefolgt ist. Hunger und Müdigkeit machten ihm zu schaffen. *Mist! Ich muss mal.* Er rutschte auf dem Sitz hin und her. Die Blase drückte immer mehr. Er stieg aus und lief auf und ab. *Wohin soll ich mich nur entleeren?* Er ging zielstrebig zu der Eingangstür der Bar.

Yuri Branco brauchte nach den ganzen Telefonaten einen starken Drink. Er war positiv gestimmt für morgen und goss sich drei Fingerbreit Whisky ein, mehr als üblich. Er lief mit dem Glas in der Hand zu einem Fenster und schaute hinaus. Ein Mann mit dicken Rändern unter den Augen und blonden gestylten Haaren schritt zur Bar. Er schaute nach links, da stand etwas, was seine Aufmerksamkeit erregte. Ein unauffälliges Auto. *Moment mal! Irgendwo habe ich dieses Auto schon gesehen. Ja genau, es stand in der Nähe meines Hauses. Werde ich observiert? Es scheint so,* kreiste es durch Yuris Kopf, während er den Drink leer trank, klopfte es an der Tür. »Ja, bitte?«, fragte Yuri Branco freundlich, ohne sich seine Erkenntnisse anmerken zu lassen.
»Ich würde gerne einmal Ihre Toilette benutzen«, sagte der Mann von einem Bein auf das andere hüpfend.
»Kein Problem!« Yuri Branco schloss die Tür auf.
Nils Nolan trat ein. Der Einrichtung schenkte er keine Aufmerksamkeit, denn sein innerlicher Trieb blockierte seine Sinne.

»Die Toiletten sind dort hinten«, sagte Yuri Branco und zeigte in den hinteren Bereich der Bar.

»Vielen Dank.« Nils Nolan ging schnellen Schrittes nach hinten. *Der riecht förmlich nach Bulle,* dachte Yuri Branco, während er dem Kerl hinterherschaute.

Der Besucher pinkelte einen kräftigen, gelben Strahl in das Urinal. Anschließend hielt er die Hände unter den Wasserstrahl, der aus der Armatur kam und spritzte eine Handvoll Wasser in sein Gesicht, um frischer auszusehen. Er trocknete sie unter dem Lufttrockner ab und zupfte seine Haare etwas zurecht. *Yuri scheint mich nicht erkannt zu haben.* Er ging zurück und wollte gerade die Bar wieder verlassen, doch plötzlich hörte er etwas.

»Möchten Sie noch einen guten Kaffee? Sie sehen müde aus«, kam es aus dem Mund des Mannes hinter der Theke.

»Ja, sehr gerne«, gab Nils Nolan erfreut zurück.

»Dann nimm doch an der Bar Platz.«

Er setzte sich auf einen Hocker.

»Hast du einen Wunsch? Mein Automat kann normalen Kaffee, Cappuccino, Milchkaffee und Espresso.«

»Ein normaler Kaffee mit einem Schuss Espresso wäre super.«

»Kein Problem«, sagte Yuri Branco und drückte erst auf die Espresso-Taste, danach auf die normale. Den Kaffee, mit einem Löffel in der Tasse, stellte er vor seinen Besucher auf die Theke.

»Dankeschön«, bedankte Nils Nolan sich.

»Sie hatten bestimmt eine harte Nacht?«

»Oh, Sie sagen es. Die ganze Nacht musste ich durchhalten. Ich hatte kaum etwas zu Essen dabei und das bisschen Trinken, was ich mithatte, war auch schnell weg. Es war total anstrengend und ich möchte endlich in mein Bett.«

»Was haben Sie denn machen müssen?«, hakte Yuri Branco nach, obwohl er es schon wusste.

»Ich musste auf Sachen aufpassen«, antworte Nils Nolan verlegen.

»Klingt spannend.«

»Ist es aber meistens nicht, es passiert so selten was.« Er trank einen großen Schluck Kaffee, schaute nach oben und wollte die Tasse gerade wieder absetzen, als ihn ein kräftiger Schlag im Gesicht traf. Die Tasse zerbrach und Nils segelte vom Hocker. Yuri Branco hatte voll getroffen. Pure Kraft. Er kam hinter der Theke hervor und hob den am Boden liegenden Mann auf. Er schleppte ihn zurück zu den Toiletten und fesselte den Ohnmächtigen an das Abflussrohr der Keramik eines Männerklos. *Die blöden Hunde haben mich also observieren lassen. Zum Glück, ahnen die nichts von dem Drogendeal.* Er bewegte sich zurück hinter die Theke und genehmigte sich einen weiteren Whisky. Ein Handyklingeln durchschnitt die Stille.

Esteban Rodriguez hatte einen grandiosen Einfall, er wollte bei der Bar *Wunschlos glücklich* vorbeifahren. Es bestand zwar nur eine geringe Wahrscheinlichkeit, dass Yuri dahin zurückkehren würde, aber er wollte es probieren. Die Adresse war ihm noch bekannt, also machte er sich auf den Weg.

Marc versuchte, ihren Kollegen zu erreichen. Er tippte die Nummer ein und wartete. Es klingelte, einmal, zweimal, dreimal, viermal, fünfmal, ... achtzehnmal. Er legte auf.

»Nils geht nicht an sein Handy«, sagte er zu Franco.

»Komisch. Er hat es sonst immer bei sich, selbst beim Pinkeln oder im Kino. Er kann nicht ohne das Ding. Es liegt gerade mal sechs Minuten zurück, dass er uns angerufen hat. Vielleicht ist er eingeschlafen, er konnte ja nicht abgelöst werden und musste somit sehr lange alleine beschatten. Warum hat unser Chef diese Aktion überhaupt genehmigt?«

»Mein Gefühl sagt mir, dass da etwas faul ist. Lass uns mal hinfahren und nach dem Rechten schauen. Ich glaube, unser Chef wollte dem Neuen einen spannenden Auftrag geben und es bestand ja offiziell keine Gefahr, dass Yuri etwas mit der Sache zu tun hatte. «

»Und jetzt geht Nils nicht an sein Handy. Lass uns lieber schnell dahin fahren und kontrollieren, warum er nicht dran geht.«

Sie befanden sich am anderen Ende der Stadt.

Yuri Branco wirkte nervös und schaute ständig aus dem Fenster. Irgendwie erwartete er einen Aufmarsch von weiteren Polizisten. *Nur ein einzelner Beschatter, das glaube ich nicht, so etwas wäre bescheuert. So dumm ist selbst die Polizei nicht.* Er hörte ein bekanntes Motorengeräusch von seinem Porsche Boxster S. *Der blöde Erpresser hat wirklich nur geblufft, da kommt meine Svetlana angefahren. Super. Geil. Sie besucht mich hier in der Bar, weil sie einfach nicht genug von mir kriegen kann.* Er stemmte spontan ein paar Hocker in die Höhe. Er kam auf Betriebstemperatur und riss sein T-Shirt vom Oberkörper, sodass er nur noch eine dunkelblaue Jeans trug. Er schlenderte zur Theke und bereitete zwei Gläser mit dem teuersten Champagner vor. Der Porsche verpasste die Einfahrt, wendete und bog richtig ab. Die Reifen stoppten und die Fahrertür schwang auf. Ein schwarzer Hummer mit großen Chromfelgen parkte alleine auf dem Parkplatz. *Hier scheint tatsächlich jemand zu sein, das kann nur Yuri sein,* dachte Esteban Rodriguez zornig.

Yuri Branco hörte den Wagen zum Stehen kommen. Er bewaffnete sich mit den zwei Gläsern und ging zur Tür.

Esteban Rodriguez nahm das blutverschmierte Messer in die Hand und schlich in Richtung Hintertür. Er wollte das Überraschungsmoment auf seiner Seite haben. Er öffnete sie. Im Inneren der Kneipe herrschte fahles Licht. Das Sonnenlicht strahlte durch die geöffnete Tür und erhellte den Raum geringfügig. Yuri Branco konnte nur einen Schemen erkennen. »Hi, Süße«, begrüßte er die Gestalt, die im Türrahmen stand.

»Hi, Arschloch!«, entgegnete eine Stimme und rannte wahnsinnig schnell auf ihn zu. Yuris Reaktion war zu langsam, denn er hielt immer noch die beiden Gläser in der Hand. Estebans erster Stich traf ihn in die nackte Brust. Ein weiterer Stich sollte folgen, diesen konnte Yuri jedoch mit starken Schmerzen abwehren. Blut floss aus dem zugefügten Schlitz in der Brust. Er versuchte, die Schmerzen zu unterdrücken, und schaffte es. Er setzte sich zur Wehr, packte das Handgelenk des Angreifers und drückte fest zu. Das Messer fiel zu Boden. Er versuchte einen Kopfstoß, doch Esteban wich seitlich aus. Er stürmte auf Yuri zu, kam nah genug heran, um ihm verzweifelte Schläge gegen den Kopf zu verpassen. Sie blieben wirkungslos. So passierte es, dass Yuri sich Estebans Arme packen und ihn ohne Probleme in die Luft heben konnte. Er wollte ihn gerade durch die Gegend werfen, als ihn ein gezielter Tritt zwischen die Beine traf. Er schrie und ließ Esteban los, weil seine Hände an die schmerzenden Weichteile gingen. Esteban hatte wieder Boden unter den Füßen, hob das Messer auf, rannte um den Muskelprotz herum und stach ihn in den linken Unterschenkel. Yuri brüllte auf, dann ging er ihn die Knie und spürte eine Klinge, welche ihm an die Kehle gehalten wurde. »¿Por qué?«

»Hä? Was willst du? Ich verstehe kein Wort!«, brachte Yuri in seiner sehr misslichen Lage heraus.

»Warum?«, fragte Esteban verständlicher.

»Was, warum?«

»Warum hast du dich an meiner Familie vergangen?«

»Warum hast du dich an einem Mitglied meines Clans vergangen?«, brüllte Yuri vor Wut zurück. *Die Methode ähnelte der Attacke gegen Sven sehr. Jetzt bin ich mir sicher, dass ich das Opfer sein sollte.*

»Der andere Typ sollte gar nicht dran glauben, ich habe ihn mit dir verwechselt«, sagte Esteban Rodriguez, schon fast von Reue geplagt.

»Sven hast du also getötet. Das ist mir jetzt klar. Aber warum hast du Bruce Ildenov die Eier abgeschnitten?«

»Wem soll ich die Eier abgeschnitten haben?« Verwirrt wurde der Druck der Klinge leichter. »Bruce Ildenov! Er war wie ein Bruder für mich. Du hast ihm die Eier abgeschnitten und verbluten lassen«, sagte Yuri Branco und bewegte seinen Kopf kräftig nach hinten. Ein Knacken war zu hören. Esteban Rodriguez hielt sich mit einer Hand seine gebrochene Nase, aber umklammerte das Messer weiterhin fest. Yuri robbte von ihm weg und versuchte aufzustehen. Es gelang ihm, doch einen sicheren Stand hatte er nicht. Er packte einen Hocker und schmiss ihn nach dem Angreifer. Dieser wich aus und griff erneut an, doch diesmal zu langsam. Ein Schlag traf das Handgelenk mit dem Messer, es fiel wieder zu Boden. Der Nächste erwischte den Kiefer. Er taumelte rückwärts, blieb aber stehen. *Der Bulle ging direkt zu Boden.* Yuri setzte zum nächsten Schlag an, holte kräftig aus, visierte das taumelnde Ziel an und – verfehlte. Das Ziel hatte sich einfach auf den Boden fallen lassen, somit ging der Versuch ins Leere. Esteban Rodriguez krabbelte ein paar Zentimeter von ihm weg und fummelte an seinem Hosenbein herum. Yuri musste zu Atem kommen. Wichtige Sekunden vergingen. Er drehte sich zu Esteban Rodriguez um und holte zum Tritt aus. *Peng.* Ein lauter Knall erschütterte die Bar.

Yuri packte sich mit seinen Händen an den Bauch. Blut! Es quoll aus ihm heraus. Der Mexikaner hatte ihn mit einem Schuss aus der Pistole, die er am Hosenbein trug, in den Bauch getroffen. Er sackte zusammen.

»Warum?«, schrie Esteban Rodriguez seinen Schmerz heraus.

»Ja, mein Gott! Jetzt ist es eh zu spät. Ich habe einen gewissen Speedy getötet, zufrieden?«, keuchte Yuri bedächtig, wobei seine Hände auf die Schusswunde drückten.

»Halbwegs. Warum musste Marta sterben?«

»Was? Wer ist diese Schlampe denn auf einmal?«, brüllte Yuri mit letzter Kraft – das Ende schon spürend – zu Esteban. *Jetzt wird der Künstler selbst zu einem schönen blutigen Motiv der Faszination.*

»Meine Nichte, Arschloch!« Esteban Rodriguez stach ein letztes Mal zu. Genau ins Herz. Er ließ das Messer mit dem Schaft nach oben stecken und bewegte sich mit schmerzenden Gliedern mühsam zur Hintertür der Bar.

La Familia es todo prangte als Fahne aus Yuris Brust.

Marc und Franco kamen nur schleppend vorwärts, jede mögliche rote Ampel erwischten sie. Das Blaulicht einsetzen wollten sie nicht, da sie nicht genau wussten, was los war. So zog sich der Weg wie eine Ewigkeit. Nach langen Minuten zäher Fahrt erreichten sie ihr Ziel. Sie erblickten den Wagen von Nils Nolan. Sie parkten dahinter. Von ihrem Kollegen fehlte jede Spur. Es lagen nur viele Müsliverpackungen im Fußraum. »Dann lass uns mal meinem Bruder einen Besuch abstatten«, schlug Franco vor.

»Ob der noch da ist oder inzwischen wieder gefahren ist, nachdem er seine Telefonate geführt hat?«

»Wir werden es gleich feststellen.« Franco ergriff den Türgriff. Die Tür ließ sich leicht öffnen. »Ich denke, er ist da, sonst wäre die Tür bestimmt verschlossen.«

»Warum muss es hier drin nur so dämmrig sein? Man sieht kaum die Hand vor Augen. Wo ist bloß der Lichtschalter?« Marc tastete an der Wand entlang, erfühlte etwas Plastik und drückte den Schalter nach unten. Es wurde hell.

Zeitgleich ertönte leise ein Motorengeräusch vom Parkplatz. »Yuri fährt weg!«, schrie Marc. »Wir müssen ihn aufhalten.«

»Ich weiß nicht, wer da wegfährt. Yuri ist es auf keinen Fall.«

»Wieso nicht?«

»Marc, sieh zu Boden!«, forderte Franco seinen Partner auf.

Er folgte der Anweisung. »Nein, das darf nicht wahr sein.«

»Ich befürchte schon. Yuri liegt mit einem Messer in der Brust auf dem Boden.« Franco ging zu seinem Bruder und erfühlte den Puls. Es war keiner vorhanden.

Yuri Branco war tot.

»Wir müssen den Fahrer aufhalten! Ich renne nach hinten und du nach vorne!« Marc rannte zur Hintertür heraus und sah nur einen schwarzen Hummer. Franco sprintete zur Vordertür und erblickte im letzten Moment einen Porsche Boxster S. Das Nummernschild konnte er nicht erkennen.

Beide gingen zurück in die Bar und trafen sich bei der Leiche. Sie begutachteten Yuri: Das beschriftete Messer prangte aus der Brust, einen weiteren Einstich entdeckten sie in der rechten Brust und eine dritte Schnittwunde am linken Unterschenkel. Zudem noch eine Schusswunde im Bauchbereich.

»Yuri hat ganz schön gelitten«, stellte Franco fest.

»Ja. Dein Bruder wurde ganz schön brutal zugerichtet«, stimmte Marc zu.

»Ich brauch mal kurz etwas Wasser im Gesicht.«

»Okay, mach das.« Franco ging zu den Toiletten. Er vernahm ein leises Brummen. Kam es vom Männerklo? Er betrat es und schaute sich um. Im Urinal-Bereich war alles leer. Doch woher kam nur dieses leise Brummen? Franco schaute in die erste Kabine. Leer. Er öffnete die Zweite und sah Nils Nolan. Er war an eine Toilette gefesselt worden.

»Marc, komm schnell her!«, rief Franco.

»Was ist los?«

»Ich hab Nils gefunden!«

Marc kam angerannt und staunte nicht schlecht. »Was ist denn mit unserem Kollegen passiert? Und wie hast du ihn gefunden?«

»Er hat eine kräftige Beule an der Schläfe, scheint eins drüber gekriegt zu haben. Ich habe ein leises Brummen gehört und mit meinem flauen Magengefühl habe ich lieber alles kontrolliert.«

»Welch ein Glück, dass du so ein flaues Befinden hattest. Das Brummen kommt von der Belüftungsanlage. Ob Nils den Mord mitbekommen hat?«

»Lass uns versuchen ihn zu wecken.«

Franco rüttelte an Nils Nolan. »Bist du okay?«

Er öffnete die Augen und fragte verwirrt: »Wo bin ich?«

»Auf der Männertoilette in der Bar *Wunschlos glücklich.*«

»Kannst du dich an irgendetwas erinnern?«

»Ja, ich kann mich vage an ein paar Sachen erinnern: Ich musste pinkeln, trank Kaffee, dann war alles schwarz.«

»Wer hat dir das angetan?«

»Der Besitzer müsste es gewesen sein.«

»Hast du sonst noch was mitbekommen?«

»Nein. Ist noch was passiert?«

»Ja, wir haben eine Leiche in der Bar vorgefunden.«

»Oh mein Gott. Wen denn?«

»Yuri. Deine Zielperson ist ermordet worden. Hast du ja toll hinbekommen«, kritisierte Franco den jungen Nils Nolan, denn eine gewisse Trauer stieg in ihm auf, da Yuri immerhin sein leiblicher Bruder war.

»Es tut mir leid. Ich wusste nicht, dass er mich als Polizist erkannt hat. Was ist denn mit ihm passiert?«

»Er wurde erstochen,« antwortete Franco streng.

Marc befreite Nils Nolan von den Fesseln. Gemeinsam halfen sie ihm auf die Beine und stützten ihn, da er noch sehr wackelig stand. Marc und Franco setzten ihn auf eine Eckbank in der Bar. Marc rief die Spurensicherung an und bat um eine Mannschaft, um die Beweise zu sichern.

»Was denkst du, ist hier passiert?«

»Ich denke, Yuri hatte Besuch von irgendjemandem, dann eskalierte die Situation, es gab einen Kampf und derjenige hat irgendetwas erfahren, dass es ihm wert war, die Tatwaffe stecken zu lassen.«

»Ja, es musste ihm wohl sehr wichtig sein. Ist damit der ganze Spuk beendet? Oder geht es jetzt erst richtig los?«

»Ich hoffe, dass die Mordserie ein Ende findet.«

»Wenn das Messer untersucht wird, sind wir schlauer.«

»Genau.«

Die Spurensicherung kam nach einigen Minuten zum Tatort. Die Leute in ihren weißen Overalls machten Fotos, sicherten die Patronenhülse, und entfernten das Messer vorsichtig, um es in eine Tüte zu stecken. Sie suchten weiter nach Auffälligkeiten. Die Leiche wurde Minuten später abtransportiert.

KAPITEL 30

Nachdem Tom Klingenberg die Tatwaffe von der Spurensicherung erhalten hatte, startete er sofort die Geräte. Es dauerte nicht lange, bis das Blut von dem Messer, mit dem schön gravierten Schaft und dem spanischen Schriftzug, analysiert wurde. Bei dem ersten Test kam kein eindeutiges Ergebnis zustande. Irgendetwas stimmte mit der Probe nicht. Tom Klingenberg schaute sich das Messer genauer an und entdeckte kleine Unterschiede bei der Farbe des Blutes. *Es werden nicht unterschiedliche Blutquellen auf ihm sein, oder?* Er musste es austesten und entdeckte bei ganz genauem Hinsehen tatsächlich drei verschiedene Blutfarben. Er analysierte jede einzelne Blutfärbung separat. Die Auswertung der drei Analysen sah besser aus. Es entstanden drei unterschiedliche Grafiken am Monitor. Er wertete die Analysen aus. Die erste Grafik zeigte eindeutig eine Übereinstimmung mit dem Blut von Sven Sokolowski. Die Zweite stimmte mit der, aus dem Krankenhaus erhaltenen Blutprobe, von Svetlana Ocnarb überein. Die Dritte unterschied sich von den beiden anderen, aber konnte nicht zugeordnet werden, da kein Vergleichsmaterial vorlag. Doch da das Messer in der Brust von Yuri Ocnarb gesteckt hatte, war es relativ klar, dass das Blut von ihm sein musste. Tom Klingenberg verglich die Spuren mit den schon ausgewerteten Proben.

Esteban Rodriguez taten der Kiefer und die gebrochene Nase weh. Er hatte sich ganz schön verschätzt. Yuri war ein zäher Kämpfer und so war es knapp gewesen, nicht selbst von seinem Gegenüber besiegt worden zu sein. Sein Kiefer fühlte sich ebenfalls gebrochen an, er hätte zu einem Arzt gemusst, aber er wollte zuerst untertauchen, da die Bullen sich an seine Fersen geheftet hatten. *Eigentlich bin ich fertig mit meiner Rache. Yuri, der sich an meiner Familie vergangen hat, ist tot. Obwohl er hat den grausamen Mord an Speedy unter Schmerzen zugegeben, aber nicht den an Marta. Er hatte sichtlich überrascht gewirkt, als ich ihn mit dem Namen konfrontiert habe, als würde er ihn zum ersten Mal hören. Na ja, eine Frau zu töten ist auch eine krassere Nummer als einen Mann zu erledigen,* dachte Esteban sich leicht die Nase abtastend und verzog das Gesicht dabei vor Schmerzen.

Er überlegte, wo er noch hinkonnte. *Zu Hause werde ich bestimmt direkt abgefangen und festgenommen, obwohl ... spielt das eine Rolle? Ins Krankenhaus zum Kleinen würde ich gerne gehen, aber da wird die Polizei ebenfalls auf mich warten. Ich würde Luis zumindest sehen, bevor ich verhört werde. Das wäre auch schön.* Er sah auf den Schlüsselbund, der im Zündschloss des Porsche steckte. Haustürschlüssel, Postkastenschlüssel, Autoschlüssel vom Low-Raider und ein weiterer Schlüssel: der Notfallschlüssel zu Martas Wohnung. Er hatte ein neues Ziel im Kopf: Textorstraße 23.

Nach kurzer Fahrt erreichte er es und schloss die Tür zu Martas Wohnung auf. Er trat ein und fing an, sich im Flur auszuziehen. Als er fertig war, trug er nur noch eine Unterhose. Beim Ausziehen hatte er die kleine Pistole neben das

Bild von Marta und Speedy gelegt. Er betrat die Küche und öffnete das Gefrierfach im Kühlschrank. Eiswürfel wurden herausgeholt und aus einem Beutel herausgedrückt. Jeweils sechs Eisstücke wickelte Esteban Rodriguez in ein Geschirrtuch. Er kannte sich – von seinen unregelmäßigen Besuchen – in der Wohnung aus, deswegen musste er nach den Tüchern nicht lange suchen. Die zusammengewickelten Geschirrtücher nahm er mit in das Schlafzimmer. Er schmiss sich auf das Doppelbett, wo Marta und Speedy es sich immer bequem gemacht hatten, und legte sich, mit leicht zur Seite gedrehtem Kopf, auf den Rücken. Ein kaltes Geschirrtuch fand Platz auf dem Kiefer, ein weiteres Tuch platzierte er auf seine Nase. Die Kälte linderte die Schmerzen. Kurze Zeit später schlief er ein.

Im Krankenhaus besuchten Franco und Marc erneut das an Geräte angeschlossene Baby. Sie zeigten den Krankenschwestern ein Foto von Esteban Rodriguez und fragten, ob jemand ihn in den letzten Stunden gesehen hätte. Allgemeines Kopfschütteln.

»Rufen Sie uns bitte an, wenn er hier auftaucht, um nach dem Baby zu sehen«, bat Marc und überreichte einer Krankenschwester eine Visitenkarte.

»Ja, wir melden uns, wenn wir ihn sehen«, antwortete eine von ihnen und nahm die Visitenkarte in die Hand.

»Vielen Dank.«

»Er wird ja wohl nicht zurück zur Marktstraße 22 gefahren sein«, äußerte Franco seine Idee.

»Das denke ich nicht, aber wir können ja mal zur Sicherheit

hinfahren. Ich befürchte, er wird sich irgendwo außerhalb der Gegend ein Hotel genommen haben.«

»Ja, das befürchte ich auch.«

Sie verließen das Krankenhaus und machten sich auf den Weg zur Marktstraße 22. Dort angekommen überkam sie Ernüchterung.

Esteban Rodriguez hielt sich – wie erwartet – nicht zu Hause auf.

»Wenn ich nur das Nummernschild des Porsche hätte erkennen können«, ärgerte sich Franco.

»Dann wüssten wir zumindest, nach welchem Auto wir jetzt fahnden könnten«, sagte Marc nüchtern.

»Ich habe nur den weißen Lack gesehen.«

»Immerhin.«

»Das ist aber überhaupt nicht viel.«

»Vielleicht doch! Ich telefoniere mal rum und lasse mir alle weißen Porsche Boxster S der Stadt auflisten.«

»Eventuell bringt uns das weiter.«

Marc telefonierte mit der KFZ-Zulassungsstelle und erörterte sein Anliegen. Die Frau am anderen Ende der Leitung wollte sich wieder melden. Sechzehn Minuten später klingelte Marcs Handy. Er nahm ab und sagte: »Kommissar Marc Eisenberg.«

»Hallo, Herr Kommissar. Hier spricht Frau Bauer von der KFZ-Zulassungsstelle.«

»Hallo Frau Bauer, sind Sie schon fündig geworden?«

»Ja, es gibt in der Stadt dreiundzwanzig Zulassungen für Porsche Boxster S, aber nur neun davon sind mit der Farbe Weiß angegeben.«

»Das geht ja noch. Können sie die Namen der Halter vorlesen?«, bat Marc und hoffte auf eine Eingebung oder einen Namen, der ihm weiterhelfen würde.

»Das kann ich gerne tun. Sie behandeln die Daten ja vertrauenswürdig, denke ich.«

»Natürlich.«

Frau Bauer las die Namen nacheinander vor.

»Stopp! Wiederholen Sie bitte den letzten Namen«, unterbrach Marc Frau Bauer

Sie wiederholte den siebten Namen der Liste.

»Danke, Sie haben der Polizei einen großen Dienst erwiesen.«

»Gern geschehen.«

»Ich wünsche Ihnen noch einen angenehmen Tag«, verabschiedete sich Marc freundlichst von ihr.

»Was hast du erfahren?«, fragte Franco seinen Partner.

»Ein weißer Porsche Boxster S ist letztes Jahr auf einen Yuri Ocnarb zugelassen worden.«

»Das ist garantiert unser Wagen. Hast du das Kennzeichen?«

»Klar! Das habe ich mir geben lassen.«

»Sehr gut. Wir werden den Porsche finden und somit auch denjenigen, der mit dem Auto unterwegs ist. Dabei tippe ich ganz stark auf Esteban Rodriguez, da sowohl Yuri als auch Svetlana unmöglich damit unterwegs sein können.«

»Ich benachrichtige mal unseren Chef, der soll eine Großfahndung nach dem Porsche herausgeben.«

Nach dem Telefonat zwischen Marc Eisenberg und dem Polizeidirektor wurde eine Großfahndung für einen weißen

Porsche Boxster S, mit dem von der Zulassungsstelle er-
wähnten Kennzeichen, ausgegeben. Alle Polizisten erhielten
eine Benachrichtigung, in der es hieß: Ausschau nach *dem*
Porsche halten.

KAPITEL 31

Svetlana lag mit geschlossenen Augen im Not-OP des Krankenhauses. Schläuche versorgten sie mit den nötigen Substanzen zum Überleben. Ein Monitor überwachte die Vitalfunktionen. Der Blutdruck und die Herzfrequenz waren in Ordnung. Die Ärzte hantierten über zehn Stunden an ihr herum. Knochen und Sehnen wurden zunächst wieder miteinander verbunden, danach kamen Arterien, Nerven und Venen. Von der ganzen Replantation bekam sie überhaupt nichts mit, da man ihr eine Mischung aus Schmerz- und Narkosemitteln injiziert hatte. So konnten die Ärzte in Ruhe ihrer Arbeit nachgehen. Die Kittel und Handschuhe waren voller Blut, doch als die abgetrennte Hand wieder komplett angenäht war, warteten alle auf das Ergebnis. Es dauerte nicht allzu lange, bis sich der Arm langsam rosa färbte. Die Durchblutung funktionierte. Die Ärzte waren mit ihrer Arbeit zufrieden. Die Replantation war erfolgreich gewesen.

Nach langer Zeit, ohne neue Erkenntnisse, entschied sich Franco dazu den heutigen Arbeitstag zu beenden. Er fuhr zurück nach Hause. Der Himmel war wolkenlos, aber auch die Sonne neigte sich allmählich gen Westen. Er erreichte sein Heim in der Platenstraße 2 und parkte auf der Einfahrt. Nachdem er ausgestiegen war, sah er Lina in einem Liegestuhl im Garten liegen. *Ja, sie macht es sich bequem und ich muss mich mit brutalen Mördern herumschlagen.* Franco kam näher und ein knallrotes Gesicht strahlte ihn an. Lina hatte einen schlimmen Sonnenbrand. Sie hatte vergessen, sich einzucremen. Plötzlich blieb Franco stehen. Er sah die Weinflasche, das Weinglas und den Teller mit den Weintrauben. Sofort weckte er Lina und fragte entsetzt: »Was ist denn mit dir passiert?«

»Wie, was soll denn los sein?«

»Dein Gesicht ist knallrot.«

»Oh, ich muss wohl im Liegestuhl eingeschlafen sein.«

»Ja! So sieht es auch aus. Hat es mit dem Alkohol zu tun?«, fragte Franco, mit der Weinflasche vor Linas Nase wedelnd.

»Kann sein, muss aber nicht«, antwortete sie trotzig.

»Was hast du denn den ganzen Tag gemacht?«

»Nicht viel. Ich glaube hier war so ein Typ, der wollte Beweise für deine Unschuld sammeln.«

»Was? Ich verstehe kein Wort. Was meinst du mit so einem Typen?«

»Ja, hier kam so ein Typ an, hat irgendetwas daher geschwafelt und sich den Schuppen angeschaut. Das kann ich mir aber auch nur eingebildet haben.«

»Hier war also so ein Typ und stöbert in meinem Schuppen herum? Das darf doch nicht wahr sein!« Franco war sehr aufgebracht und entsetzt fragte er weiter: »Wie sah der Typ aus? Kannst du dich wenigstens daran erinnern?«

»Ich kann mich nicht erinnern.«

»Ja, toll! Hier war also jemand, und du weißt nicht, wie die Person ausgehen hat?«, schrie Franco seine Frau gereizt an.

Lina drückte eine Träne heraus, stieß den Teller und das Glas vom Tisch und rannte ins Haus. Zerbrochenes zierte den frisch gemähten Rasen. *Ja super, jetzt tickt sie wieder aus und spielt die Eingeschnappte. Das kann heute Abend heiter werden,* dachte Franco. Er begab sich zum Schuppen und holte einen Handfeger, ging zurück zum Rasen und sammelte die Scherben auf. Eine war hartnäckig und er fingerte nach ihr. Dabei schnitt er sich. »So ein Mist! Auch das noch.« Blut tropfte aus seinem Finger. Er hatte alle Bruchstücke beseitigt, schmiss sie in einen Mülleimer und bewegte sich zum Haus. Einzelne Blutstropfen pflasterten den Weg vom Rasen zur Mülltonne und von da bis zum Eingang. Er legte den Handfeger ab und hielt seine unverletzte Hand unter die tropfende Wunde, damit er keine Spur innerhalb des Hauses hinterließ. Er begab sich direkt zum Badezimmer, holte ein Pflaster aus der Schublade des Hängeschrankes und klebte es auf die Wunde. Lina lag schon im Bett. Sie hatte ihren Pyjama an und ihre Augen geschlossen. Franco putzte sich die Zähne, da er ja schon einmal im Badezimmer stand. Danach machte er es sich auf der Couch gemütlich und schaute fern. Nach einem Spielfilm schleppte er sich die Treppe hoch zum Schlafzimmer. Er zog sich bis auf die Boxershorts aus und krabbelte zu ihr in das Bett. Leises Schnarchen von Lina half ihm schnell einzuschlafen. 22:50 Uhr zeigte der Digitalwecker in roten Ziffern an.

Für den Schnüffler verging der Tag fix, da er am Nachmittag einige Stunden geschlafen hatte, um in der Nacht das Haus der Brancos beobachten zu können. Ausgeschlafen saß er in seinem Auto gegenüber der Platenstraße 2. Er konnte beobachten, wie der letzte Lichtschein gegen 22:45 Uhr im Erdgeschoss erlosch. Kurz darauf flackerte Licht im Obergeschoß auf und ging schnell wieder aus. Um 22:50 Uhr herrschte Dunkelheit im Haus.

Was erhoffe ich mir hiervon überhaupt? Ich sollte lieber ruhen, anstatt mir die ganzen Nächte, um die Ohren zu schlagen. Meinen Urlaub planen. Ein schönes Reiseziel aussuchen und buchen. Den ganzen Stress hinter mir lassen. 100.000 Euro reichen locker, aber das Doppelte wäre besser, dachte der Schnüffler, das Haus nicht aus den Augen lassend. Er saß still in seinem dunklen Auto und das schon seit zwei Stunden. Es passierte nichts. Absolut nichts. Wie aus heiterem Himmel bellte ein Hund aus der Nachbarschaft los und es ging ein Licht an, aber nicht da, wo er es erhoffte. Eine weitere Stunde verging. Die fluoreszierenden Zeiger der Armbanduhr zeigten inzwischen 1:50 Uhr an. *Ich muss meine Augen für zehn Minuten regenerieren.* Das Linke schloss sich. Das Rechte folgte langsam. Noch bevor es ganz geschlossen war, riss er beide Augen wieder auf. Die Haustür der Brancos bewegte sich. Er konnte es gerade so erkennen, weil der Mond günstig stand. *Ist dieser Franco wirklich nur mit Boxershorts bekleidet?* Der Schnüffler verließ leise das Auto und schlich näher heran, um mehr erkennen zu können. Er fand eine Hecke, hinter der er sich verstecken konnte und sah Franco den Schuppen betreten. Ein Mülleimer segelte durch den Raum und erzeugte in der stillen Nacht ein lautes Geräusch. Einzelne Schlüssel flogen ebenfalls durch den Schuppen. *Randaliert er?* Ein Motor wurde gestartet. *Stand in dem Schuppen nicht ein Motorrad? Ja!* Der Schnüffler rannte zu seinem Auto zurück. Als er gerade ankam, fuhr Franco auf dem Motorrad an ihm vorbei. Der Schnüffler sprang in sein Auto und nahm die Verfolgung auf.

Lina erwachte, weil sie auf die Toilette musste. Den fehlenden Körper im Bett bemerkte sie nicht. Sie ging ins Bad, nahm auf der Klobrille Platz, ließ es laufen und stand wieder auf. Sie wusch ihre Hände mit Seife. Schlich zurück zum Schlafzimmer und blieb stehen. *Warum brennt im Erdgeschoss Licht?* Sie ging hinunter. *Nein, Franco wird nicht schon wieder schlafwandeln, oder?* Mit kleinen Augen suchte sie nach ihm. Im Haus gab es keinen Hinweis. Lina zog sich eine leichte Jacke über den Pyjama und steckte den Haustürschlüssel in die Tasche. Sie schlüpfte in ihre Sandalen und ging hinaus in den Garten. Der geöffnete Schuppen fiel ihr sofort auf. Sie ging hin. Kein Franco. Kein Motorrad. *Moment mal, kein Motorrad? Es stand da beim letzten Mal noch. Er wird doch nicht ...* Doch diesen Gedanken brachte sie beim Herausgehen nicht zu Ende. Frische Reifenspuren durchzogen den Rasen und ihre Gedanken kreisten erneut wild. *Er ist mit dem Motorrad unterwegs. Oh, mein Gott.* Sie konnte nichts mehr machen. Sie betrat das Haus wieder, hing die Jacke an den Haken und zog die Sandalen aus. Barfüßig ging sie in die Küche, betätigte den Knopf für den Wasserkocher und schmiss einen Teebeutel in eine Tasse. Das Gerät schaltete sich automatisch aus. Sie goss das heiße Wasser über den Teebeutel. Nach fünf Minuten Ziehzeit holte sie ihn aus der Tasse und nippte an dem Tee. Sie wartete und hoffte.

Der Fahrer auf dem Motorrad fuhr kreuz und quer durch die Stadt, ohne ein wirkliches Ziel zu haben. Doch dann stoppte er plötzlich, lief ein paar Meter vom Motorrad weg und hielt etwas aus der Boxershorts heraus. Fünf Sekunden später plätscherte es.

Ein Obdachloser näherte sich dem geparkten Motorrad, der Schlüssel steckte noch. *Boah, wie viele Schnapsflaschen ich für so ein Gerät wohl bekomme,* überlegte er, eine Schnapspulle in der Hand haltend. Er näherte sich dem Motorrad. Seine Hand berührte schon den Lenker, als der Fahrer zurückkam. »Ich, ich wollte das Motorrad nicht stehlen, aber die Verlockung ist einfach zu riesig. Jetzt will ich es auch behalten«, brachte der Obdachlose hervor und entblößte eine unvollständige, schwarze Reihe von Zähnen. Die Flasche erhob er drohend.

Der Fahrer gab keine mündliche Antwort. Nur seine rechte Gerade traf den Obdachlosen brutal im Gesicht. Die Schnapspulle fiel dem Mann aus der Hand und Blut tropfte aus seiner Nase. »Mann, das war ein Scherz. Ich wollte es doch nicht wirklich klauen. Ich haue lieber ab. Sie sind ja wahnsinnig.« Blut lief ihm dabei weiterhin aus der Nase. Er drehte sich um und machte sich auf den Weg in die Dunkelheit. Der Mann in der Boxershorts nahm wortlos die Schnapspulle an sich, hob sie in die Höhe und zog dem anderen Mann von hinten, mit einer schnellen Abwärtsbewegung, einen neuen Scheitel. Der Obdachlose knallte bewusstlos auf den Asphalt.

Der Schnüffler beobachtete das Geschehen in aller Ruhe. Er konnte es nicht glauben, was er da gerade gesehen hatte.

Ist der Mann nicht Polizist? Warum tut er das? Man hätte die Situation auch anders regeln können. Total übertrieben. Ist er zu einem Mord fähig, wenn er in einer Phase der Unzurechnungsfähigkeit ist? Er behielt ihn weiterhin im Auge, doch die Irrfahrt neigte sich so schnell dem Ende, wie sie angefangen hatte. Franco stellte das Motorrad auf dem Rasen ab. Der Schnüffler warf einen letzten Blick zum Haus der Brancos und entfernte sich lautlos. Er hatte genug erfahren. Es was ein voller Erfolg gewesen. Er würde die neuen Informationen bei passender Bezahlung seinem Auftraggeber mit größter Freude übermitteln.

Lina saß immer noch wartend in der Küche, als laute Geräusche an ihr Ohr drangen. Sie hoffte, dass es Franco mit dem Motorrad war. Innerlich freute sie sich schon und wünschte sich, dass er unverletzt war, wenn er es wirklich war. Ein Rest Tee stand kalt in der Tasse. Sie wartete geduldig weiter, dabei machte sie sich erneut Gedanken. *Hoffentlich hat er wenigstens einen Helm auf.*

Die Geräusche erloschen und die Haustür wurde geöffnet. Es war tatsächlich Franco – nur in Boxershorts. Er nahm Lina in der Küche gar nicht wahr und ging schnurstracks in das Schlafzimmer. Sie machte überall erleichtert das Licht aus und folgte ihm leise. Doch wurde ihr inzwischen klar, dass es um Franco schlimmer als befürchtet stand. Früher waren es nur kurze Schlafwandeleinheiten, aber nun dauerten sie länger und wurden immer komplexer. Was konnte Sie dagegen tun? Ihn darauf ansprechen? Das brachte nie etwas. Noch mehr professionelle Hilfe in Anspruch nehmen? Es musste einfach wieder besser werden, sonst würde sie daran zerbrechen. Aufgewühlt legte sie sich neben Franco ins Bett. Und so lagen sie zusammen im Schlafzimmer, als wäre nichts gewesen.

KAPITEL 32

Das Handy klingelte unbarmherzig und die Vibrationen erzeugten auf dem Nachtschränkchen einen ungeheuren Lärm. *Ring, Ring, Ring.* Esteban Rodriguez schlug die Augen auf, hob ab und meldete sich mit müder Stimme.

»Habe ich Sie geweckt? Es ist 8:07 Uhr«, sagte der Schnüffler, ohne seine Stimmlage zu verändern.

»Ja, das haben Sie. Ich musste mich erholen und mir Eisbeutel auf mehrere Körperstellen legen.« Er spürte sein Kinn und seine Nase durch die Kälte kaum noch. Er tastete mit Daumen und Zeigefinger nach seiner Nase. Sie war noch da.

»Tut mir leid. Ich wollte Sie nur wissen lassen, dass ich eventuell neue Informationen für Sie habe.«

»Und was für welche?«

»Ich weiß, dass Sie tief in der Klemme sitzen und ich habe Angst um meine Bezahlung.«

Daher weht der Wind. »Sie brauchen also mehr Geld?«

»Nur meinen Lohn für energische Nachforschungen.«

»Hmmm. Yuri hat kurz vor seinem Tod die Tat an Speedy gestanden, aber als ich ihn auf Marta angesprochen habe, schien er wirklich überrascht. Ich habe es ihm in dem Moment nicht geglaubt. Ich war in Rage.«

»Das kann ich natürlich nachvollziehen. Ich könnte von meinen Beobachtungen erzählen. Ich würde aber gerne noch erfahren, welche Handschuhgröße Sie im Normalfall tragen?«

»Ich habe durchschnittliche Hände, fast schon klein, deswegen kaufe ich Größe M, warum?«

»Dann sollten sie wirklich schnell 50.000 Euro überweisen.«

»Ich schaue kurz nach, ob hier in der Wohnung ein PC steht, denn die Überweisung per Handy finde ich noch zu unsicher.«

»Okay, wenn ich einen Geldeingang sehe, rufe ich Sie erneut an und gebe Ihnen die grandiosen Informationen. Sie werden nicht enttäuscht sein, das verspreche ich Ihnen.«

»Okay. Wehe Sie hauen mich übers Ohr.«

»Der erste Tipp war super und der zweite ist von derselben Qualität. Glauben sie mir!« Der Schnüffler unterbrach die Verbindung.

Hat er wirklich neue Informationen für mich oder will er nur weiteres Geld von mir. Sind ihm 100.000 Euro nicht genug? Er fasste sich bisher immer sehr kurz und kam direkt zum Punkt. Jede Information stimmte. Er hat also mein vollstes Vertrauen damit erlangt. Wird er es jetzt missbrauchen? Ich komme nicht drum herum zu bezahlen. Ich brauche Gewissheit. Es geht um meine Familie. Er schälte sich aus dem Bett. Sein Gesicht war von dem getauten Eis feucht, das Geschirrtuch klitschnass. Die Eiswürfel hatten sich aufgelöst. Eine nasse Stelle durchzog das Bettlaken. Er zog sich an und durchsuchte die Wohnung. In der Küche und im Schlafzimmer fand er keinen PC. Er widmete sich dem Wohnzimmer. Dort in einer Ecke stand ein kleiner Rolltisch mit einem Bildschirm darauf. Darunter befand sich ein Rechner. Er drückte auf den Powerknopf. *Ein bisschen mehr Luxus hätte ich Marta zugetraut. Was hat sie nur mit dem ganzen Geld gemacht? Ich habe sie finanziell gut unterstützt. Oder gab sie das meiste Geld für Partys und Klamotten aus?* Der PC fuhr hoch. Ein Anmeldefenster erschien und bat um Anmeldung. *Scheiße!* Er haute auf die Enter-Taste und das Anmeldefenster erlosch. Sie hatten den PC mit keinem Kennwort geschützt. Zuerst blieb der Bildschirm blau, danach erschienen immer mehr Icons. Ein paar Sekunden danach stand ihm der Rechner zur Verfügung. *Glück gehabt!* Esteban Rodriguez öffnete einen Internetbrowser, tippte die Internetseite seiner Bank ein und wartete. Es dauerte länger wie bei ihm zu Hause. Die Seite wurde geöffnet und er loggte sich ein. *Mist, wie waren meine Bankdaten?* Er öffnete die Spalte mit den letzten aufgetragenen Überweisungen. Er sah Empfänger, Betrag und Kontonummer aufgelistet. Eine normale Überweisung dauerte zu lange. *Ach genau, ich bin immer auf die genannte Internetseite gegangen und habe per Kreditkarte bezahlt,* erinnerte er sich und tippte die Seite ein. Sie kam ihm bekannt vor. Er machte zum dritten Mal eine Überweisung von 50.000 Euro. Sein Finger glitt gerade von der Enter-Taste, da passierte es – sein Telefon vibrierte erneut. Er hob ab und sagte: »So schnell geht das? Wahnsinn!«

Der Anrufer wirkte irritiert und fragte mit tiefer Stimme: »Was geht so schnell? Und was ist Wahnsinn? Das du uns vergessen hast?«

Die Stimme war nicht die des Schnüfflers, sondern von jemand anderem, den er gut kannte.

»Hakim? Bist du das?«

»Ja«, antwortete der Mann.

»Oh, wie schön von dir zu hören«, log Esteban Rodriguez.

»Echt? Ich hatte erwartet, dass ich von dir höre, denn ein-unddreißig Leute haben auf ihr monatliches Geld gewartet.«
Mist, ich habe die Auszahlung der Marokkaner vergessen! »Ich habe viel um die Ohren, deswegen habe ich es vergessen.«

»Vergessen also! Dann wird es kein Problem sein, uns das Geld heute vorbeizubringen, oder?«

»Natürlich nicht«, log er, denn sein Blick war starr auf den Bildschirm gerichtet und es fiel ihm wie Schuppen von den Augen, wofür es eigentlich gewesen war. Er hatte den Schnüffler mit dem Geld für die Marokkaner bezahlt.

Dann vernahm er wieder eine Stimme: »Esteban ich freue mich auf deinen Besuch! Denn dein Laufbursche wird ja kaum wieder von den Toten auferstehen.«

Geschockt gab Esteban Rodriguez zurück: »Du hast von Speedys Tod gehört?«

»Klar. Es stand ja in der Zeitung.«

»Ich bin so sauer.«

»Kann ich nachvollziehen, denn ich war auch sauer auf jemanden und es hat kein gutes Ende für ihn genommen. Also bezahl uns! Heute um 21:00 Uhr!«

»Okay. Heute um neun«, gab Esteban Rodriguez niedergeschlagen zurück.

Nachdem der Anruf beendet war, überlegte er, ob es Hakim Ghali gewesen war, der Speedy getötet hat. Einfach nur weil er sauer auf ihn war. War es ihm zuzutrauen? Ja! Er hatte schon länger gespürt, dass es Hakim Ghali in seiner Rolle als Lakai nicht gefiel. Hatten die beiden einen Streit? Während er weiter überlegte, passierte etwas, womit er gar nicht gerechnet hätte: Es klingelte erneut.

Die Uhr des Schnüfflers piepte. Er tippte auf die Nachricht. Sie besagte, dass Geld auf seinem Konto eingegangen ist. Er öffnete die Nachricht komplett. Ein Geldeingang über 50.000 Euro wurde angezeigt. Er zog sein Handy aus der Hosentasche und tippte die Nummer von Esteban Rodriguez ein. »Sie haben es aber wirklich sehr eilig die neuen Informationen zu erhalten.«

»Ja!«, sagte Esteban euphorisch und weiter: »Also, ich höre!« *Jetzt werde ich wissen, ob Hakim etwas damit zu tun hat.*

»Sie sagten ja, dass Sie Handschuhe der Größe M tragen. Ich habe schwarze Handschuhe der Größe L gefunden, auf denen sich vermeintliche Blutspritzer befinden.«

Ja, Größe L könnte Hakim passen. »Ja und? Was soll mir das sagen?«, unterbrach Esteban.

»An diesem Ort, wo ich die schwarzen Handschuhe gefunden habe, hat die Polizei ein blutverschmiertes Messer gefunden.«

»Und wessen Blut klebte daran?«

»Diese Information kann ich Ihnen leider nicht geben.«

»Nur um mir dieses unnütze Zeugs zu erzählen, wollten sie 50.000 Euro?«, fragte Esteban wütend.

»Nein. Ich habe eine weitere Information für Sie. Die Handschuhe und das Messer wurden bei einem gewissen Franco Branco gefunden. Dieser Herr schlafwandelt und ich habe ihn dabei beobachtet, wie er grundlos einen Obdachlosen brutal zusammengeschlagen hat.«

»Sie meinen, dieser Franco Branco wäre also zu mehr in der Lage?«

»Er ist immerhin der leibliche Bruder von Yuri Ocnarb.«

»Nicht Ihr Ernst? Ich habe mich verhört, oder? Sagten Sie, Franco ist der Bruder von Yuri?«

»Ja, das sagte ich.«

»Sie spucken die interessantesten Information immer zum Schluss aus. Sie leisten gute und schnelle Arbeit.«

»Ich mache nur meinen Job«, sagte der Schnüffler emotionslos.

»Okay, danke. Wenn sich das bestätigen sollte, überweise ich ihnen sehr gerne den Restbetrag.« *Also hat Hakim Ghali damit nichts zu tun oder irre ich mich da?*

»Okay.« Der Schnüffler legte auf.

Franco Branco, der Bruder von Yuri Ocnarb? Sie haben aber nicht denselben Nachnamen, kann es trotzdem sein? Mist, ich habe mich nicht nach dem Wohnort erkundigt. Ich versuche mein Glück im Internet, dachte Esteban Rodriguez und gab den Namen Franco Branco in ein Online-Telefonbuch ein. Es wohnten nur zwei Brancos in der Stadt. Ein Walter Branco lebte in der Fuchstanzstraße 6 und ein Franco Branco in der Platenstraße 2. *So einfach geht es, den Wohnort von jemandem ausfindig zu machen.* Er lachte laut und fasste einen Entschluss. Bevor er sich Hakim Ghali gegenüberstellen würde, hatte er noch etwas zu erledigen.

Franco hatte verschlafen, der Wecker zeigte bereits 8:13 Uhr an. Angetrieben von der Uhrzeit stand er abrupt auf, wodurch er Lina jäh aus dem Schlaf riss. Hose, Hemd und Waffe wurden im Schnellgang angelegt. Bisher war kein Anruf auf dem Diensthandy eingegangen, also vermisste man ihn noch nicht. Er stürmte die Treppe nach unten in die Küche und trank ein Glas Wasser. Lina tapste ihm langsam nach. Er schnappte sich vorsichtshalber den Sommermantel vom Haken, zog seine Schuhe an und ging hinaus. Plötzlich blieb er wie angewurzelt stehen. Sein geliebtes Motorrad parkte nicht im Schuppen, sondern auf dem Rasen. »Lina!«, rief er ins Haus.

»Franco, was ist los?«, hallte es zurück.

»Was los ist? Mein Motorrad steht nicht im Schuppen, sondern draußen. Weißt du warum?«

»Ach Franco, kannst du dich wieder nicht erinnern?«

»Woran?«

»Du hast in der Nacht eine Spritztour unternommen. Nur mit Boxershorts bekleidet.«

»Niemals!«, sagte Franco mit voller Überzeugung.

»Doch, es stimmt leider.« Lina schüttelte traurig den Kopf.

»Mein gutes Motorrad! Ich muss daran noch die Bremsen reparieren. Stellst du es bitte gleich wieder in den Schuppen? Ich muss dringend zum Revier.«

»Ja, mache ich«, sagte Lina und gab Franco einen Kuss auf die Wange. *Das Motorrad ist noch nicht einmal heile. Oh, Gott! Er hätte sich den Hals brechen können,* dachte Lina, als sie Franco dabei beobachtete, wie er zum Auto ging. Es muss wirklich schnell besser werden, sonst bringt er sich noch irgendwann selbst um. Franco stieg in sein Auto und fuhr davon.

Er wurde bereits ungeduldig von seinem Partner erwartet.

»Franco, da bist du ja endlich.«

»Sorry, hab verpennt«, entschuldigte er sich.

»Jaja, schon okay, es waren harte Tage.«

»Habe ich Neuigkeiten verpasst?«

»Nein. Sowohl unser Posten im Krankenhaus als auch der Posten vor dem Haus in der Marktstraße 22 haben niemanden gesehen. Esteban Rodriguez hat sich an beiden Adressen nicht blicken lassen. Er wird sich höchstwahrscheinlich irgendwo verstecken oder hat das Weite gesucht.«

»Wo treibt sich dieser Kerl rum?«

»Wir wissen es nicht. Aber für heute steht ein anderes Thema auf der Agenda.«

»Wirklich? Welches denn?«

»Um 14 Uhr soll eine Drogenübergabe im leer stehenden Lagerhaus am Hafen über die Bühne gehen.«

»Okay, dann lass uns die *Jungs* mal hochnehmen.«

»Trink du erst mal in Ruhe einen Kaffee! Ich muss nämlich kurz zum Labor.« Marc beendete das Gespräch und bewegte sich zum Labor. Vier Minuten später betrat er es. »Guten Morgen, Tom.«

»Ja, guten Morgen, Marc.«

»Ich hätte da noch einmal eine Bitte.«

»Was für eine?«

»Kannst du die Blutprobe von dem gefundenen Messer aus Francos Schuppen wiederholen?«

»Was soll das bringen?«

»Ich befürchte, du hast die Proben vertauscht.«

Tom Klingenberg verzog eine Miene. »Es tut mir leid, aber das ist ausgeschlossen, ich arbeite gewissenhaft.«

»Das bezweifle ich nicht. Ich möchte Gewissheit.«

»Die kann ich dir geben. Ich habe die Proben beschriftet, gewissenhaft alle Eingaben gemacht und zusätzlich zeichnet ein Videoprotokoll jede meiner Bewegung hier im Labor auf.«

»Wie bitte, du wirst gefilmt?«

»Ja, es dient der zusätzlichen Sicherheit.«

»Okay gut. Kann ich mir das Video einmal anschauen?«

»Ja, das ist kein Problem. Ich habe uneingeschränkten Zugriff auf den Server.«

»Super.«

Tom Klingenberg suchte das Video von der gewünschten Analyse und ließ es abspielen, als er es gefunden hatte. Marc beobachtete haargenau jeden Handgriff.

»Danke, reicht! Ich habe gesehen, was ich sehen wollte.«

»Ja, bitte.«

Marc gab Tom Klingenberg zum Abschied die Hand. *Was bedeutet das für unsere Untersuchung? Wer deponiert ein Messer mit dem Blut von Bruce Ildenov bei Franco? Mir fällt keiner ein. Doch da gibt es tatsächlich wen. Nein, das kann nicht sein.* Franco nahm den letzten Schluck Kaffee und stellte die leere Tasse auf den Tisch, als Marc zurückkam und sich zu ihm gesellte.

»Na, wacher?«, fragte Marc.

»Ja, so eine Tasse schwarzer, koffeinhaltiger Kaffee hilft einem schon auf die Sprünge.«

»Sehr gut. Wir müssen nachher topfit sein.«

»Genau. Vor allem weil der Chef gerade hier war und gesagt hat, dass er gleich einen Plan zum Besten geben möchte.«

»Habe ich mir schon gedacht.«

Eine Stunde später war es dann soweit: Der Polizeidirektor verkündete den Plan. Mithilfe der Spezialeinheit sollten das Gelände und der Wasserweg abgeriegelt werden.

13:00 Uhr zeigte die Armbanduhr an Marcs Hand und es ging zum Treffpunkt. Jeder nahm seinen vorgesehenen Platz ein. Taucher positionierten sich unter Wasser; Scharfschützen auf dem Dach. Mehrere Einsatzwagen standen versteckt in der Nähe. Ein paar unauffällige Zivilposten behielten die Lage direkt vor Ort im Auge. Um 13:50 Uhr näherten sich drei schwarze Transporter. Sie fuhren direkt in die Lagerhalle.

»Ich sehe acht weiße Schatten durch meine Wärmebildkamera«, sagte ein Scharfschütze.

»Okay. Wir warten noch«, gab Marc zurück. Er hatte für den Einsatz die Befehlsgewalt erhalten.

Um 13:58 Uhr kamen vier graue Limousinen die Straße entlang gefahren, und ein kleines Boot näherte sich der Lagerhalle. Das Schiff dockte an. Vier vermummte Männer traten von Bord.

»Das Boot ist leer, niemand mehr zu sehen«, teilte der Scharfschütze erneut mit. Einige vermummte Gestalten stiegen aus den Limousinen. Jeweils einer ging zum Kofferraum. Es wurden mehrere schwarze Sporttaschen herausgeholt. Die Neuankömmlinge näherten sich den wartenden Personen.

»Hier ist das Geld. Wo ist die Ware?«, fragte eine verzerrte Stimme.

»Im Wagen«, sagte einer der muskulösen Typen, der mit einem der schwarzen Transporter angekommen war, mit verschränkten Armen vor der Brust.

»Ich will die Ware sehen.«

»Hier!« Ein anderer Muskeltyp schmiss einen großen Karton in Richtung des Typen. Dieser schnitt ihn vorsichtig auf und schaute hinein. Seine Reaktion war ein zufriedenes Nicken.

Die erste schwarze Sporttasche wechselte den Besitzer. Der Muskelprotz zog den Reißverschluss auf, schaute hinein, wühlte ein wenig herum und nickte ebenfalls zufrieden.

»Zugriff! Sofort!«, brüllte Marc ins Mikrofon. Von jeder Seite kamen Spezialkräfte und Polizisten näher. Einige Vermummte versuchten, zum Boot zu flüchten, doch die Taucher hatten das Boot schon in ihren Besitz genommen. Sie zielten mit ihren Waffen auf die Spezialkräfte – doch die waren schneller. Mehrere Körper krachten zu Boden. Weitere Schüsse fielen in der Lagerhalle. Der Scharfschütze erwischte eine Person, die auf Franco schießen wollte, genau in der Brust.

»Waffen fallen lassen! Ihr seid umzingelt!«, schrie Marc.

Die restlichen Personen ließen ihre Waffen fallen und kamen mit erhobenen Händen heraus. Handschellen klickten. Die Bilanz war nicht schlecht: Vier Millionen Euro und eine entsprechende Menge aus Haschisch und Marihuana lagen zu den Füßen der Einsatzkräfte. »Ein voller Erfolg!« ,sagte Marc erfreut.

»Wenn man von den fünf erschossenen Person absieht, hätte es kaum besser laufen können«, meinte Franco.

»Damit endet alles. Yuri ist tot und seine Männer gefasst. Die Käufer ebenfalls in Handschellen. Sie werden sich auf eine sehr lange Gefängnisstrafe einstellen müssen.

»Zu Recht«, gab Franco zum Besten.

Trotz dieses Erfolges kämpfte Marc mit seinen Gefühlen. *Ich muss Franco auf jeden Fall mit meiner neuen Erkenntnis konfrontieren, aber zuerst ausgiebig den Sieg gegen die Drogenhändler feiern.*

Esteban Rodriguez ließ den geklauten weißen Porsche Boxter S in einer versteckten Gasse stehen und lief zu Fuß weiter. Seine Navigation zeigte einen Fußweg von siebzehn Minuten an. Er machte sich auf den Weg und ließ Martas Wohnung hinter sich. Angetrieben von den Schmerzen – vor allem von den Innerlichen –, ging er Schritt für Schritt. Er bog einige Male ab und schaute auf seine Navigation: Ankunft in vier Minuten. Er folgte der Anweisung links, dann rechts, ein Stück geradeaus und wieder links. »Sie haben ihr Ziel erreicht«, ertönte es aus dem Handy. Er schaute hoch und las den Straßennamen: Platenstraße.

Die Nummer 2 lag direkt vor ihm. Er beendete die Navigation und die Uhrzeit oben rechts auf dem Display zeigte 14:30 Uhr. Er schlich näher an das Haus. Eine Frau schob gerade ein Motorrad in den Schuppen. *Meine Gelegenheit, unbemerkt vorzudringen.* Er erhöhte sein Schritttempo, rannte schon fast. Die Frau kam wieder aus dem Schuppen heraus. Esteban Rodriguez war in perfekter Position. Er griff die Frau von hinten an, hielt ihr mit der linken Hand den Mund zu. Mit der Rechten drückte er ihr die Pistole in den zierlichen Rücken. »Keinen Laut, sonst drücke ich ab! Beweg dich zur Tür und schließ auf«, gebot er leise, aber bestimmend.

Lina, stocksteif vor Angst, handelte, wie ihr befohlen wurde. Sie schrie nicht und machte brav die Tür auf. In dieser engen Haltung betraten sie das Haus. Esteban Rodriguez hielt nach nützlichen Sachen Ausschau. Ihm fiel nach kurzer Zeit ein eleganter Küchenstuhl ins Auge.

»Los, dorthin!«, sagte er, den Kopf zum Stuhl neigend.

Lina machte langsame Schritte in die Küche, doch der Pistolenlauf drückte gegen ihren Rücken, daraufhin bewegte sie sich etwas schneller.

»Auf den Stuhl!«, befahl er und schaute sich um. »Gibt's hier irgendetwas zum Fesseln?«, sprach er laut in den Raum.

Lina zuckte die Schultern und setzte sich auf den Stuhl. Esteban Rodriguez richtete die Waffe weiter auf sie, während er die Schubladen in der Küche durchsuchte. Das rechte Auge behielt die sitzende Lina fest im Blick. Das Linke erfasste: Löffel, Messer, Gabeln, Suppenkellen, Backpapier, Alufolie und Suppentüten. »Das darf doch nicht wahr sein«, fluchte er laut. Er blickte nach unten und sah braune Stiefel mit schwarzen Schnürsenkeln. *Oh, das muss fürs Erste reichen. Zum Glück habe ich nicht meine Slipper oder meine Stiefel aus Rindsleder an, bei denen gibt es keine Schnürsenkel.* Er nahm gegenüber von ihr Platz und zog sich den rechten Schuh aus. Es ging gar nicht so einfach, mit nur einer Hand. Und da passierte es: Lina trat nach ihm, aber verfehlte ihn knapp.

»Was soll das werden? Halt still oder ich schieße«, grummelte er sie ins Visier nehmend. Ein weiterer Tritt. Er stand auf, nahm den ausgezogen Schuh in die Hand und schlug hart zu. Die Schuhsohle klatschte laut auf Linas Wange. Ihr Kopf schwang durch die Wucht zur Seite. Die Wange färbte sich sofort rot.

»Verstehen wir uns jetzt?«, fragte er nach.

Lina nickte, sich die Wange haltend. Es brannte höllisch.

Esteban Rodriguez nahm wieder auf dem gegenüberliegenden Stuhl Platz. Lina schaute ihn mit tränenden Augen starr an. Der rechte Schuh lag bei Esteban auf dem linken Oberschenkel, seine Finger wühlten sich durch die Ösen und zogen den

Schnürsenkel Stück für Stück heraus. Es dauerte eine ganze Weile, doch bald hielt er ihn in der Hand. Er schritt zu Lina und verband ihre Arme hinter dem Rücken. Als weitere Befestigung dienten die beiden einzelnen schwarzen Eisenstangen, die links und rechts von der Sitzfläche hoch zur Lehne gingen. In der Mitte befand sich eine schön gepolsterte Mittellehne. Sie spürte die Kälte der Stangen an ihrer Haut. Da sie so fixiert auf dem Stuhl saß, hatte Esteban Rodriguez mit dem Schnürsenkel aus dem linken Schuh viel weniger Probleme, da es mit beiden Händen wesentlich einfacher ging. Mit dem losen Schnürsenkel ging er wieder zu ihr, wickelte es ihr einmal stramm um den Hals und zog es kräftig bis zum Stuhlbein herunter. Die Länge passte so eben. Kopf wurde minimal nach hinten gezogen und die Baumwolle drückte gegen ihren Hals. Von seiner Arbeit überzeugt, wurde er ruhiger, denn er musste nicht mehr so aufpassen. Jetzt hatte er Zeit, die Küche genauer in Augenschein zu nehmen und öffnete die Hängeschränke. Tassen, Gläser, Teller und verschiedene Behälter stachen ihm ins Auge. Er holte eine Tasse heraus, musste jedoch höchst konzentriert bleiben. Er nahm die Kaffeemaschine auf der Anrichte genauer in Augenschein, der Stromstecker hatte einen Kabelbruch. Er erinnerte sich, dass er Instantkaffee in einem der Schränke gesehen hatte, öffnete und schloss eine Schranktür nach der anderen. Bei der dritten Tür fand er den Kaffee. Mit einem Teelöffel, den er aus einer Schublade geholt hatte, schaufelte er Pulver in die Tasse. Er machte den Wasserkocher an und wartete, bis er wieder automatisch ausging.

»Hilfe, Hilfeee, lass mich frei!«

»Halt's Maul!«

»Mach mich los!«

»Sei ruhig.«

»Hilfffeeeeee.«

»Wenn du nicht sofort ruhig bist, werde ich dich mit dem heißen Wasser übergießen.« Im Hintergrund brodelte der Wasserkocher. Es klickte und das Wasser dampfte leicht aus der oberen Öffnung. Lina drehte die Augen zum Wasserkocher und verstummte.

»Ja, geht doch«, sagte Esteban Rodriguez lachend und schüttete das kochende Wasser auf das Pulver. Er rührte in der Tasse herum und genoss den ersten Schluck des heißen Getränkes. Es schmeckte nicht sonderlich gut, aber es half der Konzentration. Dabei fiel sein Blick auf den Messerblock, der auf einer Arbeitsplatte stand.

Ein Schlitz war leer.

»Ah, meine Lieblingsspielzeuge«, freute er sich und grinste Lina breit an. Sie schluckte kräftig.

Er begutachtete jedes Messer sehr genau. Brotmesser, Spickmesser, Schinkenmesser, Ausbeinmesser, Kochmesser, selbst den Wetzstahl nahm er in die Hand. Doch seine Entscheidung war schnell gefallen. Er zog das silberne Hackmesser heraus. Die sechzehn Zentimeter lange Schneidkante glänzte förmlich. Ihm gefiel der Anblick und erregt sagte er: »So Schätzchen, Zeit zu spielen.«

.

KAPITEL 33

Freudige Stimmung herrschte im Revier, denn es war wegen des großen Erfolges eine Feierlaune ausgebrochen. Es wurden eine Menge Dealer geschnappt, außerdem eine gewaltige Summe Drogengeld und der dazugehörige Stoff. Jeder beglückwünschte jeden, wobei Marc den größten Lob erhielt. Sein passendes Kommando besiegelte den Erfolg. Jeder lachte fröhlich. Wie aus dem Nichts vibrierte Marcs Handy. Er zog sich etwas zurück, damit er den Anruf in Ruhe annehmen konnte.

»Hallo, sind Sie Marc Eisenberg?«, fragte eine aufgeregte weibliche Stimme.

»Ja, das bin ich. Verraten Sie mir Ihren Namen?«

»Ich heiße Rabewitz. Emma Rabewitz.«

»Okay, Frau Rabewitz. Woher haben Sie meine Nummer?«

»Sie haben mir Ihre Nummer gegeben«, sagte sie.

Marc Eisenberg überlegte kurz, dann fragte er: »Sind Sie Krankenschwester?«

»Ja, genau. Sie haben mir ihre Visitenkarte in die Hand gedrückt, falls dieser Mann auftaucht.« Ihre Worte überschlugen sich fast.

»Ist dieser Mann im Krankenhaus aufgetaucht?«

»Nein, das nicht, aber wir brauchen Herrn Rodriguez dringend hier.«

»Wieso?«

»Er hat das Baby doch besucht und ...«, es entstand eine kurze Pause, »... muss informiert werden.«

»Warum muss er informiert werden? Und sprechen Sie bitte etwas ruhiger und langsamer«, bat Marc freundlich.

»Das Baby ... ich meine ... so traurig ... so klein und hilflos«, sagte Emma Rabewitz verheult und unfähig einen kompletten Satz zu bilden.

»Formulieren Sie bitte einen ganzen Satz, was ist mit dem Baby?«

»Einfach so ... das Herz«, stotterte sie mühselig herunter, »ist einfach stehen geblieben und jede Maßnahme zur Wiederbelebung blieb ohne Erfolg. Das arme Baby ist gestorben.«

»Neeiiin! Nicht wirklich, oder? Das tut mir ja so leid.«

»Doch! Und Herr Rodriguez müsste über den Tod des kleinen Babys unterrichtet werden.«

»Verstehe.« Marc rieb sich kräftig die Schläfe. »Wir werden unser Bestes versuchen, um Herrn Rodriguez schnellstmöglich zum Krankenhaus zu bringen.

»Danke.« Völlig aufgelöst beendete die Krankenschwester das kurze Telefongespräch.

Marcs Laune fiel von einem Hoch in ein tiefes Loch. Er schleppte sich träge zur Party zurück.

»Welche schlechte Nachricht hat dich denn getroffen?«, fragte Franco, als er Marcs veränderte Haltung sah.

»Ich habe gerade einen Anruf von Frau Rabewitz erhalten.«

Franco konnte sich nicht erinnern und fragte nach: »Wer ist Frau Rabewitz?«

»Es ist die Krankenschwester, mit der wir gesprochen haben. Sie sagte mir, dass sie gerne Esteban Rodriguez im Krankenhaus haben möchte, da der kleine Luis vor wenigen Minuten gestorben ist.«

»Das ist ja schrecklich. Wurde er denn nicht überwacht?«

»Ja, sicher. Trotzdem ist Luis gestorben, obwohl er noch an den Geräten angeschlossen war und jede Sekunde überwacht wurde. Das Herz war schwach und blieb stehen. Für immer. Jede Möglichkeit der Wiederbelebung brachte keinen Erfolg.«

»Traurig. Sehr traurig. Und Esteban Rodriguez scheint sich irgendwohin abgesetzt zu haben.«

»Ja, der Porsche Boxster wurde zwar von Nils Nolan bei der Fahndung in einer versteckten Gasse gefunden, aber es gibt keinen weiteren Hinweis, wohin er geflohen sein könnte. Die Durchsuchung des Autos brachte geringe Erfolge. Es wurden zwar keine Haare in dem Porsche gefunden, dennoch konnten wir – wie sich bei einer späteren Überprüfung herausstellte – Fingerabdrücke am Lenkrad sicherstellen, die mit sehr hoher Wahrscheinlichkeit Esteban Rodriguez gehören.«

»Ja, das habe ich mitbekommen. Mag sein, dass er ein weiteres Auto geklaut hat oder mit öffentlichen Verkehrsmitteln abgehauen ist.«

»Wir müssen ihn finden.«

»Um jeden Preis.« Francos Laune veränderte sich ebenfalls von überschwänglich glücklich bis hin zu sehr traurig. »Ich werde mich mal zurückziehen und Lina die guten Neuigkeiten von den gelungenen Festnahmen erzählen.«

»Ja, mach das. Sie wird sich bestimmt freuen.« *Ich muss Franco noch mit meinen Erkenntnissen konfrontieren,* dachte Marc. Der Kaffee schmeckte scheußlich, doch das Hackmesser in seiner Hand ließ Esteban Rodriguez hellwach werden. Er strich sanft über den Schaft und den Klingenrücken. Die Präzision des Schliffs fühlte sich gut an und seine Entschlossenheit wuchs.

»Womit sollen wir beginnen? Mit dem linken Ohr? Oder lieber dem Rechten? Der Nase? Oder gar mit den schön lackierten Fingern?«, witzelte er an Lina gerichtet. Sie wand sich, so gut es ging, und stampfte kräftig mit den Füßen.

»Ach so, du willst die Füße loswerden«, sagte er süffisant. »Ja, eine schöne Aufgabe für das Messer, wenn erst die Haut sich teilt, Blut herausspritzt, dann die Klinge auf die Knochen trifft. Eine wunderbare Vorstellung oder was meinst du?«

Lina lief ein Wasserfall aus den Augen, der sich den Weg vorbei an der Nase, über die Wangen und dem Kinn bahnte, bis die Tropfen sich in ihrem Schoß sammelten. Der salzige See wurde immer größer.

Esteban Rodriguez war in seinem Element.

Franco war auf dem Weg nach Hause. Freude und Leid beeinflussten sein Bewusstsein. Auf jede schlechte Nachricht folgte meistens eine Gute, doch dieses Mal war es umgekehrt, denn auf eine Positive kam direkt eine Negative. *Warum musste ein süßes und unschuldiges Baby sterben? So etwas ist total unfair. Erst darf es das Licht der Welt erblicken und bevor sie richtig wahrgenommen werden kann, ist alles schon wieder vorbei*, ging es Franco, während der Fahrt, durch den Kopf. Er war unkonzentriert und hätte beinahe ein Auto gerammt, konnte aber in letzter Sekunde das Lenkrad herumreißen und knapp ausweichen. Der andere Fahrer hupte wild. Erleichtert bog Franco auf seine Einfahrt ein und stellte den Audi vor seinem Haus ab. Er stieg aus und ging zum Schuppen. Er blickte hinein: Das Motorrad stand wieder ordentlich an seinem Platz. *Danke, Lina.*

Er schloss die Haustür auf, schmiss den Mantel, den er bei jedem Wetter immer dabei hatte, an den Haken. Dass er nicht hängen blieb, sondern zu Boden fiel, nahm er gar nicht wahr. »Lina, ich bin zu Hause«, rief er.

»Sag, dass du in der Küche bist und wehe du schreist«, flüsterte Esteban Rodriguez ihr ins Ohr.

»Ich bin in der Küche«, antwortete sie mit bebender Stimme. Franco machte die wenigen Schritte in die Küche. Bei dem Anblick, der ihn dort traf, gefror sein Blut zu Eis. Er erstarrte. Sein Blick erfasste schwarze, buschige Augenbrauen.

Marc kratze sich an seinem Hinterkopf und seine Augen bewegten sich unauffällig hoch und runter. Er haderte mit sich. *Ich muss es ihm sagen, es führt kein Weg daran vorbei. Ich muss erfahren, ob da, was dran ist. Und wenn ja, was genau. Die Ungewissheit zerfrisst mich innerlich. Franco kann nichts mit dem Mord zu tun haben, obwohl nur Fingerabdrücke von seiner Frau und ihm auf dem Messer gefunden wurden. Kann es Lina gewesen sein? Warum sollte sie einen Mord begehen? Unter Alkoholeinfluss? Nein! Nein! Nein! Ich brauche Antworten, es gibt bestimmt eine logische Erklärung für alles.* Marcs Kopf drohte zu platzen. *Ich kann nicht länger warten. Ich muss jetzt Antworten haben und schlimmer kann es gar nicht mehr werden. Francos Laune ist eh schon im Keller, also was soll's. Ich fahre jetzt zu ihm nach Hause,* dachte

Marc und verabschiedete sich ebenfalls von den noch gut gelaunten Kameraden und machte sich auf zur Platenstraße 2.

»Hallo«, sagte der Mann, der ein Hackmesser in der Hand hielt. Er stand direkt hinter Lina, die gefesselt auf einem Stuhl saß.

»Esteban Rodriguez! Du hast dich ganz schön verändert«, keifte Franco den glatzköpfigen Mann an.

»Du hast mich also wiedererkannt, trotz meiner drastischen Veränderungen.«

»Ja, deine schwarzen, buschigen Augenbrauen habe ich direkt wiedererkannt. Was willst du?«

»Ich will Antworten von dir!«

»Aha? Du meinst, dass ich dir Antworten liefern kann?«, fragte Franco, unwissend worüber es überhaupt ging.

»Ja.«

»Dann schieß mal los?

»¿Por qué – Warum?«

»Das ist alles! Warum? Was soll das?«

»Ja. Warum?«

»Warum was? Du willst mich verarschen! Ich weiß im Leben nicht, wovon du redest. Es tut mir leid.«

»Muss ich deinem Gedächtnis auf die Sprünge helfen?«, sagte er und bewegte das Hackmesser näher zu Linas Kehle.

»Ja, musst du. Ich weiß nicht, was du wissen willst.«

»Warum ...«

»Ja, soweit waren wir schon«, unterbrach Franco ihn.

»... tötest du und schlägst Obdachlose nieder?«

»Wer sagt denn so etwas? Derjenige muss verrückt sein.«

»Meine Quelle hat dich dabei beobachtet, wie du in der Nacht mit dem Motorrad unterwegs warst, anhieltest und einen Obdachlosen erst mit der Faust, danach mit einer Schnapsflasche geschlagen hast. Zudem hat meine Quelle schwarze Handschuhe der Größe L mit vermeintlichen Blutspritzern bei dir gefunden. Welche Handschuhgröße hast du?«

Linas Augen drohten herauszufallen, so intensiv schaute sie Franco an, als würde ihr Blick fragen, ob das wahr war.

»Größe L«, antwortete Franco.

»Welch ein Zufall«, lachte der Mann.

Autoreifen quietschten auf der Einfahrt. Marc parkte hinter dem Audi von Franco. *Gut, er ist schon zu Hause.* Marc stieg aus, schritt zur Eingangstür und klingelte.

»Wird noch Besuch erwartet?«, fragte Esteban Rodriguez.

»Eigentlich nicht.«

Marc klingelte erneut. Das Klingeln drang selbst bis an seine Ohren. *Los, mach schon auf.* Er wollte gerade zum dritten Mal klingeln, als er den kleinen Spalt zwischen Türzarge und Türblatt sah. Er bückte sich. Ein Ärmel von Francos Mantel klemmte dazwischen. Er trat leise ein und versuchte Geräusche zu vermeiden. Nur waren seine Schritte so laut, dass sie bis in die Küche drangen.

»Wie ist die Person ins Haus gekommen? Hat noch jemand einen Schlüssel?«, wollte Esteban Rodriguez wissen.

»Ich hab keinen Schlüssel gehört, der ins Schloss gesteckt und umgedreht wurde«, sagte Franco.

»Stimmt. Ich habe auch nichts gehört. Los komm zu mir sonst schneide ich deiner Frau die Kehle durch«, befahl er, wobei die Messerklinge nur noch wenige Millimeter von der Haut entfernt war. Franco Branco gehorchte. Ihm wollte keine Alternative einfallen.

»Hey Franco, deine Tür stand offen, weil ein Ärmel deines Mantels das Zuschlagen der Tür verhindert hat«, rief Marc in das Haus hinein. Er bekam keine Antwort. Es herrschte eine bedrückende Stille. Ein mulmiges Gefühl suchte ihn heim. Er zog seine Glock aus dem Hüftholster und entsicherte sie. *Normalerweise ruft Franco immer irgendwelche Sachen zurück, wenn ich ihn privat besuchen komme.* Mit gezückter Waffe trat er in die Küche und sah einen Mann mit einem Hackmesser in der Hand hinter Lina stehen. Er hielt es nur Millimeter von ihrem Hals entfernt, Franco befand sich in unmittelbarer Nähe zu den beiden. Marc Eisenberg richtete die Waffe auf den Messerhalter und fragte in die Runde: »Was ist denn hier los?«

»Ein Frage- und Antwortspiel der anderen Art«, sagte der Mann, der das Hackmesser in der Hand hielt.

»Ich sehe es. Kann ich das Spiel beenden, indem Sie das Messer fallen lassen und die Hände hochnehmen?«

»Es ist erst beendet, wenn die richtigen Antworten gefallen sind. Nur konnte kein Spieler mir bisher die richtige Lösung nennen.«

»Interessant. Und was für Fragen beinhaltet das Spiel?«

»Die Gewinner-Frage lautet: Wer hat meine Nichte Marta erdrosselt?«

»Sehr gute Frage. Ich hab darauf leider keine Antwort«, sagte

Marc und nahm Esteban Rodriguez ins Visier. Der Mexikaner schaute genau in die Mündung, reagierte blitzschnell, trennte sich von Lina und stand hinter Franco, dessen Figur seinen Körper komplett verdeckte.

Nein, nein, nein, so war das nicht gedacht. Ich brauche ein Zucken oder irgendeine Bewegung, damit ich schießen kann.

»Meine beiden dummen Kandidaten sind völlig überfragt und deswegen auch nutzlos«, sagte Esteban Rodriguez mit einer gewaltigen Entschlossenheit.

»Und wenn ich Antworten liefern kann, lässt du die Kandidaten, wie du Sie nennst, dann frei?«

»Wenn mir die Antworten gefallen, dann ja.«

Marc versuchte ein unauffälliges Zeichen an Franco zu geben. Dieser nahm es wahr, verstand sofort und blinzelte unbemerkt zurück.

»Los frag mich!«

»Wer ist für den Tod von Marta verantwortlich?«

»Ja, das ist eine gute Frage, leider liefern unsere Ermittlungsergebnisse keine eindeutigen Beweise, doch scheint dieser jemand wohl noch zu leben, wenn du nach dem Tod von Yuri Ocnarb weiter auf der Suche bist.« *Ich muss Franco befragen, ich halte es nicht mehr aus.*

»Die Antwort gefällt mir nicht«, sagte Esteban Rodriguez seinen Unterarm langsam anspannend. Franco spürte die Kälte der Messerklinge.

»Stopp!«, schrie Marc. »Ich muss erst noch etwas loswerden.«

»Hmm. Was denn?«

»Franco, warum sind nur deine und Linas Fingerabdrücke auf dem blutverschmierten Messer gefunden worden?«

»Was wird das denn jetzt?«, kam es krächzend aus Francos Kehle.

»Nicht im Ernst, oder? Meine Quelle fand auch ein paar schwarze Handschuhe bei ihm«, äußerte sich Esteban Rodriguez sofort.

»Darf ich dich was fragen, Esteban?«, fragte Marc in ruhigem Ton.

Esteban Rodriguez starrte ihn mit verständnisloser Miene an. Das Messer rückte immer näher an die Halsschlagader von Franco.

»Wo warst du in der Nacht von Mittwoch, den 15. Juli, auf Donnerstag, den 16. Juli?«

»Ich war zu Hause und wütend, weil ich von dem Mord an Speedy erfahren habe. Dann bin ich, nachdem ich mich etwas beruhigt hatte, in mein Bett gegangen.«

»Ganz sicher?« *Frau Maier hatte nur eine schwarze Gestalt in der Dunkelheit gesehen und meinte die Größe passe genau auf Franco oder halt Esteban.*

»Ja, ich bin ganz sicher.«

»Okay.« *Es spricht vieles gegen Franco, aber Esteban kann auch lügen.*

»Kommt noch was? Oder soll ich die Sache sofort beenden?«

»Wenn ich vermuten müsste, wer Marta Rodriguez und Bruce Ildenov getötet hat, dann haben Sie denjenigen gerade in der Mangel.«

»Scheiße, Marc! Was soll der Quatsch?«, protestierte Franco in seiner aussichtslosen Lage.

»Doch bevor Sie jetzt den Mord begehen, möchte ich eine weitere wichtige Sache loswerden.«

»Den eigenen Partner beschuldigen, das ist ja so heftig«, lachte Esteban. »Was gibt's denn noch, bevor ich Rache nehmen werde?«

»Wann haben Sie Luis zuletzt einen Besuch abgestattet?«

»Wieso spielt das eine Rolle?« Estebans Finger fingen leicht an zu zittern. *Hoffentlich geht es ihm gut.*

»Na ja, es geht dem Kleinen nicht so gut«, sagte Marc und gab Franco ein leichtes Augenzwinkern als Zeichen der Verständigung.

»Was soll das heißen, ›nicht so gut‹?«, hakte Esteban nach. Der Druck der Klinge lockerte sich.

»Luis ist gestorben. Plötzlicher Herzstillstand.« Noch bevor Esteban Rodriguez es realisieren konnte, zuckte Franco energisch zur Seite und ein ohrenbetäubender Knall füllte die Küche akustisch aus. Das Loch in der Stirn des Mexikaners bezeugte von einem gut gezielten Schuss. Der Körper, mit einer Körperöffnung mehr, fiel rücklings zu Boden. Francos Zucken war energisch genug, um die Schussbahn für Marc freizugeben. Jedoch reagierte auch Esteban reflexartig bei dieser Bewegung, indem seine Hand mit dem Messer einen großen sechzehn Zentimeter großen, tiefen Spalt in Francos Hals schnitt. Das Blut spritzte in Strömen. Lina schrie sich die Seele aus dem Leib. Franco presste panisch seine Hände auf die klaffende Wunde an seinem Hals. Sie färbten sich in Sekundenbruchteilen komplett rot.

»Es tut mir alles so leid«, brachte Franco hervor, während das Blut beim Sprechen weiter aus der Wunde sprudelte.

»Alles kommt in Ordnung, Partner. Du musst nur ruhig bleiben und aufhören zu sprechen«, sagte Marc und beugte sich zu seinem schwer verletzten Partner hinunter. Wenige Augenblicke später erstarrten Francos Augen.

»Neinnnnnnnn«, brüllten Lina und Marc synchron.

Er blickte geschockt zu ihr, riss sich zusammen und löste die Schnürsenkel, die sie an den Stuhl hielten. Den Hals zierte eine kleine Schürfwunde. Sie stand verheult auf, machte drei Schritte und kniete sich zu ihrem Ehemann. Ihre Tränen fanden kein Ende.

Marc versuchte, ihr verzweifelt Trost zu spenden, doch er war selbst zu geschockt von den blutigen Ereignissen. Er nahm sie in die Arme und spürte ihre Tränen an seiner Schulter.

KAPITEL 34

Die Zeit war gekommen, um alles zu Ende zu bringen. Hakim Ghali war komplett von Wut angetrieben. Es lief bisher alles wunderbar. Er hatte in der Zeitung von den beiden Opfern, Bruce Ildenov und Speedy, gelesen. Ihm waren beide bekannt. Salvador kannte er persönlich und hatte sehr oft direkten Kontakt mit ihm, wenn es mal wieder um Geld oder Drogen ging. Bei Bruce Ildenov war er nicht mehr ganz sicher, aber er hatte im Hinterkopf, dass er ein Gefolgsmann von Yuri Ocnarb – dem zweiten großen Drogendealer der Stadt – war. *Ja, dieser Bruce war ein Lakai. Ich, Hakim, bin es zum Glück bald nicht mehr, denn ich bin ein Herrscher.* Die Vorfreude auf die Begegnung mit Esteban Rodriguez stieg enorm. Es sollte das letzte Mal sein, dass er, Hakim Ghali, Geld von einem Mexikaner entgegennehmen würde. Er zog seine Handschuhe an, danach nahm er ein Messer in die linke und eine Pistole in die rechte Hand.

Es schlug Punkt neun Uhr: Esteban Rodriguez wurde sehnsüchtig erwartet. Der Zeiger lief unaufhaltsam weiter. Fünf nach neun. Seine Anspannung wuchs immer weiter. Zehn nach neun. Er ließ die Waffen sinken und sah ein, dass er von Esteban Rodriguez übers Ohr gehauen wurde. *Er wird nicht kommen! Er hat bestimmt Angst vor mir.* Wie sollte er es seinen Landsmännern nur beibringen, dass es kein Geld geben würde. Er musste sich etwas einfallen lassen. Er würde eine

Geschichte erfinden, in der er Esteban Rodriguez getötet hat, weil dieser nie wieder Geld an die Marokkaner bezahlen wollte. Ja, genauso sollte es laufen. Hakim Ghali fühlte sich wieder wie ein Herrscher.

Der Schnüffler hatte seine besten Quellen spielen lassen, somit war klar, dass es keine weiteren 50.000 Euro geben wird. Er hatte erfahren, dass Esteban Rodriguez bei seinem Rachefeldzug erschossen wurde. Zum ersten Mal zeigte er eine Gefühlsregung, denn er empfand leichte Traurigkeit. Es war ein sehr lukrativer Job mit einer super Bezahlung gewesen. *150.000 Euro bin ich jetzt reicher. Gar nicht schlecht, so viel Geld in den paar Tagen verdient zu haben. Ich kann jetzt einen Luxus-Urlaub buchen. Ich suche mir ein schönes Hotel mit allem Drum und Dran und bevor ich in den Urlaub fliege, kann ich sogar den Job von Frau Bürgermeister erledigen. Die Bezahlung ist leider nur ein Bruchteil von Estebans Honorar, aber es ist meine Berufung und es macht mir Spaß Geheimnisse aufzuklären.* Der Schnüffler hatte sich entschieden, er buchte einen zweiwöchigen Aufenthalt auf den Seychellen. Relaxen und tauchen standen ganz oben auf seiner To-do-Liste. Einen Ausflug nach Bird Island, dem Lebensraum von Esmeralda, der ältesten lebenden Riesen-Schildkröte, buchte der Schnüffler direkt mit. Auch auf die weltweit größte Kokosnussart der Welt freute er sich schon, denn die Form der *Coco de Mer* ähnelte einem menschlichen Hintern. Er würde den Urlaub in vollen Zügen genießen.

Hakim Ghali konnte sich nicht gedulden und fasste den Entschluss seine Landsmänner zu kontaktieren, um ein spontanes Treffen zu arrangieren. Es dauerte nicht lange, da waren die meisten eingetroffen. Er stand vor der Meute und sprach: »Ich, Hakim Ghali, musste Esteban Rodriguez töten!«

»Warum das?«, rief einer herein.

»Ganz einfach: Er wollte uns nie mehr ausbezahlen und alles Geld für sich behalten.«

»Unmöglich!«

»Doch so war es! Und ab jetzt bin ich, Hakim Ghali, wieder euer Herrscher. Und die Geschäfte laufen wieder nach meiner Pfeife.« *Ich habe es geschafft, ich bin kein Lakai mehr, sondern wieder Herrscher.*

»Okay«, riefen einige Leute. Es war ihnen im Endeffekt egal, wer sie bezahlte, solange sie nur ihr Geld bekamen.

Als er am nächsten Tag in der Zeitung von Esteban Rodriguez Tod las, fiel ihm ein Stein vom Herzen. Seine ausgedachte Geschichte entsprach der Wahrheit. Der Mexikaner wurde tatsächlich erschossen. Es war nicht verwunderlich, dass er von seinen Landsmännern als neuer Herrscher und Vollstrecker anerkannt wurde, da er sich für sie eingesetzt hatte. Er freute sich, wieder da zu sein, wo er hingehörte.

KAPITEL 35

Ein unliebsamer Weg stand Marc bevor, denn nach den grausamen Ereignissen musste er Walter Branco einen Besuch abstatten, um ihn über den Tod seines Sohnes Franco zu informieren. Er drückte den Klingelknopf in der Fuchstanzstraße 6. Es dauerte nicht lange, bis die Haustür geöffnet wurde.

»Walter, ich muss dir etwas mitteilen, darf ich reinkommen?«

»Ja, Marc, komm ruhig rein«, sagte Walter und zeigte mit dem Arm in die Wohnung. Zusammen gingen sie in das Wohnzimmer. Der Kommissar machte es sich in einem alten Sessel bequem.

»Was hast du auf dem Herzen? Und warum überbringt mir Franco nicht die Nachricht?«, fragte Walter Branco, sich ebenfalls hinsetzend.

»Na ja, es ist nicht leicht, einen Anfang zu finden.«

»Fang einfach irgendwo an.«

»Okay. Also es gab einen Überfall – auf Franco und Lina.«

»Nein, das ist nicht dein Ernst, oder? Wann kam es denn dazu? Und was ist passiert?«, fragte Walter Branco aufgebracht.

»Vor einigen Stunden. Lina hat einen Schock erlitten und wurde zum Krankenhaus transportiert. Dort hat man sie unter Beobachtung gestellt, aber außer ein paar Schürfwunden ist sie körperlich unbeschadet.«

»Schrecklich! Und was ist mit Franco passiert? Konnte er sie nicht beschützen?«

»Da kommen wir zu dem großen Problem, das es gibt ...«, Marc machte eine Pause und dann platzte es brutal aus ihm heraus: »Er wurde getötet!«

»Ich habe mich hoffentlich verhört, du sagtest nicht gerade, dass Franco getötet wurde?«

»Doch, leider. Es tut mir so unendlich leid. Ich war vor Ort und konnte es nicht verhindern«, sagte Marc den Tränen nahe und schaute bedrückt zu Boden. Er schaffte es nicht mehr Walter Branco direkt in die Augen zu sehen.

»Wer tut denn so etwas?«, fragte Walter wütend.

»Genau dabei liegt ein moralisches Problem vor. Derjenige, der Franco bedroht und später auch getötet hat, war auf der Suche nach dem Mörder seiner Nichte.«

»Und welche Rolle spielt dabei Franco? Hat er Informationen nicht richtig weitergegeben? Das hat er nämlich früher schon mal gemacht.«

»Leider waren es keine Informationen, sondern es besteht der dringliche Verdacht, dass Franco der Mörder war. Und es kann sogar sein, dass er ein Doppelmörder war.«

»Niemals!«, brüllte er. »Er kämpfte immer gegen das Böse.«

»Ja, wenn er bei Sinnen war, doch nach einem Gespräch mit Dr. Michaelsen, seiner Psychologin, hatte sie gemeint, dass er unter starken Albträumen bis hin zu unberechenbarem Schlafwandeln litt. Ihm fiel es immer schwerer, die Realität von seinen Albträumen zu unterscheiden. In seinen Schlaf-wandelaktionen steckte eine Menge aufgestaute Wut und Entschlossenheit. Zudem fanden wie in seinem Schuppen ein blutverschmiertes Messer, welches mit dem Blut eines Opfers übereinstimmte. Außerdem konnte die Statur von Franco von einer alten Dame identifiziert werden«, berichtete Marc, dabei versuchte er sachlich zu klingen. Es fiel ihm alles andere als leicht, da die eigene Trauer tief in seinem eigenen Inneren verankert saß.

Walter sagte kein Wort, nickte nur, als hätte er es schon geahnt, da er selbst noch mit dem Trauma von früher schwer zu kämpfen hat.

»Es tut mir so leid. Ich wäre lieber mit guten Nachrichten gekommen.«

»Du kannst nichts dafür, doch möchte ich dich jetzt bitten zu gehen. Ich würde lieber alleine sein.«

»Okay, das verstehe ich«, sagte Marc, stand von der Couch auf und verließ die Wohnung mit gesenktem Haupt.

Walters Gedanken kreisten wild. Er war fassungslos von dem, was er von Marc gehört hatte. Es durfte nicht wahr sein, doch schien es der Realität zu entsprechen. Er dachte an alte Zeiten zurück. *Erst erschoss Yuri – mein eigener Sohn – James. Dann tötete er am selben Tag seine Mutter. Und dreißig Jahre später ist Franco, der gute Sohn, auf einem Tötungsfeldzug und begeht, während sein Gehirn nicht mehr richtig funktioniert, brutale Morde.* Er begab sich zu einer Schublade im Badezimmer, holte eine angefangene Packung starker Schlaftabletten heraus. Diese hatte ihm damals seine Psychiaterin verschrieben. Nur hielt er diese Medikamente für Teufelszeug. Sie hatten ihn verändert. Er ging zurück in das Wohnzimmer und stand vor dem Regal mit Whisky, Cognac und Brän-

239

den. Er holte den Cognac heraus und setze sich in seinen Sessel. Er entleerte die komplette Packung in seinen Rachen und öffnete die Cognacflasche. Die Tabletten spülte er mit dem Alkohol herunter. Es brannte stark in seinem Rachen, es war ihm egal. Die geleerte Flasche stellte er ab und einige Minuten später geschah es: Walter Branco schloss zum letzten Mal seine Augen. Der letzte Gedanke, der durch seinen Kopf ging, war:

Endlich alles VERGESSEN!

Das Trampolin

Psychothriller

PROLOG

Die dunklen Wolken am Himmel ließen nichts Gutes erahnen, da passierte es, der erste Tropfen fiel zur Erde, gefolgt von zig weiteren. Er hätte sich den Wetterbericht mal vorher anschauen sollen. Jetzt stand er nervös an einer Ecke, holte eine Zigarette aus einer Hardcoverschatulle und versuchte sie anzuzünden, doch der Regen löschte die kleine rote Glut am Stängel sofort. Frustriert steckte er sie wieder zurück. Die volle Schatulle verstaute er in seiner innen liegenden Jackentasche. Die beiden Äußeren waren ebenfalls gefüllt. Der Mann wartete ungeduldig. Es musste alles exakt klappen, jedoch hatte er noch keine Erfahrung bei der Sache, die er vorhatte. Das Haus, welches er genau im Visier hatte, kannte er inzwischen sehr gut. Zwei Monate lang hatte er es sich haarklein eingeprägt. Alle Eingänge, alle Fenster, alle Räume. Ja, die Räume waren das Wichtigste bei der Sache, die er erledigen musste. *Gut, dass ich den versteckten Schlüssel für die Kellertür des Hauses gefunden habe.* Mit diesem Gegenstand verschaffte er sich immer, wenn er genau wusste, dass das Haus leer war, Zutritt. Er packte an seine linke Jackentasche. Danach checkte er die Rechte. Es schien

alles da zu sein. Er schaute auf seine Uhr. Es wurde Zeit.
Du schaffst das. Du schaffst das!
Seine Schritte waren zielstrebig. Meter für Meter kam er seinem Ziel näher. Wie aus heiterem Himmel stoppte er und fummelte an seiner rechten Jackentasche herum. Sekunden später holte der nervöse Mann eine mit einem knallroten Lächeln überzogene Clownsmaske heraus. Er setzte sie auf. Die Maske verdeckte bis auf die Augen das komplette Gesicht. Ein neues Selbstvertrauen durchströmte ihn. Die letzten Schritte schlich er leise um das Haus herum. Noch fünf. Vier. Drei. Zwei. Eins.

Das Versteck des Schlüssels lag zu seinen Füßen. Er bückte sich hinunter und griff beherzt zu. Zielstrebig bewegte er sich weiter zur Kellertür. Dort steckte er den Schlüssel in das Türschloss und drehte ihn leise herum. *Klack.* Die Tür drückte er ganz sachte nach innen auf. Der Kellerbereich, den er schon durch sein Ausspionieren kannte, lag dunkel vor ihm. Das Licht betätigte er nicht, aber seine nassen Schuhe zog er aus und ließ sie auf der Kellermatte stehen.

Du schaffst das! Es ist ganz leicht.
Regen tropfte von seiner Jacke auf den Boden. Platsch. Platsch. Es entstand eine nasse Tropfspur. Wenigstens hinterließ er keine Fußabdrücke mit seinen nassen Schuhen. *Du hast es gleich geschafft, nur noch ein paar Stufen.* Auch im Dunkeln kannte er den Weg in- und auswendig. Das Üben hatte sich gelohnt. Eine Stufe nach der anderen bewältigte er mühelos. Das letzte Problem stand ihm bevor: die Tür ins Erdgeschoss. Er drückte die Klinke vorsichtig herunter und stemmte sich sachte gegen das Türblatt. Die Tür glitt ohne ein

Quietschen auf. Jede Jalousie war heruntergelassen, somit lag ein unbeleuchtetes Erdgeschoss vor ihm. Unbeirrt verfolgte er seinen weiteren Plan, denn er hatte beobachtet, wie jeden Mittwoch in der Zeit von 11:00 Uhr bis 13:00 Uhr, die Jalousien betätigt wurden. Um 11:00 Uhr gingen sie herunter, exakt zwei Stunden später wieder hoch. Die Casio zeigte ihm 12:15 Uhr an. *Ich muss mich beeilen.* Ein Stockwerk höher lag das Zimmer, welches sein Ziel war. Seine Socken glitten lautlos Stufe für Stufe weiter. Nur die Regentropfen, die von der Jacke fielen, erzeugten leise Geräusche. Platsch. Platsch. *Hoffentlich verraten mich die Wassertropfen nicht.* Aus einem der Zimmer drang sinnliche Musik. *Ich schaffe es, jetzt keinen Rückzieher machen.* Sukzessive näherte sich der Clown der weißen Tür. Die Musik drang immer lauter zu seinen Ohren. *Es muss so sein, wie ich es mir vorstelle, sonst geht es schief.* Er öffnete die linke Jackentasche und tastete nach seinen Handschuhen, jedoch fand er sie nicht. Er war einfach zu nervös gewesen und hatte sie vergessen. Es war ein Fehler so weiter zu machen, doch jetzt aufzuhören, kam nicht infrage. Seine Finger zitterten leicht. Vielleicht wegen der Nässe? Oder vor Nervosität?

Ich muss es auch ohne Handschuhe durchziehen. Ich schaffe es sonst nie.

So weit wie heute war er noch zu keiner Zeit gekommen. Meistens hatte er schon bei der Kellertür den Rückzug angetreten. Nur einmal kam er bis ins Erdgeschoss, doch da verließ ihn endgültig der Mut. Es war sein vierter Anlauf – es sollte der Letzte werden. Entweder heute oder gar nicht. Seine linke Hand erfühlte den kleinen Gegenstand, der sich mit den Handschuhen in der linken Jackentasche befinden sollte. *Wenigstens daran habe ich gedacht.* Mit seiner rechten Hand fummelte er an der Zimmertür herum. Mit ganz viel Gefühl bewegte er die Klinke herunter. Die Geräusche von drinnen boten ihm Schutz. *Jetzt nur keinen Fehler machen. Du schaffst das.* Er betrat das Schlafzimmer. Es war in schummrig rotes Licht getaucht. Die Musikanlage übertönte die anderen Geräusche. Ein riesiges Bett mit vier Pfosten an jeder Ecke war der Mittelpunkt des Raumes. Ein großer schwarzer Kleiderschrank mit Schiebetüren stand an der rechten Wand des Zimmers; an der linken Seite befand sich das zugezogene Fenster. Es fielen immer noch Regentropfen von seiner Jacke. *Platsch. Platsch.*

Der Mann auf dem Bett nahm die Veränderung wahr. Er versuchte, sich bemerkbar zu machen, doch kam aus seinem geknebelten Mund kein Ton heraus. Die Frau, die nackt auf ihm saß, ritt sich in Ekstase und bemerkte nichts von der drohenden Gefahr.

Jetzt nur nicht ablenken lassen. Du schaffst das.

Der Mann auf dem Bett windete sich so sehr er konnte, doch seine Gliedmaßen waren fest mit den vier Pfosten verbunden. Der Angreifer hatte den Gegenstand, den er jetzt brauchte, aus der Jacke gezogen. Dieses kleine Teil mit dem stählernen Draht zwischen zwei Halterungen war klein genug, um ihn die ganze Zeit in der Jacke mitzuschleppen. Der liegende Mann erkannte eine Art Garrotte in der Hand des Angreifers. Von dieser Gefahr nichts ahnend schmiss das Weib ihren Kopf mit geschlossenen Augen in den Nacken und stöhnte. Der Angreifer stand hinter ihr am Fußende des Bettes, streckte seine Arme aus und legte den Stahldraht um den Hals der Frau. Sie spürte die aufkommende Kälte und erschrak. *Du schaffst das. Du hast es gleich geschafft.* Der leichte Druck verursachte einen kleinen Riss an ihrem Hals. *Ich brauche mehr Kraft.* Er ließ sich mit den Knien auf das Bettende fallen. Die Frau versuchte, laut zu schreien, doch aus ihrer Kehle kamen nur erstickte Laute. Der gefesselte Mann riss seine Augen weit auf und stemmte sich gegen die Katastrophe. Der Druck der modernen Garrotte wurde immer stärker. Das Blut floss an ihrem Hals herab. Als auch noch die Halsschlagader durch den Stahl durchtrennt wurde, spritzte es leicht durch den Raum und traf den liegenden Mann im Gesicht. Daraufhin schloss er schockiert seine Augen. Der Clown lockerte den Druck des Stahls und ließ den erschlafften Körper zur Seite fallen. Den Blick richtete er nun starr auf den blutbefleckten Mann. *Du schaffst das. Du hast es gleich geschafft.* Die Regentropfen der Jacke durchnässten das weiße Bettlaken. Der Clown fummelte abermals an seinem Kleidungsstück herum. Aus der rechten Jackentasche holte er einen weiteren kleinen Gegenstand, eine kleine 50 ml Plastikflasche gefüllt mit Salzsäure. Er öffnete sie und ein beißender Geruch verteilte sich im Raum. Der Maskenmann näherte sich dem liegenden Opfer. Sein Zeigefinger und sein Daumen öffneten das rechte geschlossene Auge des gefesselten Mannes, und die Plastikflasche wurde leicht gekippt. *Ich muss vorsichtig sein. Ich habe keine Handschuhe an.* Die ersten Tropfen der beißenden Flüssigkeit liefen in das panikerfüllte Auge. Das Opfer versuchte, vor Schmerzen laut aufzuschreien. Die Säure brannte wie Feuer. Das erste Auge war versorgt. Es folgte das Zweite. Er ging behutsam vor. Das gleiche Spiel wie vorhin. Doch der Clown verschüttete etwas und traf seinen Daumen. Er schrie auf: »Verdammter Mist, tut das weh!« Die halbe Flasche war verbraucht und das Opfer windete sich vor Qualen in seinen Fesseln. Sein Kunstwerk war noch nicht fertig, mit leichtem Druck kam weitere Säure heraus. Er war kurz davor den Knebel zu entfernen, um die Schreie des Mannes zu hören, aber entschied sich dagegen. Er genoss es, zusehen, wie sich die Stirn stark rötlich färbte, Bläschen sich bildeten, und die Haut sich abschälte. Den gedämpften Lauten hätte er gerne länger zugehört, doch ihm lief die Zeit davon. Er nahm ein Kissen in die Hand und drückte es dem Opfer kräftig aufs Gesicht. Aus den Boxen dröhnte der Text des Liedes: *Die Firma - Die Eine.* Die Atmung verlangsamte sich. Der Brustkorb senkte und hob sich immer spärlicher. Er merkte, wie der Körper unter dem Kissen dahin sackte. Er riskierte es und entfernte den Knebel.

Stille.

Totenstille.

Der leblose Körper lag erschlafft im Bett.

Ich habe es tatsächlich geschafft. Man sagt, dass es beim ersten Mal am schwierigsten sein soll. Er empfand es genauso.

Nur die erhoffte Befriedigung blieb aus.

KAPITEL 1

Die Sonne strahlte durch das Blätterdach des Waldes, in dem das Haus der Familie Goblin stand. Es war ein sehr verstecktes Gebäude, überwuchert von Ranken und Efeu. Die Fassade aus Backstein war kaum noch zu sehen. Das Prunkstück des Grundstücks war der weitläufige Garten mit einer schönen Schaukel, einem Trampolin und einem kleinen Pool. Von dem in der Nähe liegenden Campingplatz war nur zur Hochsaison etwas zu hören oder wenn mal wieder eine Sommerveranstaltung im Café AHOI stattfand. Es war die letzte Woche vor den großen Sommerferien für Melanie, der Tochter von Pierre und Jenny Goblin. Doch in diesem Zeitraum musste noch eine wichtige Mathearbeit geschrieben werden. Melanie hatte aber keine Lust zu lernen. Sie wollte lieber ihre Zeit auf dem Trampolin verbringen. Als Pierre Goblin aus dem Haus kam und sagte: »Mel, was machst du denn hier draußen? Musst du nicht für deine Mathearbeit lernen?« Melanie wollte gerade das Trampolin betreten, stoppte ihre Bewegung und drehte sich um. »Ach Papa, ich habe doch schon genug gelernt. Ich möchte das schöne Wetter genießen. Es ist doch nur eine Mathearbeit – nichts Wichtiges.« »Fräulein, so sehe ich das aber ganz und gar nicht. Du bist kurz davor eine schlechte Note in Mathe auf dem Zeugnis zu bekommen. Also, komm jetzt mit rein! Wir lernen jetzt gemeinsam!«

»Ich will nicht. Ich möchte lieber hier draußen bleiben.«

»Du kommst jetzt mit rein! Und keine Widerworte«, sagte Pierre Goblin energischer zu seiner Tochter.

»Ich hasse dich Papa, du bist fast nie da! Und wenn ich mal Zeit zum Spielen habe, dann versaust du mir das. Total unfair«, antwortete Mel trotzig. Sie schrie ihren Vater förmlich an.

»Ich hoffe, ich habe mich da gerade verhört, Mel?«

»Nein, hast du nicht!«

Erschüttert zerrte er Melanie vom Trampolinrand zurück ins Haus und schlug energisch das Mathebuch auf. Klammerrechnen. Mel machte stets den Fehler, wenn ein Minus vor der Klammer steht, die Vorzeichen der Summanden innerhalb der Klammer nicht zu ändern. Ihr Vater rechnete es ihr vor, doch Melanie drehte sich desinteressiert immer wieder weg und schaute zu ihrem schönen Trampolin. *Ich würde viel lieber draußen herumspringen, anstatt mit Papa hier drinnen Mathe zu lernen.*

»Hörst du mir überhaupt zu?«, fragte Pierre Goblin, der gesehen hatte, dass seine Tochter ständig aus dem Fenster schaute.

»Ja, ja, schon, Papa.«

»Dann kannst du ja sicherlich auch die Aufgabe ohne Fehler lösen?«

»Ja, sicher«, stammelte Mel und machte sich an die Aufgabe. Sie musste lange überlegen. Wie ging das noch mal? Kurze Zeit später hatte sie ein Ergebnis – falsch. Ihr Vater wurde stinksauer. »Du hast mir überhaupt nicht zugehört! Willst du wirklich eine schlechte Note bekommen?«

»Es ist doch nur Mathe!«, platzte es zickig aus ihr heraus.

»Nur Mathe also. Es wird dich dein Leben lang begleiten. Beim Einkaufen. Beim Bezahlen von irgendwelchen
Verbindlichkeiten. Beim Renovieren. Einfach immer und
überall.«

»Papa, das langweilt mich.«

»Du willst es anscheinend nicht anders. Du hast die ganze
Woche Hausarrest! Keine Freunde und das blöde Trampolin
bleibt für dich tabu.«

»Du bist gemein!«, kreischte Melanie ihren Vater an. Sie
sprang trotzig vom Stuhl auf, rannte wütend in ihr Zimmer
und schaute traurig auf das Trampolin.

Danksagung

Ich bedanke mich, bei all denjenigen, die mir ihre Kritik geäußert haben, sei es positiv oder negativ. Ein Dankeschön gilt hierbei auch denjenigen, die sich Zeit genommen haben, die ersten Fassungen zu lesen und somit ihre Expertise einbrachten. Manches hätte ich ohne ihre Hilfe wahrscheinlich anders gemacht.

Ein Lob geht auch an meine Grafikerin für die Titelgestaltung des Buches.

Ein letzter Dank geht an die Leserinnen und Leser, die es wagten, auf einen anderen Spannungsverlauf zusetzen.